河出文庫

千年の祈り

イーユン・リー
篠森ゆりこ 訳

河出書房新社

目次

千年の祈り

大鵬《ダーボン》へ

あまりもの

十一月のとある午後、ステンレスの弁当箱を手に持って、林《リン》ばあさんが道を行く。弁当箱の中には、工作単位（職場のこと）からの正式な証明書が入っている。その証明書には「これにより、林梅《リンメイ》同志が北京紅星縫製工場を名誉退職したことを証明する」とまばゆい金文字でしるしてある。

でも縫製工場は倒産したとも、名誉退職したにもかかわらず年金は支払われないとも書かれていない。これらの事実はおよそ正しくないので、そのような情報はとうぜん入れないのだ。まず「倒産」という言葉は国有事業にあてはまらない。かわりに「内部再編」という言葉が使われるのだが、ごていねいに証明書からは省かれている。さらに言えば、林《リン》ばあさんの年金は一時的に保留になっているだけだ。でもそれがいつまでなのか工場は教えてくれない。

林《リン》ばあさんの状況を聞いて、「山に到れば必ず道あり」と近所の王《ワン》おばさんが言う。

そして「道あるところにトヨタあり」と次のくだりが出てくると、林《リン》ばあさんはやっとそれがトヨタのコマーシャルだったことに気づく。

「そういうことよ、林《リン》ばあさん。あんたは楽観的な人でしょ。そのまま前向きでいれば、あんたにも自分のトヨタが見つかるわよ」

でもみるみる減りゆく貯金をおぎなう道が、いったいどこにあるだろう。数日かけて貯金を足したり引いたり割ったりしてみたところ、あと一年でなくなるという結論になる——もしもときどき食事を抜いて、日が暮れたらすぐに寝て、中国北部の長い冬を着こんで過ごして燃料を食うストーブにあまり豆炭を入れないようにすれば、二年だ。

「大丈夫。いつでも誰かいい人見つけて結婚すればいいから」市場でまた会った王《ワン》おばさんが、林《リン》ばあさんの紅心大根を見おろして言う。夕飯にと一つだけ買ったその大根は、仏さまのようにでっぷりと、林《リン》ばあさんの両手の間に鎮座している。

「結婚?」林《リン》ばあさんは頬を赤らめる。

「そんなに奥ゆかしくちゃだめよ。あんた、いくつなの」

「五十一」

「あたしより若いじゃない！　あたしは五十八だけど、あんたほど時代遅れじゃないわよ。あのねえ、あんた。結婚はもう若い人だけのものじゃないんだよ」

「からかわないでちょうだいな」

「まじめに言ってんのよ、林《リン》ばあさん。街には年寄りのやもめがわんさといるの。そのなかに金持ちで病気で、めんどうみてくれる人が必要ってのもきっといるって」

「老人介護の仕事があるっていうこと？」

王《ワン》おばさんはため息をついて、指で林《リン》ばあさんのおでこを突く。「頭をつかいなさいな。介護人じゃなくて妻。妻なら夫が死んだとき、少なくとも現金がいくらか入ってくるでしょ」

林《リン》ばあさんは息をのむ。これまで夫を持ったことはないので、夫の死を当てこむなんてそらおそろしい。でも魚の屋台の間にはさまれて、王《ワン》おばさんはその場で即決。すぐに林《リン》ばあさんの相手を見つけてくる。

「七十六歳。高血圧で糖尿病。奥さんは死んだばかり。寝室が三つあるマンションに一人住まいで、年金はひと月二千元。二人の息子は結婚してて、政府機関で働く高給とりさ」これに林《リン》ばあさんが感心しないので、王《ワン》おばさんはおどろく。「ちょっとちょっと。あんた、こんなにいい旦那、ほかにいると思うの？　この人、あっというまに死ぬよ。息子は金持ちだから、あんたにいくらか遺産を分けてもかまわないって言うだろうさ。いいかい、あたしの知るかぎりいちばん条件のいい家だよ。見合いの仲人がひきもきらないもんだから、玄関の敷居がすり減ってるぐらいさ。それでも並みいる候補者の中で、あんたにだけ興味をしめしてる。なんでだと思う。結婚したこともないし、子供もいないからよ。ところであんた、なんで結婚しなかったの。わけを聞かせてくれたことなかったね」

林《リン》ばあさんは口を開け、また閉じる。「たまたま、そうなっただけ」

「言いたくないなら言わなくてもいいわよ。とにかくあっちは、子だの孫だのわらわらいる人には来てほしくないの。あたしでもそういうコブつきは信用しないね。わが子のために年寄りから盗みをやらないともかぎらないから。だからあんたがいちばん。この世に一人だけ正直者がいるとしたらあんただって言っといたからね、林《リン》ばあさん。もう迷うことなんかないでしょ」

「介護してくれる人をやとわないのはどうしてかしら。長い目で見ればそのほうが安いんじゃない？」じきに義理の息子になるかもしれない二人のことを、林《リン》ばあさんは考える。

「家政婦業界の若い女がどんなだか知らないの？　すぐになまけるし、金を盗むし――若い夫婦がやとい主だったら旦那も盗むんだよ。年寄りなら一日じゅう汚物まみれのまま放置する。そんな女をやとうなんて、まあ、あんた。年寄りを早く殺すだけさ」

　そう聞くと林《リン》ばあさんも、年増女を妻にするのはたしかに賢い選択だ、と納得せざるをえない。それで王《ワン》おばさんにともなわれ、林《リン》ばあさんは二人の息子とその妻との面接にやってくる。一時間ほどあれこれ質問があったのち、目くばせをかわした二人の息子が、この縁談について考える時間がほしいかたずねてくる。考えるようなこともあまりないので、林《リン》ばあさんは一週間後に新居に引っ越す。さて夫の唐《タン》じいさんは、思ったより病気が重い。披露宴で義理の娘に「アルツハイマーです」と告げられる。

　何の病気かわからないが脳と関係があるらしい、と思いながら林《リン》ばあさんはうなずく。両手で夫を支えながらテーブルのところへ連れていき、座らせて、あごから垂れるよだれをふいてやる。

林《リン》ばあさんは、いまや妻であり、母であり、祖母である。林《リン》おばさんではなく林《リン》ばあさんと呼ばれるようになったのはいくつのことだったか、彼女はもうおぼえていない。いかず後家は早く老けると世間の人は思いこんでいる。でもそんなことはもうどうでもいい。その名のとおりになったから。

毎週、息子のどちらかが唐《タン》じいさんの様子を見にきて、そのとき翌週のぶんのお金を置いていく。唐《タン》じいさんはおとなしい人で、いつも窓辺の椅子に座って底なしの沈黙にふかぶかと浸かっている。でもときおり自分の妻のことを訊くので、林《リン》ばあさんは息子たちに言われたとおり、奥さんは病院にいるけどもうすぐ治って帰ってくる、と答える。でもそれを言い終わらぬうちに、唐《タン》じいさんは自分のした質問を忘れたかのように瞑想にもどり、話を聞くそぶりもなくなる。林《リン》ばあさんは別の質問を待っているのに、それはけして訊かれることはなく、しまいにはあきらめてしまう。テレビの音量を上げると、林《リン》ばあさんは家じゅう動きまわって床をはき、ほこりをはらい、ふき掃除をし、洗濯をする。そうして日を追うごとに家事を終える時間が早まっていく。そこでソファに座り、昼のメロドラマを観る。以前持っていたのは十二インチのテレビで、チャンネルをかえるにはそのたびにテレビまで歩いていく必要があった（二本の鉄のお箸でできたアンテナをつけて、ぜんぶで六チャンネルだった)。でも唐《タン》じいさんが持っているのはチャンネルがごまんとあって、どれでも小さなリモコンであやつれるお化けみたいなテレビだ。番組の選択肢がありすぎるうえにいとも簡単にかえられるので、とほうに暮れた林《リン》ばあさんは、こんな装置は自分には役に立たないとすぐ悟る。どの番組を観ていても、ほかにもっとおもしろい番組があるんじゃないかと気になってしかたない。そんなわけで新生活をはじめて数日たったある日、過去十年にわたるテレビ中毒から解放されていたことに気づき、あぜんとする。結婚は、長年身についた習慣を、こんなに短い間に変えてしまうほど革命的なものなのか。

ため息をついてテレビをぷちっと消す。部屋に静けさが押しよせるが、唐《タン》じいさんは気づかない。林《リン》ばあさんは、はっとする。番組に集中できないのはテレビのせいじゃない。唐《タン》じいさんがいるからだ。読み古した雑誌を手にとって、林《リン》ばあさんはページの後ろからそっと老人をのぞき見る。そうして十分たち、二十分たってもなお唐《タン》じいさんが目を合わせようとしないので、見つめ続ける。実のところこの人は病気じゃないんじゃないか。そんな妙なうたがいを林《リン》ばあさんは持っている。彼はわたしがいることがわかっていて、ひそかに観察しているんだ。五十四年つれそった妻が逝ってしまったことも、わたしが新しい妻だというのも知っていて、わたしを受け入れまいとしている。頭がぼけたふりをしながら、わたしにはやとわれ介護人のようにふるまってほしいんだ。でも、そんなことは認めない。彼は夫で、わたしは妻。婚姻証明書はちゃんと枕の下に入れてある。唐《タン》じいさんがこちらの辛抱強さを試しているなら、受けて立つ気だ。このかけひきには、わたしが勝つ。林《リン》ばあさんは雑誌を置いて、唐《タン》じいさんに負けまいと堂々と顔をにらみつける。そうして何分か過ぎ、やがて一時間たつと、ふと自分も頭がおかしくなりつつあるのに気づいておそろしくなる。ソファから立ちあがって体をのばす。関節があちこちできしむ。唐《タン》じいさんを見ると、やはり彫像のように動かない。本当に病気なんだ。生まれたばかりの赤子のように無力な人を、わけもなくうたがったことが恥ずかしい。林《リン》ばあさんはいそいで台所へ行き、牛乳を一杯持ってくる。「牛乳の時間よ」彼女が頬を軽くたたくと、唐《タン》じいさんは飲みはじめる。

一日に三回、林《リン》ばあさんは唐《タン》じいさんにインシュリン注射を打つ。そのときだけ、唐《タン》じいさんの体にのこった生命力が、ちょっぴり顔をのぞかせる。腕に針を入れるとき、筋肉がぴくっとたじろぐのだ。針を抜くときわずかに血が出ることがあるのだが、林《リン》ばあさんはそれを脱脂綿ではなく自分の指先でぬぐいとり、彼の血が体にしみこんでいく不思議な感覚にうっとりする。

一日に何回も林《リン》ばあさんは唐《タン》じいさんを風呂に入れる。朝と寝る前、それからもらして体が濡れたり、汚れたりするたびに。結婚して何よりよかったと思うのは、個人用のバスルームだ。生まれてこのかたずっと公共浴場をつかい、さびついたシャワーからしょぼしょぼと出るぬるま湯を、ほかのつるつるした体とあらそってきた。だからバスルームをひとりじめできるようになったいまは、使える機会をのがさない。

林《リン》ばあさんは、唐《タン》じいさん以外に丸裸の男を見たことはない。はじめて服を脱がすとき、薄い茂みの中におさまっているペニスにちらちら目をやらずにはいられなかった。若いときのそれはどんなふうだったのだろうとふと思い、すぐそんなみだらな考えはふりはらった。それより裸の彼のひ弱さに触れ、守ってあげたい思いに満たされた。こんな気持ちははじめてだ。そしてそれからというものは、母親のようなやさしさで彼の体をいたわった。

二月もなかばを過ぎたある晩のこと、林《リン》ばあさんはバスルームの真ん中に置いたプラスチックの椅子のところへ唐《タン》じいさんを連れていき、寝まきのボタンをはずしてやる。唐《タン》じいさんはされるままに腕を曲げ、頭を彼女の肩に乗せる。林《リン》ばあさんはシャワーのヘッドを持って、目に入らないよう彼の額に手をかざしながら、温かい湯を体にかける。

それから床にしゃがんで、唐《タン》じいさんの両脚をもむ。そのとき彼の手が肩に触れたので見あげると、唐《タン》じいさんの目がこちらをのぞきこんでいる。林《リン》ばあさんはさけび声をあげて身をひく。

「あんたは誰だ」

「唐《タン》じいさん。あなたなの？」

「あんたは誰だ。なんでここにいるんだ」

「ここに住んでいるのよ」唐《タン》じいさんの目にただごとならぬ清明さを見てとって、林《リン》ばあさんはたまらない気持ちになる。こんな澄みきった瞬間は、死が近いときにのみおとずれる。二年前、亡くなる数時間前の父親の目におなじ光を見た。医者を呼びに走ろうと思うのだが、足が床からはなれない。目がじいさんの目からはなれない。

「あんたなんか知らん。誰なんだ」

林《リン》ばあさんは自分の姿を見おろす。まっ黄色のビニールのポンチョに若草色のゴム長靴。風呂の時間用のいでたちだ。「あなたの妻です」

「あんたは妻じゃない。妻は素貞《スウジエン》だ。素貞《スウジエン》はどこだ」

「素貞《スウジエン》はもうこの世にいないの。わたしが新しい妻なのよ」

「嘘をつけ」唐《タン》じいさんは立ちあがる。「素貞《スウジエン》は病院にいるんだ」

「いいえ。それは嘘だったのよ」

唐《タン》じいさんは耳を貸さず、林《リン》ばあさんの体を押す。いきなり腕力が強くなっている。その手をつかんでも、あばれてとても手に負えない。そのときふと、なぜ死んだ女のことで夫とたたかわねばならないのだろうと思い、林《リン》ばあさんは手をはなす。唐《タン》じいさんは空をかき、二歩しりぞいて、石けんのまじった水たまりに足をすべらせる。

葬式のとき、林《リン》ばあさんに目をとめる者は誰もいない。彼女は隅っこに座って、おとずれた男女が唐《タン》じいさんの人生について語るのを聞く。すぐれた内科医であり、よき師であり、愛情豊かな夫であり、父であり、祖父であった。彼らは語り終えると一族の者たちと握手をし、列の最後尾にいる林《リン》ばあさんを無視していく。

彼女はこの場にいる人たちみんなに告げようかと考える。わたしが殺したんじゃありません。唐《タン》じいさんはたおれる前にもう死にかけていたんです。でも林《リン》ばあさんは誰にも本当のことを言わず、自分がいたらなかったせいだと認めてしまう。いずれにしても、彼女の言うことなど誰も信じやしないだろう。唐《タン》じいさんの目に、いわゆる永遠の夜がおとずれる前の末期の輝きを見たのは、彼女一人だったのだから。それは死ぬ前の一瞬の意識清明だった。

唐《タン》じいさんの遺産は、一銭も林《リン》ばあさんの手に入らない。介護したのは二ヶ月だけだったし、彼女の不注意で死んだと一族の多くが腹では思っているからだ。でも林《リン》ばあさんは二人の息子を責めはしない。父をうしなった悲しみは、自分とはくらべものになるまいと思うばかりだ。むしろ息子の一人が、友人が経営している全寮制の私立学校に仕事があると言ってくれたときは、ありがたくて涙がこぼれそうになる。

美美《メイメイ》学校は、北京西部の郊外にある山の行楽地に位置し、国で最初にできた私立学校の一つであることを誇りとする。校舎はその地域で建設を許可された数少ない四階建ての建物だ（「コネよ、コネ」林《リン》ばあさんが到着した日、料理人がそう言っていた――有力な理事でもいなければ、ほかに許可のもらいようがない）。私営企業と同じく私立学校も、春先の雨後の筍《たけのこ》みたいに国中にできている。共産党の指導者たちの親族が、一夜にしてそうした企業のオーナーに変身し、新労働者階級の起業家代表として国営テレビに顔を出す。

学校の家政婦になってみると、これが林《リン》ばあさんには最高の暮らしに思える。毎度の食事がごちそうだ。肉も魚もたっぷりあるし、野菜は市場のものよりみずみずしい。国家主席や首相一族にも供している小さな無農薬農場ですべてつくられている――そう料理人が教えてくれた。

おいしい食べ物が大量にゴミに出されるのを見ると、林《リン》ばあさんはときに悲しい。そこで生徒たちが食べおえるのを待ち、遅めに食堂に行くようにする。食堂ではあちこちの皿で手つかずの野菜がしなびていたり、腹に穴のあいた魚の残骸が横たわっていたりする。学校と街の間を往復する急行列車を毎日走らせ、なつかしい近所の人たちにのこりものを持っていけたらいいのに。そう思いながら、林《リン》ばあさんは食べのこしを自分の皿に移す。

せっせと働きもしないでこんなにいいものを食べるのは罪だ。そこで林《リン》ばあさんは、わりあてられた寮の洗濯と部屋掃除の仕事に加えてほかの仕事もやる。まず朝早く起きて教室の窓を開け、山の新鮮な空気を入れる。それから人造石の床を掃いてモップをかけ、生徒たちの机のちりをはらって、ふく。たとえ用務員が前の晩に教室を清掃していたとしても、細かいところまで確実にきれいにしておくのだ。それでもまだ起床のベルまで時間があるときは、学校を抜けだして山を散歩することもある。朝霧が肌や髪をしっとりと濡らし、町では見かけない鳥たちがいっせいにさえずる。こんなとき、林《リン》ばあさんは自分の幸運に酔いしれてしまう。工場で働いていた年月が、いまでははるかな夢のようだ。朝はかまどの炭が出すもうもうとした空気の中を歩かされ、市場では化学肥料で形だけ大きくなった野菜を値切っていた、そんな生活がもう思い出せないぐらいである。

林《リン》ばあさんは、散歩のときによく小蕙蘭《こけいらん》、庭ナナカマド、玉簪花《たまのかんざし》などの野の花を一抱え摘んでくる。そして花瓶にさし、一学年一クラスずつ、ぜんぶで六つの教室に置く。でもこういう繊細なものは、たいてい一時間目までしかもたない。どの学年の男子も花を投げあい、唇に花が触れようものなら腰抜けと呼ばれる。高学年の女の子たちは思いつめたような顔をして、残酷な指で花びらをむしり、校庭の小山に埋める。

学校は肥え太り、毎月新入りの生徒が数人入ってくる。親の豊かさに、林《リン》ばあさんはたまげてしまう。二万元の入学金と別に、一年目の授業料と部屋代と食費を二万元はらうゆとりがあるなんて。

林《リン》ばあさんが来て三ヶ月後、百人目の生徒が来たことを祝ってごちそうが出る。幸運の百番にあたったのは、康《カン》という六歳の男の子だ。都会から来たほかの生徒とちがい、近隣の省からやってきた。康《カン》の素性は数日のうちに教師にも職員にも知れわたる。康《カン》の祖父は、かつて地元の省の大きな人民公社の社長だった人で、父親は中国北部で有数の農業経営者の一人だ。

「農家の人は息子を家に置いときたがるものかと思ってたわ」と林《リン》ばあさんは寮母の杜《ドゥ》夫人に言う。二人してマットレスの下に臭い靴下が隠れていないかさがしているところだ。あまりに長いこと履いたせいでかたくなった靴下を見ると、杜《ドゥ》夫人は「もう立ちあがって歩けそうだよ」という言い方をする。

「嫌いな奥さんの息子だったら置いときたくないでしょ。あの子はあまりもんなの」と杜《ドゥ》夫人。

「親は離婚したの？」

「さあね。でも父親にはもう一人の妻、っていうか妾《めかけ》がいるの。だからどっちでもおなじこと。あの子の母親は一家にとってもう用なしよ。それで子供も出ていかなきゃならないの」

小さくてほとんどまったく場所をとらないのに、それでも誰かの邪魔になり、追い出されなくてはならないその子のことを思うとふびんだ。やがて林《リン》ばあさんは、生徒たちのなかにその子の姿をさがすようになる。康《カン》には、ほかの生徒たちとおなじブランドの服が似合わない。むやみにぶかぶかで真新しくて今ふうで、本人になじまない。ちょうど康《カン》が学校になじんでいないように。それに顔や手はいつもちゃんと洗っていないように見えたが、林《リン》ばあさん自身が何度か手をかけてみたら、その汚れは本人のせいでも寮母のせいでもないと納得させられた。

二週目に入ると、康《カン》は午後の活動時間に洗濯室に来るようになる。ある日のこと、林《リン》ばあさんがベビーローションを康《カン》のほっぺにすりこんでいる。「おばあちゃん。これ何」と康《カン》。

「これを塗ると都会っ子になるのよ」

「おばあちゃんはどこに住んでるの」

「ここよ」

「ここに来る前は？　だんなさんの家はどこ」

林《リン》ばあさんはちょっと考える。「街にあるの」

「街ってどんな感じ？　街を見せにつれていってくれるってお母さんが言ってた」

「お母さんはどこにいるの」林《リン》ばあさんは胸の動悸をおさえつつ息を殺す。康《カン》には気づかれていないようだ。

「家にいるよ」

「お父さんの家？」

「おじいちゃんの家だよ。お父さんの家には新しいお母さんが住んでるんだ」

「新しいお母さんはどう。きれいな人？」

「うん」

「やさしい？」

「うん」

「好き？」

「うん」

「本当のお母さんも？　新しいお母さんより好き？」林《リン》ばあさんはふりかえり、洗濯室の前を通りかかる人がいないか廊下を見る。泥棒にでもなったような気分だ。

　男の子も心配そうにふりかえる。それから林《リン》ばあさんに近寄って首に腕をまわし、耳に口をつける。熱い息が耳たぶにかかる。「おばあちゃん、秘密、教えてあげる。誰にも言っちゃだめだよ」

「言わない」

「お母さんがね、いつかぼくをつれもどしに来るって言ったの」

「いつ」

「もうすぐだって」

「いつそう言ったの」

「新しいお母さんが来る前」

「それはいつ」

「去年」

「それから本当のお母さんには会った?」

「ううん。でもお父さんと新しいお母さんを怒らせるようなことをしなかったら、すぐ来るからって言ってた。おばあちゃん。お母さんが来たら、警備員の人、入れてくれると思う?」

「きっと入れてくれるわよ」男の子から、ベビーローションと洗いたての洗濯ものときれいな汗がまざったようなにおいがして、林《リン》ばあさんは風呂あがりの唐《タン》じいさんを思い出す。大切な人はいいにおいがする。そんなことを考えているうち、唇が乾いてくる。首にまわされた男の子の腕が、熱く、肌にはりつく。

金曜日の午後、校門の前にある駐車場が高級車でいっぱいになる。来るのは運転手や乳母だが、ときには両親が姿を見せる。教師と寮母たちは門の内側に立って、どの人が大物役人の義理の娘で、どの人が最新のヒット映画に出たか口々に教えあう。

週末ものこっている子供は康《カン》だけだ。父親は週末の滞在費を余分にはらい、学期末には迎えに来ると約束していた。でも、父親は本当に来るのか、と林《リン》ばあさんはときどき思う。もし夏になって誰も迎えに来なかったら康《カン》はどうなるのか。わたしといっしょに学校にいてもいいのだろうか。となると、この自分は置いてもらえるのか、考えてしまう。もしだめなら、九月にもどれるまで二ヶ月間、どこで過ごせばいいんだろう。

毎週、そうして生徒がみんないなくなると、教師と寮母たちはシャトルバスで街へ行ってしまう。二人の警備員を除けば、学校には林《リン》ばあさんしかのこらない。だから康《カン》のめんどうを見ることを、彼女はきげんよく引き受けた。

二人はならんで校門の前に立ち、バスに手をふる。バスが行ってしまうと、どちらもほっと息をつく。それから康《カン》は構内を駆けぬけてまっすぐ活動室へ行き、絵本を読む。次の絵本が早く読みたいので、大急ぎでページをめくる。そこへ林《リン》ばあさ新着本を読み終えたら、康《カン》が一人笑いするのを見ながら頭をなでてやる。新着本をぜんぶ読み終えたら、二人はいっしょに校庭に出てあそぶ。ブランコに乗る康《カン》の背を林《リン》ばあさんが押してやると、高々と上がっておもしろいのとこわいのとで、康《カン》が喚声を上げる。

天気がいいときはのんびり山を散策する。週末になるとこの地域には観光客が集まってくるが、林《リン》ばあさんと康《カン》の二人だけは、バスに乗りおくれたり交通渋滞に巻きこまれたりする心配がいらない。二人は手をつないで歩く。康《カン》のてのひらと林《リン》ばあさんのてのひらの、汗ばんだところが合わさる。林《リン》ばあさんは草花にまつわる昔話をしてやる。昔話がなくなると、新しい話をつくる。

夕食後、林《リン》ばあさんは康《カン》を浴場につれていく。タオルと寝まきを持って林《リン》ばあさんが外で待っていて、康《カン》はシャワーを浴びながら林《リン》ばあさんに教わった赤とんぼの歌をうたう。いつも入って二分ぐらいで、康《カン》がもう出ていいか大声で訊く。すると林《リン》ばあさんは、あと五分シャワーを浴びていられたら出てもいいよ、と答える。康《カン》は歌を続ける。すばらしく澄んだ声で。

よく康《カン》は、湯を出したままシャワー室から腕の中に飛びこんでくる。林《リン》ばあさんがびっくりしたふりをして悲鳴を上げると、濡れた体にタオルをかける暇もなく、くすくす笑いながら逃げてしまう。

夜眠るとき、夢で寝言を言いながら、康《カン》は毛布の上に大の字になる。そんな彼を毛布でくるんで、林《リン》ばあさんはいつまでも見つめている。そのうち、何かよくわからないぬくもりが胸の奥でふくらんでいく。これが世に言う、恋する、ということなのか。死ぬまでかたときもはなれたくない。そんな激しい思いに、ときどき自分がこわくなる。


靴下がなくなることにまっさきに気づいたのは、林《リン》ばあさんではない。お気に入りの靴下が洗濯室で消えてしまうと女の子たちが文句を言っている。寮母たちが二週続けてそう伝えてきた。その靴下がないのはどうしてか、林《リン》ばあさんにはわかっている。まだ洗っていない女の子の靴下を康《カン》がにぎっているところを、何度か見たことがあるのだ。康《カン》は林《リン》ばあさんの視線に気づくと、それをかごに入れていた。

次の週末、康《カン》が活動室でコンピューターゲームをしている間に、林《リン》ばあさんは彼のベッドまわりを調べる。子供はよくマットレスの下に物を隠しておくのだが、そこには何も見つからない。毛布をめくる。枕を持ちあげて枕カバーのジッパーを開ける。すると、生まれたての子うさぎのように小さく丸めた靴下が、五つ。

伸ばしてみると、花柄やアニメの動物柄の女児用靴下だ。それをポケットに入れようとして、ふと靴下をさがして枕カバーをまさぐる康《カン》の姿を思い浮かべ、手を止める。これは何かはかり知れない理由で康《カン》が大切にしているものなのだ。林《リン》ばあさんは靴下をもとどおりに丸め、枕カバーに詰める。

月曜日、上司に半日の休みをもらってバスで街へ出かけ、なくなった靴下とおなじ柄の靴下をさがす。ほかにちがうデザインの女児用靴下も何束か買っておく。

それから、洗濯ものにもっと気をくばることにした。康《カン》が来る前に、女の子の靴下はすべて袋に入れておくようにする。そしてときおり、買ってきた靴下をばらまく。どれも洗って干したあと、床にこすりつけてある。

二人はいまでも週末には楽しく過ごすけれど、靴下を出しておくとなくなることを思うと、林《リン》ばあさんは心配になる。康《カン》と話をしてそのわけをさぐるべきだろうか。でも口を開くたびにその気がなえてしまう。

週末、二人で藤の花影に座っているときなど、若い頃できなかった恋というのはこういうものか、と林《リン》ばあさんは思う。好きな男の子と手をつなぎ、知ってはならない秘密を訊かずにいる。

暑くなってきたので、寮母が生徒たちのベッドに蚊帳を吊る。その晩、寮母が行ってしまったあと、康《カン》の隣のベッドに寝ている男の子が起き出してくる。手に小型の懐中電灯を持って康《カン》の蚊帳の中に頭を突っこみ、康《カン》の目を照らしながら小さく悲鳴を上げる。男の子は大声を上げさせたかったのに、康《カン》はそうしない。でも男の子はびっくりし、よろこぶ。康《カン》が両手に花柄の靴下を持って、頬をなでているところだったから。

寮母たちが呼ばれ、ほかに七つの靴下が見つかる。そして次の日が暮れるまでに、女の子の靴下を盗んで変なことをする気持ち悪い男子のことが、校内の全員に知れわたる。

子供たちが康《カン》を校庭じゅう追いかけまわし、「ビョーキ」「変質者」「エロ男」と呼ぶ。それを見まもる林《リン》ばあさんの心は、洗濯機に回されるぼろ切れのようにねじれる。康《カン》はもう洗濯室に行ってはいけないことになる。林《リン》ばあさんは週末までの日にちを指おり数え、三日も気力がもたないのではと思い悩む。

金曜日の午後が来た。校門の前に立つ康《カン》は、林《リン》ばあさんに手を持ちあげられてやっと手をふる。シャトルバスが行ってしまうと、林《リン》ばあさんは小石を蹴っている康《カン》のほうを向く。

「康《カン》。ちょっとおばあちゃんの部屋へおいで」

「やだ。行きたくない」康《カン》は林《リン》ばあさんの手をはなす。

「どうしたい？　散歩しようか」

「散歩したくない」

「本を読むのは？　昨日新しい本が一箱届いたわ」

「読みたくない」

「じゃブランコに乗ろう」

「何もしたくない」康《カン》は肩から林《リン》ばあさんの手を押しのける。

　彼女の目に涙がこみあげる。頭上から康《カン》を見おろす。誰かを愛するということは、たとえかなわぬときでもその人をよろこばせたいということなのだ。「何かしたいことを考えたらいっしょにするし、何か欲しいものを考えたら、それをあげる。ほら、おばあちゃんは康《カン》が大好きなのよ」

「うちに帰りたい。お母さんに会いたい。おばあちゃん、ぼくたち列車に乗って、二日うちに帰ってもいい？」

　こちらを見あげる康《カン》の顔を見おろすと、その目の中で小さな希望が大きくなっていくのがわかる。康《カン》は林《リン》ばあさんの手をにぎる。「ねえ、二日だけ。誰にもわからないよ」

林《リン》ばあさんはため息をつく。「ごめんね。おばあちゃんには何もしてあげられない」

「なんだよ。何でもするって言ったじゃないか」

「この山のこの学校でできることなら何でもよ。いい子ね。学校を出ることはできないの」

しばらくたって、いきなり康《カン》が泣きだした。林《リン》ばあさんは康《カン》をあやそうと腕に引きよせる。それを康《カン》は押しかえす。かつて唐《タン》じいさんの目の奥に見たのとおなじ、冷たい怒りに満ちた目。林《リン》ばあさんは身をふるわせる。康《カン》は校庭を駆けていく。林《リン》ばあさんもあとを追うが、数歩で息があがって休んでしまう。老いた体が、気持ちの若さについていけない。


ベッドで泣いているものと思っていた康《カン》が、いない。林《リン》ばあさんは、名を呼びながら建物の中を歩きまわり、鍵の開いている扉をかたっぱしから開けてみる。活動室、音楽室、食堂。テーブルの下やカーテンの裏も見る。そして期待がはずれるたびに、心がずっしりと沈んでいく。

一時間ほどさがした頃、男の子は建物どころか学校から出たのかもしれない、という思いがよぎる。そう考えたら足がすくんで、あらゆる惨事が頭に浮かんでくる。林《リン》ばあさんは警備員を呼びにいく。二人の警備員が、校門のそばの小部屋でポーカーをしていた。でもどちらも、康《カン》が門を通り抜けたことを認めたがらず、きっと建物のどこかに隠れているんだと言い張る。そこでさらなる捜索を三人でおこなう。そして何も手がかりが得られなかったとき、それぞれがそれぞれの心配をしてあわてだす。

警察が呼ばれる。学校の主事が呼ばれる。寮母たちが呼ばれる。警備員は考えつくかぎりの人たちに電話をかける。彼がふるえる手で番号を押すのを見まもりながら、なぜ彼がここまで神経をとがらせるのだろうと林《リン》ばあさんは思う。警備員はのんびりした週末を一回なくすだけである。どちらも理事の親戚だから、悪くてもせいぜい給料一ヶ月ぶんが飛ぶだけだ。それに男児は毎日のように行方不明になっている――一年たてば彼らは康《カン》のことなどきれいに忘れてしまうだろう。たとえ二度と発見できなかったとしても。林《リン》ばあさんは泣きだす。

しかしその騒ぎの最中、康《カン》は自分から出てきた。無事で、お腹をすかせて、眠そうにして。林《リン》ばあさんがさがしている間、康《カン》は隠れんぼをしていたにちがいない。

あるいはがっかりさせられたので、彼女を罰したかったのだろうか。林《リン》ばあさんにはわからない。わかったのは、ピアノの下で眠っていたと、康《カン》が主事に話したことだけだ。

林《リン》ばあさんはピアノの下を見たのをおぼえている。でも年のいった女の記憶など誰も信じない。それに、本当のことを言ったにしても、それが何になるだろう。無能な人間だというのはもう知られている。思えばほかにもいろいろあった――生徒たちの食事を食べたり、洗濯ものに不注意があったり。

子供たちが学校にもどってくる日の夕方、林《リン》ばあさんは出ていくよう言われる。荷物はまとめて校門のところに置いてある。おばあさんでも軽く持てる、旅行鞄が一つ。

「愛の幸せは流星のように飛び去って、愛の痛みはそのあとに続く闇のよう」道で林《リン》ばあさんを追いこしていく少女が、よく通る声で口ずさむ。林《リン》ばあさんは少女に追いつこうとする。でも少女も歌も、どんどん先へ行ってしまう。林《リン》ばあさんは、鞄を地面におろして息をつく。もう片方の手には、ステンレスの弁当箱をまだしっかりとにぎっている。この道を行く人は、自分の脚の向かう先がどこなのか、みなわかっているらしい。でも彼らの一員でなくなってから、林《リン》ばあさんにはそれがどこかがよくわからない。

誰かが脇を走りぬけ、そのとき背中を強く押される。よろけてたおれこむ前に、手がちらっと見える。黒いシャツを着た男が鞄を持って、人ごみの中に逃げていく。

一人の女が立ちどまってたずねる。「大丈夫ですか？　おばあさん」

体を起こそうともがきながら、林《リン》ばあさんはうなずく。女は頭を横にふり、通行人に聞こえるような声を出す。「なんて世の中なんだい！　おばあさんからものを盗んだ奴がいるよ」

答える者はほとんどいない。女はふたたび首をふり、歩いていく。

林《リン》ばあさんは道の上に座りこみ、弁当箱を胸に抱く。みんなお腹をすかせているのに、誰も老女から弁当を盗もうとしないのは不思議だ。おかげで彼女は大事なものをなくしたことがない。弁当箱の中には三千元の解雇手当が無事に入っている。そしてカラフルな花柄の靴下の、まだ封を開けていないいくつかの袋も。それは林《リン》ばあさんの、はかない恋物語の記念だ。

黄昏

蘇《スウ》夫妻が朝食をすまそうとしていると、電話が鳴る。二人とも最初はとろうとしない。ここの電話番号を知っている人はあまりいないし、かけてくる人はもっといない。月に一度、大学二年になる息子の健《ジエン》が元気だよと電話をくれる。健《ジエン》はたいていの休日を、見えすいた言い訳すらせずに友達の家族といっしょに過ごす。でも蘇《スウ》夫妻は、もっと会いたいと健《ジエン》をせっつく気にはなれない。このアパートには寝室が二つしかなく、それだけでもせまくてきゅうくつなのに、貝貝《ベイベイ》が起きている間はわめき声がひびきわたり、シーツを汚したときは悪臭がこもる。健《ジエン》は玄関のそばにある簡易ベッドを使い、生まれつき重度の知的障害と脳性麻痺を持つ姉がいることを友達に隠しながら育った。ついに大学の寮に移るとき彼が有頂天になっていたのは、蘇《スウ》夫妻にも伝わってきた。夫妻は貝貝《ベイベイ》が死んだら――貝貝《ベイベイ》はしょせん長くは生きられない定めだ——去っていった息子を呼びもどしたいというひそかな望みを持っている。でもどちらもそれを口にすることはないし、そんなことを考えるだけでも恥ずべきことだと思っている。

鳴りやんだ電話が、しばらくしてまた鳴りだす。蘇《スウ》氏が電話のそばへ行き、受話器に手を置く。「とるかい？」

「こんなに早いんだもの。方《ファン》さんにきまってるわ」と蘇《スウ》夫人。

「方《ファン》さんは礼儀を知ってる。人の朝めしを邪魔したりせんよ」と言いつつ蘇《スウ》氏は受話器をとり、表情をやわらげる。「ああ。方《ファン》さんの奥さん。家内、おりますよ」そして蘇《スウ》夫人に合図をする。

蘇《スウ》夫人はすぐには電話に出ず、まず貝貝《ベイベイ》の寝室に行って彼女の様子を見る。まだ目を覚ます時間ではないが、貝貝《ベイベイ》の額にかかるうぶ毛のような薄茶色の髪をなでる。貝貝《ベイベイ》は二十八歳で、じきに二十九歳になる。体が大きいので、ひっくりかえしてふいてやるときは両親二人がかりだし、目が覚めると何時間でもわめいている。でもそんな欠点も、髪をちょっとなでるだけですべて忘れてしまう。

居間にもどると、片手で受話器の口のところをおおいながらまだ夫が待っていて、「虫のいどころが悪いぞ」とささやく。

蘇《スウ》夫人はため息をついて受話器をとる。「もしもし。奥さん。ごきげんいかが?」

「最悪ですよ。脚が痛くて。聞いてちょうだい。主人がいま出かけましたの。お宅のご主人と朝ご飯を食べて、そのあと株屋に行くって言ってたんだけど、どうせ嘘なんでしょ」

見ると、夫は貝貝《ベイベイ》の寝室に入るところだ。彼はよく貝貝《ベイベイ》のそばに座っている。蘇《スウ》夫人もよくそうするが、彼といっしょにはしない。「主人が上着を着ています。きっとこれから出かけて方《ファン》さんに会うんでしょう。主人に確かめましょうか?」と蘇《スウ》夫人。

「訊いてみて」

蘇《スウ》夫人は貝貝《ベイベイ》の部屋に向かい、扉のところで立ちどまる。夫はベッド脇の椅子に腰かけ、目を閉じてしばし休んでいる。まだ八時と早い時間だが、年老いてきた男にとって何でもそうであるように、朝もまた昔ほど大事なものではなくなっている。蘇《スウ》夫人は電話口にもどる。「もしもし?　やっぱり、お宅のご主人と朝食をとるんですって」

「本当?　お願い。ご主人のあとをつけて、嘘をついてないか見てきてくださいな。男は信用しちゃだめよ」

蘇《スウ》夫人はためらってから、答える。「でも、忙しいんです」

「何で忙しいの？　いいこと。わたしは脚が痛いんです。そうでなければ自分で追いますよ」

「あとをつけられる夫なんて、あまりみっともいいものじゃないと思います」

「自分の夫が毎朝出かけて女のにおいをつけて帰ってきたら、みっともないかどうかなんて気にしてられるもんですか」

浮気をしてるのはうちの夫じゃないのよ。蘇《スウ》夫人は腹の中でやりかえすが、筋ちがいだとは言いたくない。夫がよく方《ファン》氏の浮気のかくれみのにされているのは本当で、蘇《スウ》夫人は方《ファン》夫人に対して罪の意識がある。

「奥さん。そのうちにお手伝いします。でも今日はだめなんです」

「ご勝手に」

「ごめんなさい」

夫とか友人とかいうものはたいてい信用ならないものだ、とまたしばらく不平をならべてから、方《ファン》夫人は電話を切る。蘇《スウ》夫人が貝貝《ベイベイ》の部屋の扉をノックすると、夫はびくっと目を覚まし、あわてて口の端をふく。「あなたが方《ファン》さんと会うかどうか、奥さん知りたがってたわ」

「会うと言っといてくれ」

「言ったわ」

蘇《スウ》氏はうなずくと、ふにゃふにゃと丸い貝貝《ベイベイ》のあごの下まで、毛布をきっちりかけてやる。何の用であれ夫が貝貝《ベイベイ》に触れると、蘇《スウ》夫人はいやな気持ちになる。そんなふうに思うのはばかげたことにきまっている。何もわからない娘と、それでも娘を愛する夫にやきもちをやくなんて！　精神状態に気をつけていないと、方《ファン》夫人より頭のおかしい女になってしまうとは思うものの、夫が貝貝《ベイベイ》の髪をなでつけたり、頬をさすったりするのを見ると、やはり心がさわぐ。蘇《スウ》夫人は台所にもどって皿を洗い、夫は出かける用意をする。そして出かけるとき夫が声をかけると、彼女はふりかえりもせず、ばかていねいな返事をする。


八時半に蘇《スウ》氏は部屋を出る。株屋まで三十分歩いてちょうど着く時間だ。彼は株屋にいても、たいてい相場の研究をするだけである。売買はときどきやるが、取引には細心の注意をはらう。口座に入っている金は自分のものではないからだ。方《ファン》氏が一万元を融資してくれたのである。しかも、その金はさしあたって必要ないと何度も念押ししてくれた。軍需工場の高官を退職した方《ファン》氏にとって、それはおよそたいした額ではない。でも蘇《スウ》氏は「もらった水は一滴ごとに泉をもって報いるべし」と肝に銘じている。相場も景気も、方《ファン》氏の好意にこたえたい蘇《スウ》氏の味方をしてはくれない。しかし彼はくじけない。六十五歳のもと数学教師である蘇《スウ》氏の信条は、心身を鍛えること——株屋に毎日通うことで心身ともに鍛えられる——、そして辛抱することだ。

蘇《スウ》氏は株屋で一年前に方《ファン》氏に出会った。一つ年上の方《ファン》氏が蘇《スウ》氏のそばに腰かけていて、それで会話がはじまった。ここに来たのは好奇心からだと方《ファン》氏は言った。そして蘇《スウ》氏に、株式制度は本当にこの国にとって役立つのか、もし役立つなら、この明らかに資本主義的な新局面にマルクス主義政治経済学がどう適用されるのか、とたずねた。方《ファン》氏の質問は素朴で時代遅れだったが、蘇《スウ》氏は心を動かされた。国中のほとんどが金ひとすじの亡者になっている中で、旧きをなつかしみつつ新しきを理解せんと前向きにつとめる人には、なかなか会えるものではない。蘇《スウ》氏は答えた。「質問をする階をまちがえてますよ。経済を動かしている人たちは、上の階のVIP専用室にいるんです」

北京の証券会社はほとんどがそうだが、ここも破綻した国有工場から場所を借りている。蘇《スウ》氏の通う株屋はもともとカラーテレビをつくる工場で、利益率はよかったのに価格競争で独占企業に負けた。株屋の一階にいる常連の中にはそこを解雇された労働者たちがいて、とぼしい資金で口座を開き、幸運を待っていた。おなじ階には隠居たちもいる。蘇《スウ》氏とおなじ年頃の男女で、貯金を低い利率の銀行に預けて生殺しにするのではなく、殖やしたいと望んでいる。

「経済に影響しないなら、この人たちはここで何をしとるんですか」と方《ファン》氏。

「『砂粒も何千と集まれば塔が立つ』って言うでしょう。この人たちの投資した金があつまって、たくさんの工場が運営できるんですよ」

「ところで株式市場から金は入ってきますか」

蘇《スウ》氏は顔をふり、声を落とした。「たいていはだめです。いちばん前の列に女の人がいるでしょう。頭にネットかぶってる人。新聞やテレビの言うとおりに売買してますがね、それじゃもうからんでしょうな。それからほら、あのお年寄り――もう八十二になるのに陽気でお達者なかたですが、頭のいい投資家じゃない」

方《ファン》氏は蘇《スウ》氏の言う人たちを見た。どれもまずい投資の見本だ。「それであなたのもうけはどうなんです？」と方《ファン》氏は訊いた。

「いちばんだめなのはわたしです。はじめようにも金がないんですから」蘇《スウ》氏は笑顔で答えた。いつかやろうと蘇《スウ》氏はずっと相場を観察してきた。架空の資金をつかって株取引をおこない、すべての売買をきちんとノートに書きとめ、株取引に関する古本を買ってきて独自の方法論を発展させた。そうして一年練習したのち、株でかせぐ見こみはけして小さくない、という結論を出した。しかし年金はわずかだ。大学に通う息子と妻と娘が完全に彼に依存しているので、一銭たりと個人的な趣味のために賭けにさらす勇気はなかった。

方《ファン》氏と蘇《スウ》氏はあっというまに親しくなった。茶館やレストランに座って、有史以前から現在にいたるまでの世界について、意見をかわす。おたがいの考えを熱心に擁護し、少しでも意見の相違が見られるとすぐに話題を変えた。蘇《スウ》氏はこの年になって友達ができることにおどろいた。彼はこれまでずっとおとなしい孤独な男として生きてきた。大人になってから出会った人たちは、ほとんどがただの知りあいに終わっている。たぶん老いが第二の幼年期と呼ばれるゆえんは、これだ——利己的でなくなり、世間的な見方もしなくなるため、仲間づきあいからたやすく友情が生まれる。

それから一ヶ月ほどたった頃、夕食の席で方《ファン》氏が、いまつらい状況にあると言いだした。蘇《スウ》氏は方《ファン》氏に米酒《ミージウ》をつぎ、話の続きを待った。

「路上ダンスパーティーで知りあった女性に惚れてしまいまして」と方《ファン》氏。

蘇《スウ》氏はうなずいた。方《ファン》氏は前に社交ダンスの講座に出ていると言って、その利点を論じていた。いい運動になるし、楽しい雰囲気で人に会えるいい機会だし、芸術的体験でもある。そのとき蘇《スウ》氏は、西洋かぶれになったと方《ファン》氏をからかおうと思ったのだが、大まじめな様子を見てやめたのだった。

「問題は、彼女が若いことなんです」と方《ファン》氏。

「どのくらい若いんですか」

「四十代初めです」

「年は幸せの障害にはならないはずですよ」

「でも、ちょっと厳しいでしょう」

「ふむ。彼女は結婚してるんですか」

「離婚しました。でも考えてもみてくださいよ。娘ぐらいの年なんですよ」

蘇《スウ》氏は方《ファン》氏の姿をしげしげと見た。ずっと軍人だった方《ファン》氏の身体はきたえあげられている。頭が禿げているのをのぞけば、見た目は年齢より若い。「かつらをかぶれば、五十歳だと思われますよ。似合いの花婿じゃないですか」

「蘇《スウ》のおやじさん。からかわんでくださいよ」方《ファン》氏はにやけ顔を隠そうともしなかったが、その笑みもすぐに消えた。「不毛な愛だ。わかってるんです」

「『人はできると思えば何でもできる』と毛主席も言ってますよ」と蘇氏《スウ》。

方氏《ファン》は顔を左右にふり、けわしい顔で酒を少し口にふくんだ。蘇氏《スウ》は愛に悩む友を見た。そして自分も酒を飲みほすと、女の子のことで親友に相談したり相談されたりした十代の頃にもどったような気がした。「実を言いますとね、妻とわたしはいとこ同士なんです。まわりはみんな結婚に反対しました。でもとにかく結婚しましたよ。あなたもやるしかありません」

すると方氏《ファン》は言った。「それはすごい勇気だ。ただの人じゃないとはずっと思ってましたが、なるほど。ぜひその奥さんを紹介してください。明日家にうかがうっていうのはどうでしょう。奥さんに敬意を表する必要がある」

蘇氏《スウ》はひどくうろたえた。ここ何十年というもの、アパートに客を迎えたことはない。「お気づかいなく」蘇氏《スウ》はしばらくしてやっとそう答えた。そして「長年つれそったら、妻もただのばあさんですね」とまずい冗談を言って、すぐに後悔した。

方氏《ファン》はため息をついた。「そのとおり。でも現実として妻は妻です。着古したシャツみたいに、老後になってから捨てるわけにはいかんのです」

方氏《ファン》に妻がいるという話は初耳だった。子供とその家族の話ばかりするので、方氏《ファン》はやもめなのだろうと蘇氏《スウ》は思いこんでいた。「ということは、奥さんはお元気で」――よく考えてから訊いた――「まだいっしょに住んでるんですか」

「いや刑務所ですよ」方《ファン》氏はまたため息をついて、妻の話をはじめた。妻は党委書記として輸出入部門で農業部を担当していたので、書類に彼女の承認を必要とする部門や企業からとうぜんのごとく金が入ってきた。方《ファン》氏に言わせればよくある賄賂と署名の取引だったのだが、それを告発した人間がいたため、党内懲戒処分を受けて退職した。「まあ妥当ですな。誰かに危害を加えたことはあとにも先にもないんだし」と方《ファン》氏。しかし運の悪いことに、妻がちょうど退職するとき、十七万元をこえる金を受けとった汚職役人は政府が重刑に処する、という指令を国家主席が出した。「十七万元なんぞ、奴が受けとった金にくらべればどうってことないじゃないか！」方《ファン》氏はこぶしでテーブルをたたき、それから声を落とした。「信じてください。政府改革のツケをはらわされるのは雑魚《ざこ》ばかり。大物の魚はね――肥えてでかくなるだけなんですよ」

蘇《スウ》氏はうなずいた。十七万元は想像をこえる金額だが、方《ファン》氏の言うとおり凶悪犯罪でないのはたしかだ。「それで、奥さんはその額で訴えられたんですか」

「ちょうど限度額をこえてたんです。それで七年の刑を宣告されました」

「七年！　ひどい。あんまりだ」

方《ファン》氏は頭を縦にふった。「つまり、ねえ。妻をいま捨てるわけにはいかんでしょう?」

「ええ。それはまちがってますな」

二人はしばし黙りこみ、問題の難しさに思いをめぐらせながら、酒を飲んだ。しばらくすると方《ファン》氏が言った。「これはずっと考えていたことなんですが、たぶん妻がもどってくるまでわたしらで――好きな女とわたしです――一時的に家庭を持てばいい。何の契約も義務もなしで。ほらよく言う、一夜かぎりのなんとかってのよりは、ましでしょう?」

「一夜かぎりの関係ですか」と蘇《スウ》氏は口をすべらせ、そんないまどきのいかがわしい言葉に通じているところを見せて恥ずかしくなった。彼は女たちが株屋に持ってくる大衆紙からその言い回しを知ったのだった。本人は否定するだろうが、その手の話に注目すらしていたのだ。

「そう。そんな関係よりいい形にできると思いましてね。『夜明け前の露のごとき夫婦関係』(かりそめの仲)です」

「奥さんが帰ってきたらどうします?」

「七年は長い。七年たったら、わたしはどうなっているかわかりません。マルクスやエンゲルスといっしょにあの世で眠っとるかもしれませんな」

「それは言わんでくださいよ。方《ファン》さん」いずれは避けられぬ別れを思い、蘇《スウ》氏は悲しくなった。

「蘇《スウ》さんはいい友達ですよ。話を聞いてくれて、ありがたいです。昔の友達は――みんな妻が刑を宣告されたとたん去っていきました。うちの悪運がとりつくとでも言わんばかりにね。その中には、わたしたちをもてなしたい、とうちまでちょくちょくたのみに来ていたのもいたんですよ！」そうして方《ファン》氏はだしぬけに、蘇《スウ》氏に投資資金をいくらか貸そうと言いだしたのである。

「ぜったいにだめです！　友達になったのは、金のためじゃない」と蘇《スウ》氏。

「ああ。なんでそんなふうに受けとるんです。こう考えましょう。これはわたしみたいな年寄りのマルクス主義者にはいい経験なんです。蘇《スウ》さんがもうければうれしいし、だめならわたしの信じてきたことが正しいってことになる。どうです？」

方《ファン》氏は酔っているのだと蘇《スウ》氏は思った。しかし数日たってまた金を貸す話をされると、とても断りきれなかったのである。

方《ファン》夫人は二時間後にまた電話をかけてきて、蘇《スウ》夫人がとると、こう言いだす。

「いい考えがあるわ。探偵をやとって、あの人が誰と会ってるのかさぐるんです」

「探偵ですって?」

「とうぜんよ。わたしがその女を見つけられないと思ってるの? あなたには正直に言いますけど——わたしはお宅のご主人もまったく信用してませんよ。うちのがどこにいるか、あなたに嘘をついてると思うわ」

蘇《スウ》夫人はあわてる。探偵をやとえるとは知らなかった。探偵というのは遠い国の話だと思っていたし、何か危険をともなうような感じがする。方《ファン》氏の不倫の協力者である以上、夫にも何か被害がおよぶのではないか。「本当に信頼のおける人を見つけられるんですか」

「お金さえ出せば人は何だってしますよ。確たる証拠をつかむから待っててちょうだい。電話したのもそういうわけ。お宅のご主人、毎日出かけてるって言うけど、変じゃない? 実は二人とも浮気していて、たがいをかばいあってるかもしれない、とは思いません?」と方《ファン》夫人。

「いいえ。ありえません」

「どうしてそう確信が持てるのかしら。もしよければ、わたしたち双方に探偵をやといますけど」

「ああ、どうか、やめてください」

「あなたはお金をはらわなくてもいいのよ」

「主人を信じていますから」と言いながら急にこわくなり、脚から力が抜けていく。たしかにこの世の誰よりも、いちばんかぎつけそうなのは探偵だ。貝貝《ベイベイ》のことを。

「けっこう」と方《ファン》夫人。「そう言うならあなたには真実を見せないことにしましょ」

蘇《スウ》夫人は方《ファン》夫人に会ったことがない。彼女は一年服役したところで体調が悪くなったため、最近刑務所から仮釈放された。それから数日たったころ、彼女は蘇《スウ》氏の番号に電話をかけてきて——方《ファン》氏の連絡先リストの中で、それだけが知らない番号だったからだ——蘇《スウ》夫人に方《ファン》氏との関係をきつく問いただしてきた。蘇《スウ》夫人は、自分は方《ファン》氏とは何の関係もなく、家の中にもうたがわしい若い女はいない——子供は息子一人だと嘘をついた——と、けんめいにわかってもらおうとした。それ以来、方《ファン》夫人は蘇《スウ》夫人を信頼できる友とみなして、一日に何度も電話をかけてくるようになったのだった。方《ファン》夫人にとって、いま人生は苦々しいものにちがいない。前科ができたうえに、かつての友はみな背を向けてしまい、夫は若い女に熱をあげている。蘇《スウ》夫人は彼女が刑を宣告されたと聞いても、はじめはことさら同情しなかった——十七万元は蘇《スウ》夫人にとって天文学的な数字だ——が、いま彼女の友情を拒むのはしのびない。電話の向こうで方《ファン》夫人が打ち明ける。夫はたしかにかくれて浮気をしている。まずいかにもあやしげな、いやな癖をつけた——毎食後、デンタルフロスをつかう。夜中に腹筋運動をやる。シャツの裾をきちんと入れる。頭に育毛剤をすりこむ。「あと四十年生きる気みたいにね」それから毎日出かけて蘇《スウ》氏に会っているけれど、二人の男がそんなにちょくちょく会う理由なんかあるものですか。

株式市場ですよ、と蘇《スウ》夫人が言って聞かせても、方《ファン》夫人は納得しない。電話のせいで蘇《スウ》夫人はへとへとになる。でも、ときに静かな朝をやり過ごしたあと、電話が鳴るのがむやみに待ちどおしくなることがある。

子供たちの世話をし、どんな形にせよ彼らが去っていくのを待ちながら、蘇《スウ》夫人はアパートの壁の中で結婚生活のほとんどを過ごしてきた。買い物に出ても、近所の人と日常のあいさつ以上に話をすることはあまりない。蘇《スウ》夫妻が引っ越してきたとき、近所の人たちは部屋から聞こえてくるあのさけび声は何なのかと、あれこれほじくりだそうとした。そして蘇《スウ》夫人が好奇心を満たしてくれないのがわかると、今度は蘇《スウ》家の秘密を知る権利を突っぱねられたと怒り狂った。一度、四つか五つだった頃の健《ジエン》が、アパートの入口で数人の女につかまって答えをせまられた。しばらくして蘇《スウ》夫人が階段のところで見つけたとき、健《ジエン》は唇をきつく結んで泣いていた。

　蘇《スウ》夫人は貝貝《ベイベイ》の寝室に向かう。方《ファン》夫人に貝貝《ベイベイ》の声がとどかないよう、扉はしっかり閉めてある。部屋に入る前、貝貝《ベイベイ》がさけんでいるのが一瞬聞こえる。今日の貝《ベイ》貝《ベイ》はひどいむずかりようで、いつになく何かに駆りたてられているような、かん高い声をあげている。蘇《スウ》夫人がベッドのそばに座って眉のあたりをなでてやれば、いつもならおとなしくなってぐずぐずと鼻を鳴らすのに、今日はだめだ。薄い粥《かゆ》を何回か口へ持っていくと、蘇《スウ》夫人の顔にぜんぶ吹きとばしてしまう。

　蘇《スウ》夫人は二人の体をふくため、タオルをとりに立ちあがる。探偵のことを考えるとおそろしい。方《ファン》氏を尾行したり、毎日の行動を記録したりする幽霊のような男の影が目に浮かぶ。もしも方《ファン》夫人が、好奇心か退屈しのぎで他人の秘密をあばこうと、ちょっとよけいにお金をはらったら、探偵は自分の夫も調査するのだろうか。蘇《スウ》夫人は身をふるわせて寝室を見まわす。昼夜を問わずカーテンと窓を閉めきっていても、壁の裂け目から貝貝《ベイベイ》を見られるのではなかろうか。蘇《スウ》夫人は貝貝《ベイベイ》をしげしげながめ、彼女が他人の目にどううつるか想像してみる。陽を浴びたことのない、磁器のように白い肉の山。その顔にも体にも、かさねた年のつめあとは見あたらない。いまだに貝貝《ベイベイ》は、ぶかぶかのピンクのおくるみに包まれた、生まれたてのやわらかな赤ん坊のままだ。

頬の肉をゆらして、貝貝《ベイベイ》が金切り声をあげる。蘇《スウ》夫人は貝貝《ベイベイ》のぷくぷくした手をてのひらに受け、ささやくようにうたう。「子ネズミ、調理台に乗る。子ネズミ、油をごくごくごくごく。子ネズミ、飲みすぎ、動けない。にゃー、にゃー、ネコが来て、子ネズミ、つかまりましたとさ」

貝貝《ベイベイ》はこの歌がお気に入りだが、それには理由があると蘇《スウ》夫人は思っている。はじめからいとこ同士の結婚に反対していた親戚一同がうちそろってあぶないと言うなか、貝貝《ベイベイ》は生まれた。そのとき医師たちは、おそらく十歳まで生きられないだろう、二十歳まで生きのびたら奇跡だ、と言った。そして夫婦に、新生児を標本として医科大学に引きわたしてはどうかとすすめた。いずれにしろ貝貝《ベイベイ》はほかに何の役にも立たないからと。ホルマリン液の瓶に漬けられた赤ちゃんを思い浮かべて、蘇《スウ》夫妻はぞっとした。そこで母子が退院すると、二度と貝貝《ベイベイ》を病院に連れていかなかった。それでも愛しあう夫婦は、不運にくじけなかった。家族や隣人をはなれてよその地区に引っ越し、夫は仕事を変え、妻は貝貝《ベイベイ》のめんどうをみるために完全に仕事をやめた。家に客を呼ぶことはなくなり、しばらくすると友達を持つこともやめた。貝貝《ベイベイ》が、あやしてほしいとかさびしいとかいう欲求を、声に出してうったえるようになると、二人はほめそやした。そうして彼女の体がそのまま大きくなっていくのを見まもった。それはつらい生活だったが、おたがいへの、そして娘への愛があったので、蘇《スウ》夫人にとってはこのうえなくすばらしい生活となった。彼女は恋をした十二歳の頃から、ずっとそんな生活を夢みていたのだ。すでにひょろっとした若者になっていた一つ上のいとこが詩の本をプレゼントしてくれて、それで恋に落ちてしまった、あの頃から。

やがて若いいとこは猫背の夫になり、すばらしいはずの生活がそうではなくなっていく。貝貝《ベイベイ》が十歳になった年――もちろん祝うに値する奇跡だ――、夫は二人目の子供をつくろうと言いだした。どうして？　妻はたずねた。すると夫は、もっと健全な結婚生活、つまりもっとちゃんとした家庭とはどういうものか話して聞かせた。でも妻には夫の考えていることがのみこめなかった。二人はいい子をさずかるだろうが、だからといってこわれてしまったものをもとどおりにはできない。健《ジエン》を身ごもってもなお、妻にはそれがわかっていた。二人は貝貝《ベイベイ》を中心に世界を築いてきたというのに、夫はほかの人たちとおなじような家庭にしようと、その世界を捨てることにしたのだ。それは彼女にとって理解しがたいことだった。とはいえ、男は変化をもとめ女は安定をもとめる、そんな古いことわざもあったはずだ。女は生活のすべてを受けいれ、その中でできるだけのことをする。そして男はもっといい生活を期待する。でもそれは女にとってすばらしいとは言えない生活でもある。

蘇《スウ》夫人はため息をついて、貝貝《ベイベイ》のしまりのない体を見る。人の目にはさぞ不快にうつるにちがいない。この子を腕に抱いて部屋へはこんだ頃の大きさにもどせたらいいのにと思う。あるいは、誰にも気づかれずにこっそりあの世へ送ってやれたら。貝貝《ベイベイ》のさけび声がさらに高まり、口の端から白い泡が垂れる。蘇《スウ》夫人はそれをふいてやる。そしてタオルを持つ手が貝貝《ベイベイ》の口元で止まり、声がこもった瞬間、そこから手を放したくない欲求にかられる。あと三分こうしていれば、生きとし生けるもののために死が用意した苦痛や屈辱から、貝貝《ベイベイ》はのがれることができるのだと思う。しかし貝貝《ベイベイ》の青白い顔に赤味がさっとさしたとたん、すぐさまタオルをはずす。貝《ベイ》貝《ベイ》が、深く息をする。貝貝《ベイベイ》の命はねばり強く、かつてそれを生んだ愛よりも長生きしてしまった。そのことに蘇《スウ》夫人はがくぜんとし、悲しくなる。

端末機のブースに入り、蘇《スウ》氏はパスワード——貝貝《ベイベイ》と健《ジエン》の誕生日の組み合わせだ――を指一本で打つ。コンピューターの操作はまだうまくできないが、その階にいる人はほとんどが年配でゆっくりしているので、おたがいにがまん強い。ソフトウェアが律儀にグラフや数字を出してくる。でも今日はなかなか集中できない。蘇《スウ》氏はしばらくするとやめて、ブースを待っていた女性に場所をあける。椅子がならんでいるところにもどり、一休みしようと適当な席をさがす。最近は景気が悪くなっているので株屋も管理がぞんざいになり、椅子のオレンジ色をしたビニールの座がいくつもなくなっている。しばらくしてやっと、手縫いの綿の座布団がしいてあるいい席を見つけて腰をおろす。そばに年増の主婦の一団がいる。五十代の終わりから六十代のはじめぐらいまでの女たちで、その階でいちばん楽しげでおしゃべりな人たちだ。彼女たちのほとんどは持株をそのままにしておくしかないので、さしあたり金を動かさない。いやきっと永久に動かさないだろう。それなのに毎日来るのは、ただつきあいのためである。おおかた子供と孫、がまんならない義理の親族、昨日の晩のメロドラマ、大衆紙の記事などについて、えんえんと論じあうのにちがいない。

大きな画面の上で数字が流れていくのを、蘇《スウ》氏は見つめる。拡声装置が金融専門ラジオに合わせてあるのだが、司会の話す分析報告が女たちのおしゃべりにかき消されてしまう。たいていいつもならうるさくてかなわないのに、今日は女たちに思いやりどころか親しみの情さえわいてくるほどだ。おとなしくて陰気なうちの妻は、こんなおしゃべりおばさんにはぜったいならないだろう。でも、どうでもいいことにはりきって、何も考えずにおもしろおかしく生きる、こういう女が妻だったら、とふと思う。

大事な数字を書きとめてから、蘇《スウ》氏はため息をつく。ずいぶんいろいろ研究したにもかかわらず、彼の投資はせいぜいおばさんたち程度にしか成果をあげていない。こんなふうに人が計算ちがいをするのとおなじ理由で、人生もうまくいかなくなるのだ。夫と妻は一生の愛を誓うが、その愛は人生が終わるより早く終わる。そして人はよく考えたすえに株を買うが、確率の法則に反して、人生には起こりそうにないことが起こりやすいということを考慮に入れない。蘇《スウ》氏は十三のとき妻に恋をし、妻も彼に恋をした。初恋の恋人同士が家庭を持つ確率はどのくらいだろう。二人は双方の家の命《めい》にそむいて結婚し、みんなの忠告を聞かずに子供をつくることにした。その頃もっと若くてこわいもの知らずだった蘇《スウ》氏は、障害児が生まれる確率はとても低いと計算した。だから運命はほぼこちらの味方だと思った。ただし、それはほぼであって完全にではないのであり、まるでしんらつな冗談のように貝貝《ベイベイ》は脳と脊髄に重い障害を持って生まれた。でも、もし妻が自分と子供の身を世間から隠すようにならなければ、そう不運なことではなかったろう。妻はきっと毎日貝貝《ベイベイ》を見るたびに、まっとうな結婚をしなかったと思い知らされたのにちがいない。でも恥じることは何もないのだ。妻にそう言おうと思ったのだが、その勇気が出なかった。それでもう一人赤ん坊をつくろうと彼は持ちかけた。もう一度チャンスをつかむため、そして妻が抱えこんではなさない、いらぬ恥と苦しみから彼女を救い出すために。彼もまた、心ひそかにもう一度運命にいどみたいと思っていた。彼は妻を説きふせようとした。ふたたび不運に襲われる確率は低い。すごく低いんだ。普通の赤ん坊さえ、そして普通の家庭さえ持てたなら！　そして新しい赤ん坊が生まれると、彼の計算は正しかったことが証明された——健《ジエン》はすこやかに生まれ、とてもりりしく頭のいい少年に成長した。まるで一回目にうしなったものが二倍になって両親にかえってきたようだった——しかし、まさかこのよい結果が結婚生活を楽しくしてくれるどころか、妻を遠い存在にするとは思わなかった。人生を出し抜けるなどと考える、そんなあやまちを二度もおかすとはなんと傲慢だったのだろう。貝貝《ベイベイ》の誕生でこわれなかったものが、健《ジエン》の誕生でこわれてしまった。まるで、あらゆる一般常識に反して、妻は彼と不幸は共有できても幸福は共有できないかのように。

二十年のあいだ、二人は気をつけて口論を避け、愛情ある親と忠実な伴侶であり続けてきた。しかし若いいいとこ同士だったときにたがいを狂わせた何かには、もう見捨てられていた。そして分かちあえない苦しみの中にとりのこされたのだった。

肩を指でつつかれて目を開け、蘇《スウ》氏は眠りこんでいたことに気づく。「すみません」とつついた女に言う。

「いびき、かいてましたよ」女は困るわと言いたそうな苦笑いを浮かべている。

蘇《スウ》氏はふたたび謝る。すると女はうなずいて仲間との会話にもどる。画面の時計を見ると、昼食にはまだ早い時間だ。でも、とにかく鞄からインスタントラーメンの袋とマグカップを出して、飲み物コーナーで湯をもらい、中に麵を浸す。麵がやわらかくふくらんでくる。蘇《スウ》氏は汁をすすって、首を縦にふる。家に帰って妻と話し、これまで訊く勇気がなかった質問を二、三してみよう。でもそうは思いつつ、やはり口にしてこなかったことはそのままにしておくほうがいい、という結論を出す。人生は株式市場とそう変わらない——一つの株に投資したら、その株にとりついて、逆にとりつかれる。ほかにもあらゆるあやまちをおかしうるというのに。

昼になると、株屋の依頼でレストランが弁当をＶＩＰ専用室にはこんでくる。その階にいる投資家は電子レンジで弁当をあたためたり、インスタントラーメンをつくったりする。よその食卓からいろんな食べもののにおいがただよってくるといつも力がわく蘇《スウ》氏は、希望を持って端末ブースに入る。いつか妻が貝貝《ペイベイ》の世話から解放されたら、いっしょに株屋へ行こうと誘ってみよう。ほかの人たちの暮らしを彼女に見てもらいたい。そこには、無意味なようでいてささやかな幸せがあふれている。

五時きっかりに株屋の建物を出ると、外に方《ファン》氏がいる。道路の縁石に座って、あわれな捨て子のように蘇《スウ》氏を見あげている。

「方《ファン》さん、大丈夫ですか。どうして中に入ってさがしてくれなかったんです?」

方《ファン》氏は一杯飲みに行こうと蘇《スウ》氏を誘い、手をさしだして引っぱり起こしてもらう。それから二人は路傍に小さな食堂を見つけ、方《ファン》氏が何品かの冷菜と、強い酒である白干《バイガン》を一瓶頼む。「結婚が一生続くものでなければいい。そう思うことはないですか」方《ファン》氏は酒を飲みながら言う。

「何かあったんですか」と蘇《スウ》氏。

「釈放されてから、妻は何も受けいれようとしないんです」

「離婚するんですか」

方《ファン》氏は酒をあおると、「そうできればいい」と言ってすすり泣きをはじめる。

「まったく愛していなければ、ただ荷物をまとめて出ていけるのに」

午後遅くには蘇《スウ》夫人も、明らかに貝貝《ベイベイ》の様子がおかしいことに気づいていた。いつもは何も見ていないような澄んだ目が、痛みに耐えているかのように異様な光を放っている。なだめすかしてもうまくいかない。何をやってもだめなので、蘇《スウ》夫人は睡眠薬の瓶を出してくる。磁器の小さな乳鉢に二粒入れ、それからややためらって、二粒足す。これまでもずっと、夜家族が邪魔されずに眠れるよう、睡眠薬の粉をシロップにまぜて貝貝《ベイベイ》に与えてきた。

シロップを飲んで落ちついた貝貝《ベイベイ》は、しばしさけぶのをやめる。しかしやがて、またさけびだす。蘇《スウ》夫人は貝貝《ベイベイ》の額をなでながら、薬が効いてその貧しい意識が遠ざかるのを待つ。電話が鳴ったが、蘇《スウ》夫人は動かない。五回目の電話が来てから、貝貝《ベイベイ》の目がうとうとと半分閉じているのを見て寝室の扉を閉め、受話器をとる。

「どうして電話をとらないんです？　あなたもわたしに飽きたってわけ？」と方《ファン》夫人。

蘇《スウ》夫人はとりつくろおうとするが、それどころではない方《ファン》夫人は言葉をさえぎる。「女が誰かわかったんですよ」

「いくらかかったんですか」

「ゼロよ。聞いてちょうだい。うちの夫が——恥知らずの年寄りよ——自分から白状したんです」

蘇《スウ》夫人はほっとした。「それじゃ、もうすんだんですね」

「すんだ？　ぜんぜんすんでなんかいないわ。あの人、今日の午後に何て言ったと思います？　三人でなかよくいっしょに暮らせないかって訊くんですよ。まるでわたしのためだとでも言わんばかりにね。『部屋数はじゅうぶんある。部屋とベッドを一つずつあげてもどうってことはない。彼女はいい人だからわたしら二人ともめんどうみてくれる』ですって。たしかに、あの人のものはめんどうみるでしょうけどね」

蘇《スウ》夫人は顔を赤くする。「その女の人は奥さんと暮らしたがってるんですか」

「それがね、あなた。仕事を首になってたんですよ。はっ、なるほどね、て感じでしょ。入居したいにきまってます。食事も部屋代もタダ。おまけに男もね。こんないい話ないじゃないの。うちの遺産にだって目をつけてますよ、きっと。それを主人たら、何て言ったと思います？　娘だと思えって言うんですよ。彼女は五歳で父親をなくして、それから自分に会うまでやさしくしてくれる男に会えなかったってね。だから言ってやりましたよ。その人は夫が欲しいのか父親が欲しいのかって。まんまと口車に乗せられてるんですよ。おわかりよね。それなのにあの人ったら何も見えてないんだから！ 彼女のつらさをわかってやってくれとまで言うんですよ。こっちこそ、彼女にわかってくれとたのんでほしいわ」

そこへ扉に何か重いものが当たったような音がする。その扉が開き、蘇《スウ》夫人がふりかえると、年配の男が夫に支えられながら扉に寄りかかっている。「方《ファン》さんが酔っぱらってね」と夫が小声で言う。

「聞いてらっしゃる？」と方《ファン》夫人。

「あ、ええ。ちょっと。用事ができたので行かなきゃいけないんです」

「だめよ。まだ話は終わってないんですからね」

蘇《スウ》夫人が見まもるなか、二人の男は浴室の中にたおれこむ。まもなく吐く音と水道が流れる音が聞こえてくる。夫が低い声でなだめ、方《ファン》氏は泣いている。

「ですからね、わたしの目の黒いうちはぜったいにゆるさないって言ったんです。そうしたらあの人、泣いてせがんできてね、古い考えは捨ててくれってこんなばかげたことを言うんですよ。二人の女と一人の男がなかよく暮らしている家庭はいまたくさんある。これは結婚革命だ、なんて。革命？ わたしはね、それは革命じゃなくて退化でしょって言ってやりましたよ。自分のことをすぐれたマルクス主義者だと思ってるみたいだけど、マルクスは重婚しろとは教えなかったし、毛主席だって妾《めかけ》をつくれとは言わなかったってね」

蘇《スウ》氏がソファに寝かせてやると、方《ファン》氏は目を閉じる。涙で濡れた年寄りの顔が、苦しみに引きつっているのを蘇《スウ》夫人は見る。やがて方《ファン》夫人の怒りの声に、方《ファン》氏のいびきがまざる。

方《ファン》氏がすぐ眠ってしまったので、蘇《スウ》氏が立ちあがって貝貝《ベイベイ》の部屋に入っていく。だがしばらくすると出てきて、悲しみに沈んだ表情でこちらを見る。蘇《スウ》夫人の心臓がふるえる。方《ファン》夫人がぶつぶつ言っている受話器をはなし、彼女は貝貝《ベイベイ》の寝室に行く。貝貝《ベイベイ》はやすらかに横たわっていた。やや青みがかっているが、磁器のように白いその顔に、苦しみのあとはもうない。蘇《スウ》夫人はベッドのそばにひざまずき、まだふっくらとやわらかい貝貝《ベイベイ》の手をにぎる。夫が近づいてきて、彼女の髪をなでる。もう白く薄くなった髪を。彼のやさしい、ひかえめな触れ方は、二人が祖父の庭でいっしょにあそんでいた子供の頃、人生がはじまろうとしていたあの頃と変わらない。そこには火の色をしたつりがね形の石榴《ざくろ》が咲いていて、そのまわりを蜜蜂がせわしげに、幸せそうに飛びかかっていた。

不滅

わたしたち誰もがそうであるように、彼の物語もまた、誕生のはるか以前に始まった。わたしたちの町（中国の鎮《ジエン》にあたる）は、いくつもの王朝を越えて長きにわたり、皇帝一族にもっとも信頼の置ける側近たちを差し出した。宦官《かんがん》と呼ばれる彼らのことを、縁《えにし》の深いわたしたちは「ご先祖さま」と呼ぶ。わたしたちの中にご先祖さまの血を直接引く者はいないが、血の河の流れをさかのぼれば、そこに誰かの叔父や兄弟やいとこだったご先祖さまがいる。わたしたちの家名を歴史から消さぬよう、彼らは男であることをやめたのだった。何世代にもわたって、男の子たちが七、八歳ぐらいで選ばれて去勢され――「身を浄《きよ》める」と言う――見習いとして宮中へ上がり、皇帝一族のために家事をおこなうことをおぼえた。それから十三、四歳で手当をもらうようになり、その銀貨を貯めては実家の両親に送った。銀貨は、薬草と切断された男根をいっしょに入れた絹の小袋とともに、櫃《ひつ》の中におさめられる。やがてご先祖さまの兄や弟たちが年頃になると、両親は櫃を開けて銀貨を取り出し、その金で兄弟は嫁をめとることができた。嫁は息子を生み、その息子が大きくなってまた息子をもうけるか、あるいは身を浄めた者として宮中へ上がるかして、一族の名を伝えていく。長い歳月をへて脚が立たず皇族に仕えることができなくなると、ご先祖さまは宮廷から暇をもらって甥たちに迎えられた。それからはもう何の憂いもなく、宮中から連れてきた、飼い主に似て太ってのろまな猫の背をなでたり、胡同《フートン》（横丁、小路）で牡犬《おす》が牝犬《めす》を追いかけまわすのをながめたりしながら、一日じゅう日なたぼっこをして過ごした。やがて死がおとずれるのだが、彼らの葬式は町いちばんの壮麗な行事として執りおこなわれた。金と赤の衣を着た六十四人の仏教の僧が、四十九日祈って御霊《みたま》を極楽へいざない、青と灰色の衣を着た六十四人の道教の道士が、四十九日舞い踊って遺体にとりつこうとする悪霊を追いはらった。四十九日がすんであの世に召されるとき、絹の袋に入った干からびた男根が柩《ひつぎ》の中に置かれた。欠けていた部分を体にふたたびとりもどし、御霊は心のこりなくこの世を去り、わが町よりもよきところへおもむくことができたのだった。

　これが、わたしたちのご先祖さまの誰もがたどった物語である。長いあいだどの王朝でも、彼らは誰より皇族に信頼されていた。皇女や側室の身辺の世話をしたが、卑しくもみだらな欲望によって高貴な血をけがすことはなかった。また見せかけだけの美貌で誘惑しようとたくらむ若い侍女とはちがい、ご先祖さまが皇帝と皇太子に細やかな心配りを見せても皇后は安心していられた。しかし、皇太子が公式に側室を持てる御年になるまで、ご先祖さまが慰みものにされているという根も葉もない噂や、ごくささいな不始末のせいで水に沈められたり、火で焼かれたり、棒で打たれたり、首をはねられたりしたという痛ましい話も人の口にのぼった。でもわたしたちはみんな知っている。こうした話はわが町の名誉を傷つけんがためのでっちあげだ。わたしたちはこの目で見たことしか信じない——墓地にある、墓碑銘が見事に彫られた墓石や、代々伝わる家譜に豪華な刺繡絵で描かれている肖像。わたしたちの心は、ご先祖さまへの誇りと感謝の念で満ちていた。彼らがいなかったら、わたしたちは名もない町に生まれた、一介の身分卑しき者で終わるだろう。

わが町の栄光は前世紀に色あせてしまった。しかしご先祖さまが歴史から姿を消す話をする前に、ある少年の話を聞いてもらいたい。伝統として、宮中へ上がる少年に一人息子はいないことになっていた。一人息子なら、男の子をもうけるというはるかに大事なつとめがあるからだ。しかしわたしたちのご先祖さまの中でももっとも偉大な人物は、一家の一人息子だった。彼の父親もまた一人息子で、妻の腹に次の子種をしこまぬうちに若くして死んだ。のこされた男の子と母親は、宮中から金を送ってくれる叔父も兄弟もいないので、貧しい暮らしをした。男の子が十歳のとき、皇帝が手ずから金塊をわが兄弟に賜ったと自慢する、近所の少年たちと喧嘩をした。そのあと彼は牛小屋に行き、縄と鎌で自らの身を浄めた。言い伝えによれば、彼は血のしたたる男根を手に町を歩きとおし、あわれみの目を向ける人々に向かってさけんだという。「いまに皇帝陛下の第一の側近になってやるから見ていろ！」彼の母親はそれを恥じ、息子も孫もいない余生に絶望して、井戸に身を投げた。二十年後、彼は宮中で宦官の頂点に立ち、二千八百名の宦官と三千二百名の侍女を監督した。金を送らねばならない兄弟はいないので銀貨をすべて貯めておき、その地でもっとも富貴な者となって隠居した。それから彼は亡き母の柩を掘りかえさせて、二度目の葬式をおこなった。その葬式は、わが町はじまって以来のとほうもない規模だった。一九〇四年、九番目の月のことである。いまでも葬式の一部始終を、老人たちが語り続けている。白檀《びゃくだん》を彫った巨大な柩、大量の金塊、絹の服を入れたいくつもの櫃、翡翠の器が入った箱の数々。すべてはあの世で母親がつかうためなのだ。さらに目をみはるのは、山に住む貧しい農民から買った十二歳の少女四人である。彼女たちはそれまで夢にも見たことがないような繻子《しゅす》の服を着せられて、一杯の水銀を飲まされる。するとあっという間に死んでしまうため、その桃色の肌は、輿《こし》に乗って柩の先を行進する間も保たれる。火のついた香をにぎらされ、四人の少女は忠実な侍女としてあの世まで母親のお供をするのだ。

このご先祖さまの物語は、わが町の歴史上もっとも輝ける一頁だ。まるで夜空に華麗にひらめく一発の花火のようだ。だがあとには闇がのしかかる。まもなく最後の王朝が共和政体に倒され、皇帝が紫禁城から追放された。皇帝の誰より忠実な側近である最後の世代のご先祖さまも。一九三〇年代には、彼らのほとんどは紫禁城周辺の寺院で貧しい暮らしをしていた。抜け目のないご先祖さまだけが西洋の記者や観光客相手に身体を見せ、質問がある場合は高めの金額を、写真を撮る場合はさらに多くを要求するなどして、まずまずの生活費を得ていた。

それから短い共和制の時代があり、軍閥の時代があり、二回の大戦があった。どちらの大戦でも勝者側にいたものの、勝ちとったものは何もなく、やがて内戦。ついに共産主義の夜明けを迎えるのである。さてわが国における共産主義の勝利を独裁者が宣言した日のこと、わたしたちの町に住むある若い大工が、新妻のいる家に帰ってくる。

「これから生活が新しくなるんですって」と若い妻は夫に言うと、屋根の拡声器を指さす。

「新しくたって古くたって、生活は変わらないさ」と答え、夫は妻を寝床へ連れていって愛しあう。彼がうっとりと目をなかば閉じている間も、拡声器は新しい歌を放送し、それに合わせて誰もがみなおなじ歌詞を何度もくりかえす。

「共産主義は偉大だ。偉大だ。偉大だ」そんな大合唱の中で息子が腹に宿る。来る日も来る日もおなじ歌が流れてくる。一緒になって口ずさみ、ふくれる腹をなでながら、その若い母は独裁者の写真を新聞からていねいに切り抜く。もちろんわたしたちは独裁者と呼んだりはしない。われらが父、われらの救済者、われらの暮らしに輝く北極星、われらの時代の沈まぬ太陽、などと呼ぶ。この母親も、同じ世代のほとんどの女性とおなじく、字が読めない。でもほかの者とちがって新聞を見るのは好きで、独裁者の写真をぶ厚いノートにためていく。彼女はわが町いちばんのかしこい女ではなかろうか。息子をみごもっている間、独裁者の顔を見つめていようなどと考える女はほかにいまい。むろん過去にも、妊娠した女が誰かの顔を見れば見るほど、生まれてくる子はその顔に似る、ということわざはずっとあった。この数年前なら、都会の若い母たちはシャーリー・テンプルという外国の名前がついた舶来人形を見つめるのを好んでいたし、それから何十年かたつと、映画俳優が妊婦にもっとも見つめられる。しかしこの時点におけるメディアのスーパースターは独裁者だけだ。だからこの母親は、赤ん坊が生まれるまでの十ヶ月間、独裁者の顔ばかり見ていたのである。

息子は独裁者の顔を持って誕生する。でも最初のうち、わたしたちはその奇跡に気づかない。生まれてから十年の間、息子の顔に彼の死んだ父親の面影を見るのがこわくて、目をそらしていたのである。父親はよく働き、近所の人たちに愛想よく、妻にもよく尽くす男だった。その彼が新しい共産主義国家の敵になるとは思ってもみなかった。でも証人がいる。それも一人ではなく、その晩酒場にいた者全員だ。

父親は英雄と牝豚についての発言がもとで、殺されるのである。当時わたしたちは、頭上にいる共産主義勢力を兄のように仰ぎ見ている。その兄のような国ソ連では、女は共産主義運動のために赤ん坊を産むよう奨励されていて、ある一定の数の子供を産めば〝英雄母〟という称号がもらえるという話だった。わたしたちは彼らとおなじ天国への道を突っ走っているので、おなじ政策をとることに独裁者は決めていた。

若い大工である父親は、少し酔っぱらって飲み仲間に冗談を言う。「英雄母だって？　うちの牝豚はいっぺんに十匹産むぞ。じゃ、あいつもそう呼ばれたっていいよな」

これで一巻の終わり。独裁者の人口増加政策に対する悪意に満ちた批判だとされ、大工は公開裁判のあと処刑される。彼の妻以外はみんな大会に出席し、こぶしをふりあげて人民の勝利を歓呼する。その満場一致の声が、寝床で妻があげるうめき声をかき消す。わたしたちがスローガンをさけぶと、弾が大工の頭に命中する。遺体が通りを行進する間、わたしたちは革命の歌をうたう。そしてついに疲れ果てて声も出せなくなったとき、男の子の産声が聞こえてくる。大きく、胸を打つ声だ。わたしたちは一瞬、おたがいに目を合わせられなくなる。母親と赤ん坊に何をしてしまったのだろう。死んだ大工はわたしたちの兄弟ではなかったか。

そのころ首都で、ある学者が人口爆発を予告し、独裁者に政策の変更を訴えたところ投獄され、死ぬまで拷問されたのだが、わたしたちはそのことを知らない。独裁者が兄の国の指導者とモスクワで会見し、われわれは世界大戦も核兵器もおそれないと述べていたことも。「アメリカ人がわれわれの頭上に原子爆弾を落とすというなら、やってみるがいいのです。わが国には五億人の人民がいます。半分殺されても、まだ二億五千万人います。この二億五千万人は、すぐまた二億五千万人生むでしょう」

のちに新聞で彼の発言を読むとき、わたしたちの血は怒りで煮えたぎる。しかし何年もの間わたしたちは天を仰いで、アメリカの爆弾が落ちてきて、独裁者に勇気と忠誠をしめすことになるのを待ちながら生きることになる。

男の子は筍《たけのこ》のような勢いで成長するが、それを超える速さで母親は老いる。大工の死後、母親本人の希望でわが町の委員会が道路清掃の仕事を与える。毎朝明け方になると、彼女が使う竹箒の音がまだ寝床にいるわたしたちの耳に届く。彼女は十八歳で後家になったがたいした美人で、当然のように独身の男たちはひとり寝の寝床で彼女のことを思わずにはいられない。でも町の若者たちは誰も再婚を申しこまない。反革命分子の後家と結婚して、自分も悪者にされはしまいかと一生気をもんで暮らすのはいやなのだ。さらに、いくらわが国は男女平等だと独裁者が言っても、もう一人夫を欲しがるような後家は心根が売女《ばいた》なのだといまだに巷では思われている。そしてその思いは、国家の敵となったある側近に関する独裁者の発言を新聞で読んで強化される。「男は反動的な性格をいつまでも隠蔽しておくことはできないものだ。ちょうど後家が肉欲を隠せないのとおなじだ」

　わたしたちの目に、若い母親がやつれていくのがわかる。日ごとに顔色が青ざめ、涙が涸れていく。男の子が十歳になるころには、母親はまるで六十歳ぐらいに見える。その顔に、わたしたちの独身の兄弟たちも目をとめなくなる。

　男の子が十歳になった年、飢饉がはじまる。それまでの三年間、わたしたちは何もしてこなかった。ただ共産主義天国をうたいあげ、世界中で苦しむ労働者階級を解放しようと誓っていただけだ。農民も労働者もこつこつと働くのをやめ、新しい詩を生み出す苦しみと喜びに日々をついやし、もっともすぐれたプロレタリア詩人になろうときそいあっていた。また毎日町の中央施設に出かけ、世界を独裁者の指揮下におくための戦略を話しあった。そうして飢饉の不意打ちにあったとき、拡声器から聞こえてくる独裁者の励ましの言葉にわたしたちは耳を傾ける。彼はわれらが共産主義の未来のため、ベルトの穴を一つきつくすることを求めている。そこでわたしたちは勇んでベルトに穴をあける。さらに飢饉が二年目に入ると、拡声器から独裁者が言う。「雀と鼠を駆除しなさい。わたしたちの食べ物を盗み、飢えさせた泥棒です」

　雀殺しは、三年の長きにおよんだ飢饉の日々で最大のお祭り騒ぎだ。何ヶ月も薄い粥《かゆ》を飲み、雑草の根を食べ続けてきた、そんなさなかの雀殺しの日の朝、わたしたちは公共食堂から蒸し饅頭を二つずつもらってくる。その朝ご飯がすむと、どの家の屋根にも人が上って、委員会の合図で銅鑼《どら》や太鼓を鳴らす。あちこちの屋根でばらばらに鳴らす音が雀を空へ追いたてる。交替しながら午前も午後もずっと鳴らし続け、雀が木の上で休もうとするたび、色とりどりの布を結びつけた長い竹竿で追いはらう。夕方になると、おそろしさと疲れで半死の状態になった雀が、小さな爆弾のように地面に降ってくる。すると小ぶりなかかしの格好をした子供たちが駆けまわって、夕食にしようと死んだ雀をひろいあつめる。

例の男の子が雀をこっそり袖の下に入れようとすると、年かさの少年がその手をつかむ。

「人民の財産を盗もうとしているぞ」少年は町の人たちに向かってさけぶ。

「母さんが病気なんだ。食べるものがいるんだよ」と男の子。

「おい坊主。おまえの母さんに必要なのはこういう鳥じゃないぞ（鳥には男性性器の意も）」一人の男が言うと、みんなどっと笑う。お腹には饅頭が、かごには雀がおさまっているので、みんなきげんがいい。

男の子はその男を一瞬にらみつけ、頭突きをする。

「ばかやろう」男はかがんで股を手でおおう。

そこへ誰かが「チビの反革命分子をぶちのめしてやれ」と言う。すると、みんなこぶしも足もふりあげて男の子にむらがる。飢饉のせいで、わたしたちの心は日ごとにささくれだっていた。言いようのない怒りをぶつける対象が見つかり、せいせいした気分になっている。

そのとき母親があらわれて人の塊に飛びこみ、わたしたちをどかそうとする。彼女がいるので、ますますわたしたちは男の子をぶつ。煉瓦や石をひろってたたきのめす気でいる者もいるし、中には歯をむいて、生きたまま食ってやろうという者もいる。

「この子の顔を見なさいよ。もう一度手を触れたら、最高指導者への不敬行為として訴えるわよ」そうさけんで、母親は気が狂ったようにわたしたちを非難する。

みな凍りつき、男の子の顔を見る。腫れあがって目のまわりにあざができていたが、独裁者の顔であることはすぐわかる。英雄的な子供時代を描いた本の挿絵のように、幼くて反抗的なその顔。男の子は立ちあがって、母親のそばに足を引きずっていく。わたしたちはおそれつつその顔をながめるばかりで、固まっている。わたしたちの足元に男の子が血の混じった痰を吐く。

「この顔を忘れるなよ。今日の報いが来るからな」そして雀を二、三羽ひろい、母親とともに歩いていく。二人が夫婦のように支えあう姿を、わたしたちは見送る。

独裁者の顔をした男の子がそばで暮らしていることは、いいことなのか悪いことなのか、わからぬままに何年もたつ。わたしたちは男の子と母親を、触れると危ない貴重品のようにあつかい、よそ者には一言ももらさないようにする。

「これはいいことではないかもしれん」と老人たちは忠告し、あるご先祖さまがたまたま皇帝とおなじ愛称で呼ばれていたために井戸に投げこまれて死んだ話をする。

「二つとあってはならないものが、あるんじゃ」

誰も男の子の顔について不敬な発言をしようとはしない。男の子は大きくなるにつれ、ますます独裁者に似てくる。ときどき道ですれちがうと、まるで独裁者本人がいるようで、胸に熱い思いがこみあげる。この時代、わが国で独裁者は宇宙以上の存在になっていた。古新聞を壁紙がわりに使っていた文盲の主婦たちが、独裁者の名前が入った見出しを偶然さかさまにしていたために、処刑される。一年生の幼い子供が独裁者の名前をまちがえて書くと、親が強制収容所に送られる。あの男の子のそばに暮らしているわたしたちは、深い海にはった薄氷の上をいつも歩いていることになる。その顔にじゅうぶん敬意をはらっていないのではないかと心配だ。独裁者への敵意を秘めていることになるから。かと思うと、敬意をはらいすぎているのではないかと心配だ。それは本物と偽物を見分ける力がなく、あやまった偶像崇拝をしているととられかねないからだ。学校の先生たちは男の子に小言をけして言わない。生徒たちは何をして遊んでいても、男の子の敵側がわざと負ける。男の子が高校を出るとき、彼のような顔をした若者にはどんな仕事がふさわしいか話しあうため、革命委員会が何週間にもわたって会合を開く。町の仕事はどれも安心して与えられない。しかしついには最善の解決策を思いつく——彼を革命委員会の諮問機関の議長に選任するのだ。

若者は出世する。でもやることはないし、諮問機関の年寄りたちと茶を飲んでひまつぶしをするのもいやなので、毎日町をうろつきまわる。話しかけると、人々が彼に挨拶されたというので喜び、見つめると、百貨店の女性店員が彼の視線に顔を赤らめる。母親はいまでは顔色もよくなり、ずっと元気になった。唯一悩ましいのは、女の子が誰もデートしてくれないことだ。彼と結婚することは最高の幸運か最悪の不運かどちらかになると娘たちは言い聞かされているのだ。賭けごとを心から嫌う町に生まれ育ったわたしたちは、誰も娘を彼みたいな男に嫁がせたくない。

独裁者が死んだ日、わたしたちは町の中央施設にあつまって、親を亡くした子のように泣く。わたしたちとともに国全体が泣きわめいているのを、町が所有する唯一のテレビで観る。それから三ヶ月の間は、働くときも眠るときも腕に黒い喪章をつける。どんな娯楽も六ヶ月は禁止だ。独裁者の死後一年、いや二年たってもまだ、お腹の大きい女はさげすみの目で見られる。哀悼の意が嘘だったことになるからだ。生まれた子の父も二度と尊敬されることはない。

かの若者にとっては大変なときだ。彼の顔を見たとたんに泣きさけぶ者がいるので、彼自身もいっしょになって何時間も泣かねばならない。そんなわけで、きっと疲れてしまったのだろう。彼は一年の間自室にひきこもり、次に姿を見せたときは二十八歳にはとても見えないほど老けていた。そのとき彼は、小さな旅行鞄を持って町の中央施設に向かっているところだった。

「どうしたんです。悲しむあまり体をこわさないように」わたしたちは彼に気づかいをしめす。

「ありがとう。大丈夫です」と若者。

「どこかへ行ってしまうんですか」

「はい。行きます」

「どちらへ」わたしたちはあわてふためく。いま彼をうしなうことは、一年前に独裁者をうしなったことぐらい耐えがたいことに思われる。

「国家的任務なんです」と若者は謎めいた笑みを浮かべる。「極秘のね」

窓にカーテンのかかった高級車（ほとんどの者は自動車を生まれてはじめて見る）に乗って彼が行ってしまってから、やっと彼が独裁者の特型演員のためのオーディションを受けに首都へ向かったのだという報《しら》せが入ってくる。それからわたしたちは、「オーディション」やら「特型演員」やらの言葉の意味を考えようと何日も話しあう。でも結局のところみんなで出した結論は、彼は偉大な人物になるということだけだ。

彼がいなくなったので、母親だけが彼のことを知るよすがとなる。子供自慢の母なので、彼のいどころについてたずねられるたび、身ごもっていたときに昼となく夜となく独裁者の顔をじっと見ていた話をくりかえす。「ですからね、あの子は偉大なる指導者の息子みたいなものなのよ」

「はい。わたしたちはみんな偉大なる指導者の子供ですが」わたしたちはうなずく。

「あの方はたしかに最高の息子です」

母親はおおいに満足してため息をもらす。息子が生まれてからの数年間、おない年ぐらいの女が次から次へと子供を生んで、英雄母の証書を額に入れて壁に飾り、自分とすれちがうときはそっぽを向いていたのが忘れられない。本当の英雄母は誰なのか、それは時がたてばわかること。母親はそう考えて、胸のうちでほくそ笑んだことだろう。

それから母親は息子のことを話す。その情報のいちいちが、世界に通じる扉をひらく。息子はまず列車の一等席に座って首都へ行き、そこでほかの候補者とともに高級ホテルに泊まり、毛主席紀念堂に毎日連れていってもらって独裁者の顔つきを研究した。

「ほかにも候補者がいるんですか?」妊娠中に独裁者の顔をじっと見ていた女が、彼女だけではなかったらしいのにおどろいて、わたしたちはあぜんとする。

「でも必要とされてるのはあの子だけにきまってるわ。指導者の顔を見て、ぜったい自分が選ばれると確信したんですって」と母親は言う。

その後何年もたってから、わたしたちの何人かは機会を得て首都へ行き、何時間も行列に並んで独裁者の顔を目にすることになる。彼の死後、紀念堂が国の首都の中心部に建てられ、遺体が水晶の柩に安置された。紀念堂の入口には「われらの偉大なる領袖が、百世代の人々の心に一万年生き続けますように」という言葉が、設計者によって彫られている。入口を入ると、紙でできた白い造花を買うために高い料金をはらう。水晶の柩の足元には白い花が一面に広がっていて、そこに花を供えるのだ。それらの花をまるごと回収して翌日また売るのでは、とふとあやしむ者もいるだろうが、この世でもっとも神聖な場でそのような不純な考えを抱いたことがすぐに恥ずかしくなる。手に花を持ち、一列になって静粛に紀念堂の奥へ向かい、そこで指導者に会う。透明な柩に横たわっている彼は、金の星をあしらった大きな紅旗をかけられ、眠っているかのように目を閉じ、口元にほほえみを浮かべている。この偉大な人物の遺体に接して感動するあまり、その頰にさす不自然な赤味や、頭まわりとおなじくらいにふくれた首は目に入らないだろう。

わたしたちの若者もきっとおなじ道をたどり、おなじ畏敬の念をもって指導者の顔を見たにちがいない。そのときほかにどんなことが彼の心をよぎったのかと、わたしたちは思いめぐらすのだ。

彼はその偉大なる人物にきっと誰より親近感を持っただろう。独裁者の特型演員として多数の候補者の中から選ばれたのだから、そう感じるのはとうぜんのことだ。競争相手をどうやっておさえたのか、そのくわしいところを母親は話してくれず、ただ息子はその役目のために生まれたのだと言うばかりだ。やっとそのいきさつを聞けるのは、ずいぶんあとになってからである。若者をふくめた候補者たちは何日も訓練を受け、まず独裁者の彫像にくらべて背が低すぎたり、貧相な体つきの者（彼らですら、やはり独裁者の顔をしている）が一次選考で落とされる。それに続くのは独裁者のなまりをまねて話せない者たちだ。それから何もかも条件がそろっているのに、履歴が汚れている者がいる。たとえば地主階級に生まれた者だ。若者は処刑された反革命分子の息子だが、その過去をわが町の革命委員会が隠しておいたおかげで、ほかの三名とともに最終選考にのこる。そして最終日、即興で演じるようにもとめられると、ほかの三人はみな共産主義国家の誕生（おぼえておられると思うが、それは若者の旅のはじまりでもあった）を告げる独裁者の言葉を選ぶ。いっぽう若者はどういうわけか、この言葉を口にする。「男は反動的な性格をいつまでも隠蔽しておくことはできないものだ。ちょうど後家が肉欲を隠せないのとおなじだ」

とっさに、へまをやったと若者は肝を冷やす。それから昔、死んだ雀が指の間で冷たくなったあのときのような、悔しさと怒りを感じる。しかしおどろいたことに、選ばれたのは彼だった。彼は独裁者の本質をつかんでいて、ほかの三名はおおざっぱな輪郭しかとらえていないという理由からだ。三名はのこりの候補者たちとともに整形手術を受けさせられる。老人たちが言っていたように、二つとあってはならないものがあるのだ。

若者は独裁者に代わるただ一つの顔となる。こうして、若者の人生でもっとも輝ける日々がはじまる。独裁者の姿を描いた若者主演の映画が、政府が運営する映画製作所によってつくられる。故郷の町では、わたしたちが一つしかない劇場に押しよせ、偉大なる顔を生まなかった母や妻を心の中で責めながら、その映画を観る。

やがて若者の結婚問題が、わたしたちのいちばんの関心事となる。彼は、ふつう若い娘にはふさわしくないとされる三十歳をこえている。しかし偉大な人物ならば誰が年など気にするだろう。古いしきたりをまもる者は、娘のために仲人に金をはらって高価な贈り物を持たせ、彼の母親のところに送りこむ。もっと押しのつよい現代派は、頬を染めた娘をしたがえて彼の母親を直接たずねる。選択肢の多さに右往左往する母親は、一日おきに町の中央施設へ出かけて長距離電話をかけ、いい花嫁候補がまたあらわれたと息子に知らせる。でもすでに、彼はわたしたちの町の人ではなくなっている。式典に映画にと国中を飛びまわるうち、町の娘よりきれいな女を目にしているのだ。彼は母親にわびてもらって、その申し出をすべてことわる。それでほとんどの者は、龍を入れておく器としてこの町は小さすぎるのだと認め、あきらめて娘を地元の若い者に嫁がせる。それでも中にはありえない可能性にしがみつき、町の娘のまれなる美しさと貞操に気づいてもらえる日を待つ者もいる。そうして何年もの間、町の多くの女の子たちが両親に箱入りのままにされる。彼を待ちわびているうちに、首が年々長くなっていく。鶴のような首の女と道ですれちがうのもめずらしくない。その彼女たちをまもっているのは、キリンとそっくりになった両親だ。

さて若者は新たな役目に忙しいので、そんなこととは知る由もない。どんな祝日でも、国の式典には彼の姿がある。もっとも熱烈なファンであるわたしたちは、テレビの前に一晩中はりついて、彼が登場するのを待つ。テレビ画面では、よくしこまれた幼稚園児のように、男女が満面の笑顔でうたったりおどったりしている。四つや五つの子供がいちゃつきあって、楽しそうなオウムのように愛の歌をうたっている。こんなとき、人よりちょっとよけいにものを考える人たちは、不安な思いにとらわれる。国民は進歩しているのではなく、退化しているのではあるまいか。そう考えると妙におそろしくなるのだ。しかしそんな心配も、独裁者の代わりをする若者があらわれれば消えてしまう。画面の中の人々は立ちあがって拍手喝采し、彼に握手してもらおうと手をさしだす。とびぬけて顔だちのいい若い女たちが、花束を持って駆けよる。子供たちがまわりにつどい、独裁者の名で呼ぶ。みんなの目に、独裁者をなつかしむ涙がこみあげる。ふと、時は止まっていたのだと信じてしまう。独裁者はまだこの世に生きていて、わたしたちは喜んで彼の息子として暮らしているのだと。

しかし若者の顔に見とれている間に、時は忍び足で歩を進めていた。時代はいまやソニーとパナソニックであり、プロクター&ギャンブルであり、ジョンソン&ジョンソンだ。輸入した外国映画では、道で男女が自由に手をつないだり、おそれを知らぬ目で堂々とキスまでしている。わたしたちは気づく。言い聞かされてきたほどこの生活は幸福ではないのだと。資本主義の国の人たちは、わたしたちが解放者となるのを待ち望んでなどいない。わたしたちの愛を、彼らは知りもしない。

わたしたちの若者にとっても、つらい時期だったにちがいない。独裁者に関する伝記や回顧録が、春の若草のように一夜にして世に出る。政府指定の執筆グループによって集団で書かれた本とはちがい、こうした本は出たとたんに問題になる。すぐに非合法出版とされ、没収のうえ山と積んで焼かれるのだ。しかし独裁者を批判する一部の内容は外部にひろまってしまう。彼の政権下で五千万人の人々が飢餓と政治的迫害で死んだという噂が、人の口から口へと伝えられる。しかしこの数字をよくよく見れば、独裁者がかつてアメリカの原子爆弾の犠牲にしてもかまわないと言っていた人数より、ずっと少ないことがわかるだろう。騒ぐほどのことではないはずだ。

それでもわたしたちは考えはじめる。これまでずっと何を信じさせられてきたのかと。そうして一度抱いたうたがいは、野火のように胸の中で燃えあがる。わたしたちの若者はまだくりかえしテレビにうつるものの、もうその顔にオーラはない。彼から結婚が申しこまれるのを待っていた者たちは、手頃な申し出があればすぐにでも娘をやってしまおうとやっきになる。若者の母親はいまやくどくどしい老婆になっていて、道を歩けば誰彼となくつかまえて息子の話をするのだが、わたしたちはもう何を聞かされても感動しない。彼女の話によると、若者はいまの指導者とともに国を横断する旅をしているが、それは共産主義を信じるわたしたちの愛国の気持ちをかきたてるためなのだそうである。それがどうした？　わたしたちはそう言い捨てて、それ以上の話をさせずに立ち去ってしまう。

若者たちの旅は、首都で抗議行動がはじまると早めに切りあげられる。何千人もの人々が民主主義を勝ちとろうと首都の中心部に集結する。いっぽうで、そこにある独裁者の紀念堂をおとずれる人は減っていく。追いつめられて怒り狂った現指導者は、参加者に機銃掃射をおこなうよう軍に指令を出す。それはおそるべきできごとだというのに、国が管理している火葬場で犠牲者が灰にされたとたん、わたしたちの記憶から抜け落ちてしまう。のちに新聞で読むことになるのだが、二十年の共産主義の安定のためなら二十万人の命と引き換えにしてもいいと指導者は述べていたのだ。しかしこうした数字に感覚が麻痺しているわたしたちは、事件で殺された人々を公式に非難するよう求められると、指導者の言葉をそのままくりかえし、彼の見識をたたえるのである。

その後まもなく、わたしたちの頭上にある兄の国が消える。ほかにも同志である武装勢力が一つまた一つと歴史の舞台から去っていく。わたしたちは頭が混乱し、このことをどう考えればいいのかわからない。はたしてうらやむべきなのか、さげすむべきなのか、あわれむべきなのか。

その頃わたしたちの若者は、人生に難問を突きつけられている。これまでのならいで若者と呼んでいるが、実はもう若いどころか四十代である。しかも、四十代なのに女性経験が一度もない。のちにすべてが終わったあとで、わたしたちは口々に言う。信じられるか？　そして首をふる。信じられない、と。でも本当のことなのだ。若者は二十代の頃いつも女を求めていたが、わたしたちは娘をわたすのをいやがった。そしてわたしたちがその気になったときには、彼は大物になりすぎて娘たちとつりあわなくなっていた。時は無慈悲に過ぎゆくものだ。娘たちがもう誰ものこっていないいまになって、彼は女に妄想を抱くようになってしまった。ずっと前に手に入れておくべきだったのに。

いったん欲望がめざめると、心やすらかではいられなくなる。道行く女を見ていると、夏のワンピースから出ている生の腕や脚に、彼は思わずそそられる。自分の女がいるというのはどんな感じなのだろう。でも、この偉大さにふさわしい女などいるのだろうか。ときどき手に負えないほど血がたぎり、通りすがりの女を誰でもいいからつかまえて自分のものにしたい衝動にかられてしまう。でも首尾よく自慰をすませて性欲がしずまると、もう飢えたような気持ちに駆りたてられることもなくなる。そんなとき、人生がいつになくくっきり見える。やはり、自分に値するほどのいい女はいない。

「でも嫁をもらって息子をつくらないとね」孫が欲しくてたまらない母親は、彼が長距離電話をかけると念を押す。「いいかい。何をおいてもいちばん大事な男のつとめは、息子をつくって一族の名を伝えることよ」

ぼそぼそとあいまいな返事をして、彼は電話を切る。どんな女の子宮とて、自分ほど偉大な顔をした息子をはらめないのはわかっているのだ。

独裁者の生涯は調べあげられ、映画にされ尽くしたので、若者に暇な時間ができる。出席する式典がないそんなとき、彼は通りをさまよう。ただし厚ぼったいコートの襟を立て、大きなサングラスをかけて顔を隠している。ときどき完全に顔をさらして歩きたい欲求にかられるが、サインを求める何百人もの人々にとりかこまれた経験があるので、そんなあぶない真似はしない。

ある日、彼は首都を歩いている。何かが欲しくてたまらないのだが、それが何なのかわからない。そんな思いである路地に入ると、新聞や雑誌を積んだ屋台の後ろから誰かが声をかけてくる。

「だんな、本いらない?」

立ち止まって、黒いレンズの向こうからその物売りを見る。「どんな本だ」

「どんな本がいい？」

「どんな本があるんだい」

物売りは雑誌をどかせると、その下のビニールシートをめくる。「黄色（ポルノの意）でも赤（共産党関連）でも、何でもあるよ。一冊五十元ね」

若者はかがんで、レンズ越しにながめる。ビニールシートの下には色とりどりの表紙の本があった。一冊手にとって見ると、表紙で裸の男女が妙な体位で合体している。胸の奥で、心臓がうるさいほど高鳴る。

「その黄色はいいよ。お望みどおりの黄色だよ」と物売り。

若者はその本をにぎる。「ほかには？」

物売りは、独裁者の顔が表紙になっている本をわたす。「この赤いのなんか、どう？　みんなこいつが好きでね」

この本のことは聞いたことがある。三十年にわたり独裁者の主治医だった人物が書いた回顧録だ。海外で出版されたとき国内で発禁あつかいとなったが、香港やアメリカから密輸されている。

二冊を買って部屋にもどる。独裁者の肖像を見つめ、鏡にうつした自分の顔と見くらべる。やはりどこから見ても完璧だ。ため息をつくと彼は黄色本に飛びついて、かつえた男のようにむさぼり読む。勃起がつらくなってくると、むりやりその本をやめて赤いほうをとりあげる。

そんなふうに、いっぽうが耐えがたくなるともういっぽうにとりかえるうち、これまでにないような空虚感に襲われる。黄色本には、これまでずっと得られなかった世界がある。一人の男の前に女が次から次へとあらわれて、必ず男を喜ばせようとする。でも、ほしいまま女を手に入れることができるのは独裁者ただ一人だということは、よくわからないなりに知っている。彼はもう一度赤本をぺらぺらとめくり、若くてきれいな看護婦たちといっしょにいる独裁者の写真をながめる。そして気づく。これまでずっと自分の役目を勘ちがいしていたことに。偉大な男だということは、欲しいものを何でも持っているということだ。わかるのが遅すぎた。自らを責めながら、若者は立ちあがって夜の闇へ出ていく。

カラオケ&ダンス・バーは照明を落としているが、売春婦を見分けるのに苦労はしない。彼は用心して、交渉の間もずっとサングラスと分厚いコートを身につけている。それから若い女と連れだって近くのホテルへ向かい、女が受付と応対しているすきに裏口からこっそりホテルにもぐりこみ、女がとった部屋に入る。

それから起こったことは、わたしたちの理解を超えている。巷の噂から明らかになったのは、裸になるよう女に言われても、彼がサングラスも分厚いコートも脱がなかったことだけだ。偉大な男というものは、自分の好きなように女をあつかうのだ。彼はそう考えたにちがいない。しかし彼のような男が、金でやとったプロの女の巧みな指に、抵抗できるはずもない。二人でもみあううちに彼も女のように裸になり、すぐに誰かわかるほど顔もあらわになってしまう。でもそのことに気づくまもなく、警官の制服を着た売春婦のぽん引きが、手錠とカメラを持って押し入ってくる。パッと光って写真が撮られ、若者は手錠をかけられたうえ、服をとりあげられる。そうしてやっとその二人組は若者の顔に気づく。気づいた彼らがどれだけ大喜びしたか想像にかたくない。有名人である若者は有名人価格で写真を買いとらなくてはならないというわけで、彼らは通常の金額の十倍を要求する。

若者がどのような行動をとるべきだったか、今日にいたってもなお、わたしたちの間で一致した意見はない。金には困っていなかったのだから、さっさとはらって解放してもらうべきだったと考える者もいるし、拒んだのはいいのだが、ちゃんととりあげてはもらえまいなどと思わないで、警察にその二人のことを訴えればよかったと考える者もいる。その事件の晩から、首都じゅうに噂がひろがった。若者がちょくちょく違法な売春宿をおとずれているという生々しい話である。回収できなかった写真はあちこちでまわされ、ついには首都の誰もが見たと言うまでになる。でもわたしたちの町で見た者は誰もいない。それでも、裸にされて手も足も出なくなった彼の体を想像するにつけ、わたしたちの心は痛む。そして見慣れた顔が写真にうつっているところを、できるだけ目に浮かべないよう努力する。

彼は、独裁者の特型演員を続けるにはふさわしくないとみなされる。身代わりになっている者の名を汚したからだと、彼あてに届いた中央紀律検査委員会の手紙には書かれていた。それまで彼は、自分のような人間が首になるとは思いもしなかった。この世に二つとない顔なのだ。この国でもっとも代わりのきかない彼の代理を、誰がつとめられるというのだろう。彼は委員に次々会って、女にはもうけして触れないからもう一度チャンスをくれ、と泣きつく。その役目はもう不要なのだということを、彼はわかっていないのである。すでに新しい指導者が権力をにぎり、われこそは新千年紀における共産主義運動のもっとも偉大な指導者だと宣言していた。そしてスカウトたちが指導者と瓜ふたつの顔を新たに求めて国中さがしまわっているのであり、それは若者の顔ではないのだ。

かくしてすでに若者ではない若者は、あるどんよりした冬の日、故郷の家にもどってくる。母親はあまりの恥辱に一夜にして病にたおれ、彼が帰宅の途につかないうちに亡くなった。彼が雀をつかむ男の子だった頃をおぼえている者、ひそかに婿になってほしいと望んでいた者、何年も母親の話を熱心に聞きながら彼の足跡を追ってきた者、彼の没落を見るのはつらくても、その顔を見る喜びに生きてきた者——そう、彼を愛することで平凡な暮らしから救われてきたわたしたちは、彼が帰ってくる日、バスの停留所にあつまって握手しようと手をさしだす。しかしバスから降りた彼は、顔をサングラスと大きな襟で隠し、わたしたちの満面の笑みを無視する。母親の墓に向かう彼のあとを、長い影がよろよろとついていく。それを見つめるわたしたちは、彼の非礼を許してやることにする。あのような息子を誰が平気で責められるだろう。何があったにせよ、彼はわたしたちの歴史において、もっとも偉大なる人物だ。わたしたちの子であり、英雄なのだ。

だから信じてほしい。母親の墓の前で彼が身を浄めたと聞いたときは、胸が張りさけんばかりの思いだった。どうして彼がそんなことを思いついたのか、どうしてもわたしたちにはわからない。勘ちがいをしていなければ彼はまだ童貞だし、これから先、楽しみがたくさんあることを思えばなおさらだ。事件の夜、寝ているところに尾を引く遠吠えのような声が聞こえてきたので、わたしたちは夜の冷気の中へ飛び出す。そして墓地で彼の姿を見つける。ご先祖さまの伝説を聞いて育ったとはいえ、その光景には骨の髄までぞっとする。こんなことをして何の意味があるのだろう。やはり町の人間は誰も――つまらぬ身分のわたしたちも、ご先祖さまも――彼がいたった高みには手が届かないのだ。もっとも偉大なるご先祖さまですら皇帝のいちばんの側近でしかなかったが、独裁者の顔をした彼は、一度は皇帝そのものになった。顔を涙と血で汚し、地面にのたうちまわる彼を見つめながら、超然とした顔つきで自分の男根をにぎっていたという十歳の少年の話を思い出す。ご先祖さまの子孫でありながら、わたしたちは彼らの伝説に恥じぬ存在にはなれないのだと思い知り、ふとさびしくなる。

それはさておき、身を浄めたこの男をなんとかしなくてはならない。応急処置のために病院へ連れていかねばと言う者もいれば、もうすんだことでこれよりひどくはならないのだから、その必要はないと言う者もいる。このように気が動転していたせいで、その場でいちばん大事なものをひろい忘れてしまう。あとになってうっかりしていたことに気づき、わたしたちは何日もかけて墓地の中をくまなくさがす。でも彼の体の欠けた部分は、すでに消えてなくなっていた。何の口に消えたのかは考えたくもないことだ。

彼は生きのびるのだが、これはおどろくにはあたらない。ご先祖さまもみな生きのびて、英雄伝説をまっとうしたではないか。彼はわたしたちとともにいて、子をなさぬ長い余生を送るのだ。犬が追いかけあう様子をながめながら、サングラスとコートの襟で顔をかくし、日だまりに座る。そして日暮れどきになると墓地へ行き、夜になるまで母親と話をする。

わたしたちはといえば、かつて苦しみの底で生まれた彼が、もうじき苦しみの底で死ぬのを見ることになる。ただ心配なのは、あの世に行ってからの彼である。男根を永遠にとりもどすことができないならば、埋葬するとき絹の袋に何を入れればいいのだろう。そんな不完全な状態で、あの世へ霊を送り出すことができようか。

心の平和のために、わたしたちは彼の健康を毎日祈る。彼が永遠に生き続けるよう祈る。かつて独裁者のためにもそう祈った。でもわたしたちが終わってほしくないのは、彼の物語だ。そしてわたしたちの見るかぎり、その物語は終わらない。

ネブラスカの姫君

列にならんでいる伯深《ボーシエン》をちらっと見ると、薩沙《サーシャ》は窓のほうに目をそらした。この旅が終わったら、二度と伯深《ボーシエン》に会わずにすみますように。薩沙《サーシャ》はマクドナルドに入ったとたん、注文を彼にたのんでトイレに直行したのだった。伯深《ボーシエン》はチャイナタウンでごちそうを食べようと言ったけれど、彼女はことわった。家族計画連盟の診療所に行く明日の朝までに、シカゴの繁華街を見ておきたかったからだ。彼女はそのためだけにネブラスカからグレイハウンドのバスに一日ゆられてきたのだ。あそこ近くて安くすむカンザスシティーのほうがかしこい選択だっただろうけれど、あそこには見るものがない――べつに観光のための旅ではないものの、薩沙《サーシャ》は少なくとも何か得るものがほしかった。所持金すべてはたいたあげく、へんぴな土地のわびしいモーテルで、薬のせいで眠っていたことしかおぼえていない、なんていうのはいやだった。内モンゴル自治区の小さな町で育った薩沙《サーシャ》は、何もない地平がどこまでも続くような景色を見ると、気がめいった。

「疲れただろう」と伯深《ボーシエン》は食事ののったトレーをさしだした。窓のそばのテーブルをとっていた薩沙《サーシャ》は、ぶかぶかのトレーナーを着ていて小さく見える。心もちふっくらした顔で、店の客一人一人の顔をじろじろながめている。伯深《ボーシエン》はぐっときた。二十一歳か。まだ子供なんだな。

薩沙《サーシャ》が返事をしないので、伯深《ボーシエン》は言った。「君のはフィッシュサンドにしたよ」

「ここの人、誰もうれしそうな顔してないね。そっちは何?」

「チキン」

薩沙《サーシャ》はテーブルの反対側へフィッシュサンドをほうり投げ、伯深《ボーシエン》のトレーからチキンサンドをとりあげた。「魚、嫌いなの」

「いまの君にはこっちがいいよ」と伯深《ボーシエン》。

「いまの君って言ったって、すぐ終わっちゃうじゃない」薩沙《サーシャ》は先へ進めるときが来るのが待ち遠しかった。「進　む《ムービング・オン》」はおぼえたばかりの英語だ。それはアメリカならではの考え方で、薩沙《サーシャ》にはぴったりくる。そういう素敵な言葉を聞くと、ページのまわりをどんどんホチキスでとめていくように中国での生活をとじてしまい、ついには誰にも読むことができない塊にしてしまえそうな気がした。そうやってアメリカの生活という新しいページを開くのだ。でもすでに四ヶ月、それができないでいる。

伯深《ボーシエン》は黙ってフィッシュサンドの包みを開けた。何ヶ月も中華料理店の厨房で食事をしていたので、これは——注文した食事をテーブルでとるのは——気分転換になる。彼は四川料理の調理師の助手をしていた。友人と偽装結婚してアメリカに来たのは五ヶ月前だ。それまで彼は、内陸部のある省にエイズ患者がどのくらい潜在しているかという件に関して欧米の記者と連絡をとりあったせいで、自宅に拘禁されていた。自由になるためには、自らの不法行為を認める文章を公表しなければならなかった。そんなとき、アメリカに帰化したばかりのレズビアンの友人が、自分と結婚して出国したらと持ちかけてくれたのである。それまで伯深《ボーシエン》は北京で公然とゲイとして生活し、十八歳の陽《ヤン》という青年に熱を上げていた。でもアメリカに来てから連絡をとろうとあれこれやったのに、陽《ヤン》は返事をくれない。伯深《ボーシエン》が送った小切手も、現金化されなかった。

二人は話もせずに黙々と食べた。薩沙《サーシャ》はさっさと自分のぶんを食べ終えて、伯深《ボーシエン》の食事がすむのを待った。窓の外では人がますます増えて、みな繁華街へ向かっている。子供たちは頭にトナカイの角をつけて、父親に肩車されている。薩沙《サーシャ》が不思議そうに見ているので、今日は夕方からパレードがあるんだ、と伯深《ボーシエン》は言った。感謝祭とクリスマスのために、ミシガン・アベニューの街路樹にはいっせいにイルミネーションがつく。「見ていきたい？」本気ではなかったが、伯深《ボーシエン》はいちおう訊いた。でも長いことバスにゆられてきたのだし、見ないで体を休めればいいのにと思っていた。

「もちろん」と答えて、薩沙《サーシャ》はコートを着た。

アイロンをかけたばかりのナプキンのようにサンドイッチの包み紙をたたむと、伯深《ボーシエン》は言った。「ここでちょっと話ができないかな」

薩沙《サーシャ》はため息をついた。伯深《ボーシエン》のことはどうしても好きになれない。前に一度会ったが、おばさんのように小うるさいタイプの男という印象だった。しかし知人から電話番号を聞きだすと、迷わず電話して助けをもとめた。そのときは事実だけをたんたんと話した。妊娠したのだが、ネブラスカ州で中絶できる期間を過ぎてしまった、と。父親が陽《ヤン》だというのはまっさきに伝えた。真実を伏せておくつもりはない。ある意味では、この災難の責任は伯深《ボーシエン》にもあるのだから。

「君は、その、手術する決心をしちゃったのかな」と伯深《ボーシエン》は訊いた。

「何のためにここに来たと思ってるの?」先週、伯深《ボーシエン》は二回電話をかけてきて、赤ん坊を生かす道はないかと言いだしていた。薩沙《サーシャ》は二回ともすぐに電話を切った。赤ん坊にどんな関心があるか知らないけど、ばかで身勝手なことを考えてるにきまっている。

人生では、もっとも容易な解決法が最善の道とはかぎらない。伯深《ボーシエン》は薩沙《サーシャ》にそう言おうと思った。でも人生でくだした決断といえば妥協ばかりの自分に、どの道を行くべきか語る資格などないとも思う。彼は三十八歳になるが、これまでやりそこねたことのほうが、やりとげたことよりも多い気がする。伯深《ボーシエン》はごく平凡な医師だったが、住んでいた中国の小都市で、同性愛者のための初の電話相談サービスをたちあげ、そのせいで病院を出ていくよう丁重に申しわたされた。それで北京に引っ越し、個人経営の医院で非常勤の仕事をしながら、ゲイの人権向上のために活動した。しかし、何度か秘密警察に調査されたすえ気づいたのは、天安門事件後のこの時期に、どんなたぐいでも人権のことを口にするのは危険だということだった。そこで、もっとひかえめで実用的な分野に行くことにし、エイズに対する人々の意識を高めようとしたが、それすら秘密警察の圧力と家族の反対を受けて、あきらめざるをえなかった。それから二十歳年下の青年を愛し、彼の人生を変えてやれると思ったが、結局女と結婚して彼のもとを去ったのは伯深《ボーシエン》のほうだった。伯深《ボーシエン》はせめて赤ん坊――半分は陽《ヤン》の血をひいているわけだし――をひきとろうと思った。しかし薩沙《サーシャ》の有無を言わさぬ鋭い目つきにくじけ、「ただ、たしかめたかっただけさ」と力なくほほえむ。

薩沙《サーシャ》はショールを頭にかぶって立ちあがったが、伯深《ボーシエン》が動かない。行かないのかと訊く薩沙《サーシャ》に向かって、彼は言った。「友達から聞いたんだけど、陽《ヤン》がまた体を売ってるそうなんだ」

おどろくほどのことじゃないでしょ。薩沙《サーシャ》はそう思ったが、テーブルの前にいる男はなんともみじめだった。年をとりすぎ、まじめすぎ、悲嘆にくれる恋人役にはおよそ似つかわしくない。薩沙《サーシャ》の口調がやわらいだ。「だったらおたがい、それを受けいれなくちゃね」

陽《ヤン》を愛したのは伯深《ボーシエン》だけではない。でも青年の魂にまで触れたのはこの自分だけだ、と伯深《ボーシエン》はずっと信じている。七歳の頃から陽《ヤン》は男旦《ナンダン》――京劇の舞台で女役を演じる男優――としてしこまれ、京劇の学校で暮らしていた。しかし十七歳のとき、男の恋人と交際しているのがばれて、退学になった。伯深《ボーシエン》はその事件のことを何度か記事に書いたが、陽《ヤン》が「娼夫」になるまでは直接会ったことがなかった。すすんで高値で囲う男を、陽《ヤン》ならなんなく釣れるはずなのに、はじめての恋人に捨てられてからは売春にしか興味を示さなくなった、という噂だった。

陽《ヤン》が娼夫に身を落としたと聞いた日、伯深《ボーシエン》は男たちがそのような売り買いをしている公園へ行った。着いたのは日暮れ近くで、あらゆる年代の男たちが口のきけない魚のように公園に忍んでゆくところだった。やがて日が落ち、街灯の下で取引するささやき声が聞こえてきた。伯深《ボーシエン》はそういうなりゆきを知ってはいたが、木の陰に立っていると——調べに来たというより客のようで——体がふるえた。月の色をした絹のシャツとパンツを毎日公園に着てくるという話だったので、陽《ヤン》は容易に見つかった。そのとき伯深《ボーシエン》の目にうつったのは、汚れた裏社会には美しすぎる青年だった。まわりの泥に触れたことのない、白い蓮の花のようだ。

数日にわたって陽《ヤン》を観察してから、ついに伯深《ボーシエン》は言い値をはらおうと彼に申し出た。そうして陽《ヤン》を連れて家にもどった晩、自分の言葉に伯深《ボーシエン》は酔った。不正をなくしてもっと人にやさしい世の中をつくる、そんな夢の仕事の話をえんえんとした。それを聞きながら、陽《ヤン》はソファで体を丸くしていた。もうしゃべるのはよそうと思いつつ話し、話せば話すほど陽《ヤン》の美しい顔が無表情なままなので、伯深《ボーシエン》は絶望にかられた——陽《ヤン》の目から見ればきっとぼくも、自分のことばかり考えているほかの男とおなじなんだ。伯深《ボーシエン》は、しまいに言った。「いつか君を舞台に帰してあげる」

「『男の空約束は女の心を満たし続ける』」と陽《ヤン》は小声で暗唱した。

「でも見てよ」伯深《ボーシエン》は机の上にあった書類の山を指さした。「これは、人を人格で判断して舞台に出さないのは違法だ、と訴えるための仕事なんだよ」

陽《ヤン》の表情がほどけた。その目にたしかに希望の光がさしていた。ずっと舞台で女の皮をかぶり、他人の悲劇を演じていたにもかかわらず、自分の心の痛みを顔に出さずにいられるほど、陽《ヤン》は大人ではないのだった。伯深《ボーシエン》は陽《ヤン》を苦しみから救ってやりたかった。そこで新しい生活をはじめてみないか、と陽《ヤン》を数週間かけて説得した。京劇の衣装のような高価な手描きのカーテンをかけ、京劇の面をあしらった大きな灯籠を下げて、部屋の模様がえをした。それから陽《ヤン》が稽古できる場所をつくるため、家具をいくつか売って敷物を友達から借りてきた。すると陽《ヤン》は、舞台で演じた中でももっとも貞節な女役のように、その静かな生活になじんだ。毎朝早起きし、体をストレッチして信じられないようなポーズをとったり、なんともこみいった振りつけで踊ったりした。まわりの住民に聞こえないよう、シャワーを浴びながら発声練習もした。ドアの外で、いつも伯深《ボーシエン》は立ちつくして聞いていた。流れる水、風呂のカーテン、ドア、なまくらなこの世のすべてを、陽《ヤン》の声が銀の刃《やいば》のように切り裂く。こんなとき伯深《ボーシエン》は、ありがたさに我をうしなった——この青年の美しさに心うばわれたのは自分だけではないのに、その美しさを守り生かしているのは自分なのだ。このことだけが、ありふれた期待はずれの人生を忘れさせてくれた。

伯深《ボーシエン》が仕事をしている間、陽《ヤン》は絵と書を練習した。二人でパーティーに出かけることもあったが、たいていの夜は家にいた。陽《ヤン》は伯深《ボーシエン》のために演じることはないし、伯深《ボーシエン》のほうもたのむ勇気はない。陽《ヤン》は空から堕ちてきた天使だ。でも、そのもとの場所に陽《ヤン》をかえしてやれないのでは、と伯深《ボーシエン》は日々おそれていた。

結果としてそれは杞憂ではなくなった。つきあいだしてふた月たつと、陽《ヤン》は落ちつかないそぶりを見せるようになった。昼間、前よりもよく出かけるようになり、絵と書をまったくやらなくなった。変化のない暮らしに息が詰まっているのだろうか、と伯深《ボーシエン》は思った。

伯深《ボーシエン》が北京から追放されて実家で自宅拘禁になる少し前、陽《ヤン》が仕事はどんな具合かとなにげなくたずねてきた。伯深《ボーシエン》は不安を感じつつ、順調だと答えた。それまでの陽《ヤン》は仕事のことを訊いてこなかったし、伯深《ボーシエン》のほうも醜い世界のことは陽《ヤン》から遠ざけておきたかったのだった。

「どんなことしてるの？」と陽《ヤン》。

「まあ、いつもどおりのことさ」

「エイズに関する仕事だって聞いたよ。それが君とどんな関係があるの？」

どきりとして伯深《ボーシエン》は、説明の言葉をさがした。そしてやっとこう言った。「君にはわからないんだよ」

「ぼくは子供じゃない。どうしてそんないやな病気にかかわるの？　君がやればやるほど、みんなエイズをゲイとむすびつけて考えるようになるよ。それがどうぼくのためになるのさ」

「より多くの人を助けようとしているんだ」

「舞台にもどれるように手を貸すって約束だよ。どうしても関係ないこと続けるって言うんなら、約束をやぶることになるね」

伯深《ボーシエン》は何も答えられなかった。それからというもの、陽《ヤン》はますます家をあけるようになった。数日後には、つきあいだしてからはじめて家に帰ってこなかった。

その晩は、牙やかぎ爪をかけようと陽《ヤン》を待ちかまえるけだものたちが目に浮かび、伯深《ボーシエン》は寝つけなかった。

そのことを伯深《ボーシエン》が問いただそうとすると、妙な笑みを浮かべて陽《ヤン》が言った。「心配いらないよ。君は自分で思ってるほど崖っぷちにはいないから」

「どこにいるかだけでも知らせてくれればよかったのに」

「女の子といっしょだったんだ」そして薩沙《サーシャ》という名前を口にした。伯深《ボーシエン》は、その名前をどこかで聞いたことがあるような気がした。パーティーに行ったときその子に会ったはずだと陽《ヤン》は言うのだが、どういう子か思い出せなかった。そして、どうして陽《ヤン》がその子とつきあうのかわからなかった。

「どうしてかって？　くだらない質問だね。何かをするのは、したいと思うからじゃないの？」


はじめてパーティーで陽《ヤン》に会ったとき、薩沙《サーシャ》は鏡を見ているようだと思った。自分がうつるのではなく、自分にはぜったいなれない人間がうつる鏡だ。薩沙《サーシャ》の視線の先で、陽《ヤン》の長い指がテーブルを舞う。陽《ヤン》自身は、テーブルをかこむ人たちの会話をうわの空で聞いている。陽《ヤン》の爪半月は清らかだった。薩沙《サーシャ》の指はぽてぽてと太いのに。クリーム色の顔に優美な鼻と口がついていて、陽《ヤン》は見事なできばえの中国人形を思わせた。でもあとでそばに座ったとき、その目が哀しみをたたえているのを見て、むしろ観音菩薩像のほうに似ているのだと考えた。観音菩薩は女の体を持つ男の仏で、苦しむ女や子供の祈りを聞いてくれる女神である。そんな陽《ヤン》の隣にいると、薩沙《サーシャ》は自分が大量生産のゴム人形みたいな気がした。

でも心がかき乱されたのはほんの一瞬だった。薩沙《サーシャ》は陽《ヤン》の身の上を聞いたことがあったので、やっとじかに会えてうれしいと思った。それで陽《ヤン》のほうに身を乗り出し、どこかで落としてきた会話をひろうようにして訊いた。「で、女の子のことはどう思う?」

顔を上げた陽《ヤン》の目に、薩沙《サーシャ》は不思議な光を見た。その目はかつて寒いモンゴルで冬の間飼っていた、傷ついた雀を思わせた。雀はがんこな生き物で、かごに閉じこめるとどうしても餌を受けつけなくなる。母親がそう言っていたのに、薩沙《サーシャ》は信じなかった。それで何日も閉じこめておいたら、雀は幾度もかごにぶつかって、ついには頭が禿げてきた。それでも薩沙《サーシャ》は、激しくもかよわい雀の目に夢中になって、逃がそうとはしなかった。水に浸した粟を小さな椀に入れて押しやったが、雀は世話してもらっていることを理解しない。それで近所の人が言った。安い鳥だからだよ。そんなにがんこなのは安い鳥だけ。カナリアを飼えば、いまごろは毎朝うたっているだろうよ。

薩沙《サーシャ》がじっと見つめるので、陽《ヤン》は目を伏せた。すると薩沙《サーシャ》は、その美しい目を追いかけたい衝動にかられた。不思議な光をつかまえる女ハンターみたいに。「女の子とつきあったことあるんでしょ？　通ってた京劇の学校に女の子はいた？」

「うん」陽《ヤン》の声は繻子《しゅす》の衣装を思わせた。

「それで？」

「会話がなかったんだ。女の子は脇役をやるから。侍女とか乳母とか」

「それであなたがお姫様ってわけ？」薩沙《サーシャ》が笑うと、陽《ヤン》の顔が赤くなった。腹を立てたらしい。でもますます好奇心がつのり、薩沙《サーシャ》はしつこく陽《ヤン》を追った。「名前は何？」

「どの名前？」

「いくつ名前があるの？」

「二つ。親からもらった名前と、京劇の学校でもらった名前」

「なんていうの？」

陽《ヤン》は指をオレンジジュースのコップに浸して、黒ずんだ大理石のテーブルの上に書いて見せた。濡れた指のあとを薩沙《サーシャ》の目がなぞる。陽《ヤン》。太陽をあらわすごく普通の男の子の名前だ。自然界の男性的因子で、陰と逆だ。

「どうってことないね。それで京劇の名前は?」

「素夢《スウモン》」静かで純粋な夢みる人という意味だ。

「さっきの名前以下。ロマンス小説に出てくるなよなよした名前みたい。もっといい名前にしたほうがいいよ。あたしが考えてあげなきゃ」

でも薩沙《サーシャ》は結局どちらの名前も使わず、ましな名前をつけもせず、陽《ヤン》を「男旦《ナンダン》ちゃん」と呼んだ。彼女にとって陽《ヤン》はそういう存在だった。女役を演じるために生まれてきた男の子である。そんな陽《ヤン》を、薩沙《サーシャ》はしばしば呼び出して、公園の散歩や映画に誘った。そして何でも薩沙《サーシャ》が決め、陽《ヤン》はそれにさからわなかった。薩沙《サーシャ》はあれこれ質問して陽《ヤン》の本当の姿をさぐろうとした——興味しんしんだった——すると少しずつ、彼は話しだした。愛した男のことや、自分を愛する男たちのこと。京劇の学校や舞台の話はまったくしなかったが、そのことは薩沙《サーシャ》も強いて訊かないようにした。陽《ヤン》が時間をかけて髪をなでつけたり、見ず知らずの人に少しでも意識されると冷たい顔をするのを見て、虚栄心の塊だと思い、彼女は冷やかした。でも陽《ヤン》が言いかえさなかったので、なぐさめてあげたいような気持ちと罪の意識を感じた。それから彼女は、陽《ヤン》のまわりの人間のことも茶化した。夢みたいなことばかり言っている役立たずとしか思えない、恋人の伯深《ボーシエン》。それに、大胆に陽《ヤン》の電話番号を訊いてくる男たち。どんな形にせよ、陽《ヤン》を特別あつかいしないのは自分がはじめてだろうという確信があった。だから追いかけてくるはずだ。そう思うと、薩沙《サーシャ》はうれしくなった。

つきあってるの？　薩沙《サーシャ》が一度ならず陽《ヤン》といっしょにいるところを見て、同級生がたずねてきた。まさか、と薩沙《サーシャ》は答えた。一ヶ月後にアメリカの大学院に進むことになっているのだから、いまつきあい出してもしかたない。それに、自分のことしか愛せない人とつきあうなんて、そこまで頭悪くない。

ミシガン・アベニューの両側には、風も吹き抜けられないほどぎっしり人が集まっていた。その人ごみを、薩沙《サーシャ》はかきわけていく。人々は若々しく、心配ごとなど何もないように見えた。遠足に来た生徒の一団のように、楽しげなアメリカ人。薩沙《サーシャ》はうらやましかった。できたてのポップコーン一袋買うために店の前に長い行列をつくるような人たち。もたれあう恋人たち。両親にべったりくっついている子供たち。この人たちは、生まれつき自然体のままでいられる。天真らんまんで、しかもそれを幸いと思っている。

「この中の誰と入れかわってもいいよ」と薩沙《サーシャ》は言ったが、伯深《ボーシエン》にもう一回と大声で言われると、首をふった。子供の籍があるところに親もいなければならない、という法律さえアメリカにあれば、赤ん坊を生かしておくのに！

かつて薩沙《サーシャ》自身が、法律のせいで自分の母親を草原にしばりつけることになった。母親は、労働教養（軽微な違法行為者に対する労働を通じた思想矯正）のために北京から内モンゴル自治区に送られた何千もの高校生の一人だった。そして共産党に入るためにモンゴルの遊牧民と結婚したが、これは異人種同士の結婚の手本として草原じゅうに宣伝された。その五年後に文化大革命が終わり、学生全員が北京にもどることを許されたが、薩沙《サーシャ》の母親はモンゴル人の夫と離婚してからもなお、のこることを強いられた。草原で生まれた二人の娘は北京に居住する合法的権利がなく、また母親は子供の籍があるところにいなければならなかったからだ。

薩沙《サーシャ》は店のウィンドーを一つ一つ見ながら、人ごみの間を縫って進んだ。光沢のあるスカーフがマネキン人形の首にゆったりと巻きついている。ダイアモンドが、黒いビロードの上できらめいている。通りの角に子供たちが集まって、マーシャル・フィールズのウィンドーの動くディスプレイを見ている。赤ん坊が入国ビザになりさえすれば、わたしもこの豊かさの一員になれるのに。ネブラスカと内モンゴルを思い出すとゆううつになる。どちらの夜空も、力ないさびしげな星ばかりの闇だった。

「あそこに空いてる場所があるよ。あそこに立っていようか」と伯深《ボーシエン》が言った。

うなずいた薩沙《サーシャ》に、伯深《ボーシエン》はついていった。北京のパーティーでちょっと会ったのと、数回電話で話した以外、伯深《ボーシエン》は薩沙《サーシャ》のことを知らなかった。でも妊娠の件で電話が来てからは、よく彼女のことを考えた。どんな子が陽《ヤン》を父親にするのだろう。きっと大人っぽくて人の気持ちがわかる子だな。しかも美人だろう。伯深《ボーシエン》は陽《ヤン》のために、そして自分を納得させるために、非の打ちどころのない女性を頭の中でつくりあげていた。だから薩沙《サーシャ》にはがっかりさせられた。二人で歩道の路肩にならぶと、伯深《ボーシエン》は訊いた。「それで手術を受けたら、どうする気なんだ?」

薩沙《サーシャ》は子供のようにつま先立ちをして、パレードが来るほうを見ていた。すぐに伯深《ボーシエン》は、いまみたいな憎しみのこもった言い方をしなければよかったと思った。まだ何も見えてこないので、薩沙《サーシャ》は伯深《ボーシエン》のほうを向いた。「あなたのほうこそアメリカでどうする気なの。ところで新妻はどこよ」

伯深《ボーシエン》は眉根を寄せた。結婚は見せかけのものであって、出ていくといってもいっときだけだと陽《ヤン》には話していた。そして金を送ることと、陽《ヤン》を舞台に帰すため海外の中国人社会に助力をもとめることも約束した。アメリカに来てから、一日たりとその約束を忘れたことはない。それでも薩沙《サーシャ》の言葉は胸を刺すようだ。彼女にとって、そして陽《ヤン》にとっても、結婚は許しがたい裏切りだったにちがいない。「弁解の余地はないよ」と、ようやく伯深《ボーシエン》は答えた。

「とうぜんでしょ。陽《ヤン》にまた立ちんぼやらせてるのはあなたなんだよ」

伯深《ボーシエン》はけんめいに言葉をさがす。「時期がまずいんだ。みんながたいへんな思いをしてる。でも陽《ヤン》を救うべきだってことはたしかだ」

薩沙《サーシャ》はおもしろそうな笑みを伯深《ボーシエン》に向けた。「最低の政治家みたいなこと言うね。じゃ救う方法を教えてよ」

「考えてる」伯深《ボーシエン》は少しためらった。「ずっと考えてきたよ——アメリカで舞台に上がれるって言えば、陽《ヤン》も北京をはなれる気になるんじゃないか」

「それで？」

「ここでやってみるんだ。ニューヨークに男旦《ナンダン》の権威がいる。たぶんその人と連絡をとって助力をたのめばいい。でもぼくたちがまずやらなきゃいけないのは、陽《ヤン》を出国させることだ」

「そのぼくたちっていうのに、あたしも入ってるの？」

「もし君が結婚してくれれば、陽《ヤン》はすぐこっちに来るだろう。あの子のことならわかってる。一パーセントでも舞台にもどれるチャンスがあれば、彼はやるさ」

「あら、すてきな計画ねえ。でもなんであたしがそんな話に乗らなきゃいけないのよ。それがあたしにとって何か得になるわけ？」

伯深《ボーシエン》は薩沙《サーシャ》から目をそらした。通りの向こう側で男女がキスしている。伯深《ボーシエン》はしばらくそれに釘づけになっていたが、やがて向きなおり、薩沙《サーシャ》の目の奥をのぞきこんだ。「少なくとも一度は陽《ヤン》を愛したはずだ。薩沙《サーシャ》」声がふるえている。

薩沙《サーシャ》は陽《ヤン》を愛する気などなかったし、遊びでつきあう気すらなかった。気まぐれから友情は生まれたが、それは大学卒業前のぽっかりあいた時期、ちょうどいい暇つぶしになったからだ。七月のある晩いっしょに映画を観たが、それだって前から決めていたことではなかった。薩沙《サーシャ》が鑑賞券を買ったのは十時で、もうぎりぎりの時間だった。陽《ヤン》が売り場の時計を見て、もう遅すぎるかな、と言ったので、薩沙《サーシャ》は笑ってやった。あなた子供なの？　恋人が門限決めてるの？

映画は『プリティ・ウーマン』で、中国語字幕がほとんど読みとれなかった。終わって深夜の街に出てくると、薩沙《サーシャ》は訊いた。「ジュリア・ロバーツのこと好きなんじゃない？」

「あの女のどこがいいんだよ」

薩沙《サーシャ》は陽《ヤン》をちらっと見た。陽《ヤン》は映画を観ている間ずっと静かにしていた――英語はわからなくても、少なくとも美人女優を見て楽しんでいるのだろうと思っていた。

「プリティでおもしろくて、だから――アメリカっぽいの。アメリカはいいところだよ。何だってありなんだから。娼婦がお姫様に、烏《からす》が白鳥に変身するの。一夜にしてね」

「娼婦がお姫様になるわけがない」陽《ヤン》は言った。

「なんでわかるの？　あたしといっしょにアメリカに来て、自分の目でたしかめればいいのに」

陽《ヤン》はしばらく黙っていたが、やがて言った。「いいところなのはどこだってそうさ。ただ時代がよくないんだ」

薩沙《サーシャ》は答えなかった。彼女はその夜を小難しい話で終わらせたくなかった。小さなホテルのそばを通りかかると、いっしょに入ろうかと陽《ヤン》に訊いた。外泊するのがおもしろいからっていうだけ。恋人には報告しなくていいよ。そう言い添えたのだが、陽《ヤン》は尻ごみをした。それで薩沙《サーシャ》は、陽《ヤン》の手をつかんでロビーに連れこんだ。すると受付の中年女性が窓口を開けた。「何かご用？」

「同志。シングルの部屋空いてますか？　二人なんですけど」

女は宿帳をほうってよこすと、窓口を閉めた。薩沙《サーシャ》は用紙に記入した。それに目を通し、女が訊いた。「身分証明書は？」

薩沙《サーシャ》は身分証明書を女にわたした。女はそれをしげしげとながめ、それからあごで陽《ヤン》のほうを指した。「彼のは？」

「内モンゴルから来たいとこなんですけど、身分証明書を忘れちゃって」薩沙《サーシャ》ははきはきと答えた。

「じゃ今夜は泊められないね」薩沙《サーシャ》の身分証明書を投げ出して、女は窓口を閉めた。

薩沙《サーシャ》はガラスをとんとんとたたいた。「同志」

女は窓口を開けた。「出てってよ。いとこだなんて。言っとくけどね――どっちかが結婚許可証を持ってたら部屋をあげます。でなかったら外でいやらしいことして警察につかまんなさい。あんたみたいな女の子のことはわかってるのよ。知らないとでも思ってるの？」

薩沙《サーシャ》は陽《ヤン》を引きずってドアの外へ出た。陽《ヤン》の唇がわなないている。しばらくして薩沙《サーシャ》は言った。「部屋が見つからないはずないわ」

陽《ヤン》はとほうに暮れたような目で薩沙《サーシャ》を見た。「なんでこんなことしなきゃいけないんだよ」

「ふん。こわくなったの？　来たくないなら好きにすれば」薩沙《サーシャ》は歩きだした。陽《ヤン》がついていくと、狭い脇道の奥にもっと小さなホテルがあった。机の向こうに老人が座って、一人でポーカーをしている。「おじいさん」と、薩沙《サーシャ》は身分証明書を手わたしながら言った。「弟とわたしで、シングルの部屋ありますか？」

老人は薩沙《サーシャ》を見て、それから陽《ヤン》を見た。「この子はまだ十五歳になってないので、身分証明書がないんです」と薩沙《サーシャ》。陽《ヤン》がおずおずと老人に向かってほほえむと、暗がりに白い歯がきらっとした。

老人はうなずいて薩沙《サーシャ》に宿帳をわたした。五分後には部屋の鍵をもらった。それは二階の狭い部屋で、中には一人用のベッドが二つと、洗面器が二つのっているさびだらけのスタンドがあり、窓にはカーテンがなかった。薩沙《サーシャ》が灯りをつけると、ゴキブリが隠れ場所を求めてささっと動いた。二人はドアの内側に立った。不潔なホテルでいっしょに夜を過ごして何が楽しいのか、薩沙《サーシャ》はふいにわからなくなった。

「うちに帰らないか？」と陽《ヤン》が背後で言った。

「うちって言うけど、どこのこと？」薩沙《サーシャ》ははねかえした。それから灯りを消して服を着たままベッドに横になった。「あなたみたいなお姫様にふさわしくないいんだったら、飼ってくれる男のところへ帰んなさいよ」

陽《ヤン》はそのまま立ちつくしていたが、しばらくするともう一つのベッドに入った。薩沙《サーシャ》は彼が何か言うのを待っていたのに、何も言わないので腹が立ち、それから自分に腹が立った。

翌朝、街が息をふきかえす頃、二人ともそれぞれのベッドの中で目を覚ましていた。伝書鳩が何羽か空を飛んでいて、その尾にくくりつけた小さな真鍮の呼子が低い和音をかなでている。どこかそう遠くないところでテープレコーダーが道教音楽を流し、早起きの人たちに太極拳への参加を呼びかける。京劇ファンの老人たちが高音に声をかすらせながら、京劇の好きな場面をうたう。小道の向こうのほうで家々の戸口がきしみながら開き、出てきた子供たちが大声を上げながら学校へ向かい、大人は仕事に出かける。彼らの自転車のベルが、チンチン鳴る。

それから誰かがレコードプレーヤーをつけたので、小道に音楽が鳴りひびいた。薩沙《サーシャ》は体を起こして窓の外を見た。小道の端で、若い男が音楽に合わせて派手に体をゆらしながら、新聞の売店を開けようとしている。「オウ、ジンギス・カン。ジンギス・カン。老いても力を持つ男。彼は強くてお金持ち。だからあたしは結婚したい」とロック歌手ががなりたてる。

その歌詞がくりかえされるのを聞いて、薩沙《サーシャ》が言った。「あの人たち、なんでジンギス・カンをばかにしていいと思ってるの。あたしわかんない」

「あいつらは本物の音楽を知らないんだ」と陽《ヤン》。

「小さいとき、父さんがジンギス・カンの歌を教えてくれたよ。いま思い出せるモンゴルの歌はそれだけ」薩沙《サーシャ》はそれをうたおうと口を開いた。でも、メロディーはおぼえているのに、歌詞が出てこない。両親が離婚してから、薩沙《サーシャ》はおぼえていたモンゴルの言葉をほとんど忘れてしまった。父親にも十五年会っていない。「あれ。もう忘れちゃった」

「『たおれた柱もかたむく屋根も、かつては栄華のときを見た。枯れゆく木々もしなびた牡丹も、かつては妙なる調べに舞った。若き乙女はフン族とたたかうために兵士になった、いとしい人を夢に見る。いとしい人はもうすでに、骨となり果て月影をうつしているとも知らないで』（『紅楼夢』に材をとる京劇の台詞として著者が創作）」陽《ヤン》は天井を見ながら、おさえた声で口ずさんだ。「ぼくらの師は言ってる。真の芸術はけして死なないって。真の芸術は記憶することにあるんだ」

「だけど歌をおぼえたってしようがないよ。父さんの顔すらおぼえてないんだもん」薩沙《サーシャ》は、ジンギス・カンの末裔の一人である父親のことを思った。ジンギス・

カンは流行歌で道化にされてしまった。かつてモンゴルは世界最大の帝国だったというのに、いまではロシアと中国にはさまれたサンドイッチの具だ。

「ぼくたち、生まれる時代をまちがえたね」と陽《ヤン》が言った。

薩沙《サーシャ》は陽《ヤン》のほうを見た。手に頭をのせて天井を見つめる彼の顔には、何かをあきらめた老人のような表情があった。うつろな美しさの裏にひそむ世界を目にするのはつらいし、おそろしいことでもあった。「生まれる場所をまちがえたんだよ。問題はそっち」薩沙《サーシャ》はそう言って、陽《ヤン》も自分も元気づけようとした。「ねえ。あたしといっしょにアメリカに来ない？」

陽《ヤン》はほほえんだ。「どういう立場でついていくんだよ」

「夫でも恋人でも弟でも、何でも。北京はやめてアメリカで出なおしたら？」一度口に出すと、その言葉は濃い霧のように部屋に立ちこめた。陽《ヤン》も息苦しさを感じているのだろうか、と薩沙《サーシャ》は思った。窓の外で、一人の売り子が砥石で肉切り包丁を研いでいる。その妙な音を聞いて、二人は気持ちの悪い唾をためた。売り子は間のびした声で、おいしい豚の頭だよ、と客よせをはじめた。

「薩沙《サーシャ》」陽《ヤン》がようやく口を開いた。「薩沙《サーシャ》はモンゴルの名前？」

「実はちがうの。ロシアの名前。ソビエト時代の戦争小説に出てくる、母さんの好きなヒロインの名前だよ」

「どうりで中国っぽくないんだね。モンゴルの名前だったらいいのに。モンゴルの姫君サーシャだ」

薩沙《サーシャ》は素足で陽《ヤン》のベッドのところへ行き、そばにひざまずいた。陽《ヤン》の顔を両手で包む。陽《ヤン》はされるままじっとしていた。「いっしょにアメリカに来て。あたしたち、ネブラスカの王子様とお姫様になるんだよ」

「王子様の役は稽古したことないな」

「台本が変更になったの。今日から」

陽《ヤン》は薩沙《サーシャ》の顔を見た。彼女がキスをしようとすると、そっと押しかえした。そして「『美しき体もただの骨の袋に過ぎぬ』」と低い声でうたった。

薩沙《サーシャ》は陽《ヤン》の演技を見たことがないし、舞台に立っているところも想像できなかった。陽《ヤン》はこれまで姫君や娼婦を演じてきたけれど、化粧で顔をおおい、絹の衣装を着て生きる必要なんかない、と彼女は思う。「京劇はもう死んだんだよ。あきらめたら?」

「君に京劇を語る資格はない」陽《ヤン》の顔がさっとけわしくなった。

彼の目に凍るものを見て、薩沙《サーシャ》はその話題をやめた。その後、ホテルにいたこと間は、ほとんど恋と言ってもいいぐらいだったのに。
たいだったので、薩沙《サーシャ》は胸をなでおろすと同時に、がっかりしてしまった。あの瞬
ごす時間ができたのだ。でもたがいの気持ちが触れあった瞬間を陽《ヤン》は忘れているみ
薩沙《サーシャ》は救われたような気がしたが、不安にもなった。何の前触れもなく、二人で過
はどちらも口にしなかった。一週間後、伯深《ボーシエン》が北京から連行されていったとき、

音楽と笑い声のなかパレードがはじまり、色とりどりの山車《フロート》が目の前を進んでい
く。フロートの上で、幸せそうな人たちが幸せそうな見物客に手をふっていた。好
奇心にかがやく薩沙《サーシャ》の顔を見て、伯深《ボーシエン》はため息をついた。薩沙《サーシャ》はわがままで愛想
が悪いが、赤ん坊――陽《ヤン》の子だ――のことを思うと、一も二もなく許してやりたく
なる。「陽《ヤン》にはやっぱり赤ん坊のこと言いたくない？」
「もう百回訊いたよね。なんで言わなきゃいけないの」
「子供ができたと知ったら、陽《ヤン》はアメリカに来たがるかも」と伯深《ボーシエン》。
「明日で子供はいなくなるよ」妊娠がわかったとき、薩沙《サーシャ》は陽《ヤン》の電話番号にかけて
みた。ポケベルも鳴らした。ポケベルにメッセージをのこしてからの時間を、はじ
め時や日で数えていたのが、じきに週単位になった。いまは別の部屋で暮らしてい

て、電話番号が変わったのかもしれない。ポケベルはもう手ばなしたのかもしれない。だから陽《ヤン》がメッセージを受けとれなくてもしかたないのはわかっているが、それでも連絡してこないのは許せない。その間にも薩沙《サーシャ》の体は変化しつつあった。体の奥で何かが育っているのを感じ、いやでたまらなかった。こちらの強い怒りに負けて、やがてはそれがどうにかして出ていけばいいと思い、朝から晩まで憎み続けた。かと思うと、はじめからいなかったかのように消えてしまえとばかりに、できるだけ忘れるようにしていたこともあった。とはいえ、最後には行動を起こさねばならなくなった。しょせん血と肉の塊なんだ、と薩沙《サーシャ》は思った。

「ところで、そもそもどうして子供ができたんだい？」と伯深《ボーシエン》はたずねた。薩沙《サーシャ》が連絡をくれてから、なぜ、どのようにしてそうなったのか、という疑問がずっと頭にまとわりついていた。なめらかでしなやかで完璧なラインを持つ彼の体に、薩《サー》沙《シャ》も目がくらんだのか訊きたかった。そして、自分が愛したように薩沙《サーシャ》も陽《ヤン》を愛したのか知りたかった。でも愛していたのなら、どうして陽《ヤン》がのこしてくれたものを平気で捨てる気になれるのか。

薩沙《サーシャ》は伯深《ボーシエン》のほうを向いた。はじめてその顔に興味を持ち、しげしげと見た。特に美男子でもなく醜くもなく、誠実そうな顔だ。恋愛の対象にはならないが、信頼はできそうである。伯深《ボーシエン》みたいな男は、本当なら退屈でおだやかな普通の人生を送っているはずだ。それが陽《ヤン》に熱を上げることで、本来の伯深《ボーシエン》よりおもしろみのある人間になっていた。そしてそれこそが陽《ヤン》の価値なのにちがいない――人は陽《ヤン》を愛さずにはいられず、そのために単調だったはずの道を踏みはずす。それもよろこんで。もう一度いっしょに夜を過ごそうと言いだしたのは陽《ヤン》だ。そして出発までの数日間、自分が賃貸している部屋をつかうよう陽《ヤン》を誘ったのは薩沙《サーシャ》だ。蒸し暑い夏の晩だった。甘く、短く、平凡に愛しあったあと、薩沙《サーシャ》がそのために床にしいた毛布の上に、二人は腕の長さをあけて横たわっていた。体がほてって、おたがい触れる気になれなかった。外では女家主の一家と近所の二家族が中庭に腰をおろしてテレビを観ていて、彼らの声に、蚊を殺そうと手を打つ音がまじる。見ると、陽《ヤン》は薩沙《サーシャ》に背を向けて横たわっていた。薩沙《サーシャ》が買っておいたコンドームの箱は、開けられないまま毛布の下に押しこまれている。薩沙《サーシャ》がつかわせようとしたのを、陽《ヤン》は拒否したのだ。コンドームは愛しあっていない人たちのものだから、と陽《ヤン》は言った。それを聞いて薩沙《サーシャ》はふたたび希望を持った。「あたしとアメリカに行きたい？」指で陽《ヤン》の背中をなぞりながら訊いた。

「アメリカで何をするんだよ。君のカナリアにでもなるの？」陽《ヤン》は薩沙《サーシャ》の指から体を遠ざけた。

「しばらく英語を習ったらいいよ。それからアメリカで将来役立つ学位をとるの」

「役立つ？　ぼくが役立たずだって、まだわかってないの？　それに自分の女に依存して暮らすことほど、男にとって屈辱的なことはないね」陽《ヤン》は自分で持ってきた絹のガウンに手を伸ばした。そして薩沙《サーシャ》が止めるまもなく、ドアから出ていった。薩沙《サーシャ》はぱっと立ちあがり、カーテンの後ろから彼の姿を追った。陽《ヤン》は人々のほうを見ないでわざとのんびりと歩いていく。人々はテレビから目をはなし、陽《ヤン》をなめるように見た。中庭の真ん中にある煉瓦づくりの流しのところに来ると、陽《ヤン》は端っこに腰をおろしてむきだしの両脚を蛇口のほうに持ちあげた。水を出してからしばらくたって、やっと家主の女が正気にもどって口を開いた。「ちょっと。その水、うちがお金はらってるんだけど」

陽《ヤン》はにっこりして、「すごく暑くて」と感じよく言った。

「まったくね」

陽《ヤン》は蛇口をひねると、さっきみたいに優雅にぶらぶら部屋に帰っていった。月の色のガウンに包まれたすらりとしたその体が、中庭にいる人たちの注目を浴びているのを意識しながら。薩沙《サーシャ》は落ちこんでがっくりと窓のそばに立っていた。あたしはこの人の観客になった。たぶんあたしはなかなかつかまえられないタイプの観客だっただろうけれど、結局はつかまってしまったんだ。

ディズニーのフロートが、薩沙《サーシャ》と伯深《ボーシエン》のところに近づいてきた。「見て」薩沙《サーシャ》は、フロートの前を歩くミッキー・マウスのむやみに大きな手袋を指さした。「指が四本しかないよ」

「知らなかった」と伯深《ボーシエン》。

「あの手袋が注目を浴びるためには、わたしたちが必要。陽《ヤン》にとっても、あたしたちはそんなもんなんだよ」

「でもぼくたちの愛だけが陽《ヤン》を守れる。そして救えるんだ」

薩沙《サーシャ》は伯深《ボーシエン》の目をまっすぐに見た。「陽《ヤン》をだめにしたのはあたしたちみたいな人間だよね。そもそもどうして京劇に男旦《ナンダン》がいるの？　『男は彼が女を演じるがゆえに愛し、女は彼が演じる男であるがゆえに愛す』（名高い男旦・梅蘭芳をめぐる魯迅の言葉）」

「まったく事実に反するね」

「じゃどうしてそんなに陽《ヤン》を舞台に復帰させたいの？　陽《ヤン》が落ちぶれるのを見てあたしがよろこぶなんて思わないでね。本当だよ。あなたに負けないくらいあたしも陽《ヤン》を助けてあげたかった。陽《ヤン》は女を演じる男でいなくてもいい――それをわかってもらおうと思ったの。でも結局はこんなことになっちゃった。それで赤ん坊ができたのは誰よ。中絶するのは誰よ。あなたでも陽《ヤン》でもないじゃない」薩沙《サーシャ》は泣きだした。

伯深《ボーシエン》はおずおずと手を伸ばし、薩沙《サーシャ》の肩に触れた。この子さえもう一度陽《ヤン》を愛してくれたら。そうしたら陽《ヤン》はどちらと暮らすか選べばいい。二人をどちらも愛さなかったとしても、ぼくたちの愛はあらゆる危険から陽《ヤン》を守り抜くだろう。そしてぼくたち――三人――はいっしょに子供を育てればいい。陽《ヤン》は姫君のままだ。たしかに母国をはなれてはいるけれど、異国の地でなお美しい本物の姫君だ。ふたたび薩沙《サーシャ》が陽《ヤン》を愛するようにしむけるにはどうすればいいか、それさえわかればいいんだが。

伯深《ボーシエン》が肩に腕を回したとき、薩沙《サーシャ》は逃げなかった。知らない人から見れば、二人はごく普通の夫婦に見えるだろう。喧嘩してへそを曲げた妻を、夫が心配してなだめているというふうに。あるいはおたがい愛想づかしをした夫婦でもいい。夫はお腹の赤ん坊だけを気にかけていて、妻は胎児のこともふくめ、何に対しても心が動かなくなっている。

返事をするかのように、赤ん坊が動いた。とん、と一度。それから、もう一度。

軽く、ためらいがちな、はじめてのこんにちは。それまで薩沙《サーシャ》は、それに答えることになるのがいやだった。でも一度来てしまうと、もっと望まないではいられないように思われた。しばらくすると、通りの人々や子供たちの大きな歓声が聞こえてきて、薩沙《サーシャ》は顔を上げた——並木のイルミネーションが点灯し、何千もの星が一つの星座をつくっている。薩沙《サーシャ》は、母親がいま一人で暮らしているモンゴルの小さな町のことを思った。ぼんやりした灯りのもと、路地を帰る母親の、後ろにのびる長い影。母親は生まれる時代をまちがえ、大人になってからはずっと暮らす場所をまちがえている。それでも二人の娘を生んだことを一度も後悔しなかった。薩沙《サーシャ》は息を殺して、赤ん坊がまた何か伝えようとするのを待った。アメリカはいい国だ。生まれてくる場所として正解だ。赤ん坊はタイミングをまちがえてしまったけれど。でもアメリカでは何だって可能なんだ。父親の美しさに恵まれ、しかも父親より幸せで運のいい赤ん坊を思い浮かべ、薩沙《サーシャ》はほほえんだ。ところがふたたび赤ん坊が動くと、急に泣きくずれた。母親になるということは、きっとこの世でもっとも哀しくて、もっとも希望に満ちたことにちがいない。一度愛しはじめたら、その底なしの愛にどこまでも落下していくのだから。

市場の約束

生徒たちの間で、三三《サンサン》はミス・カサブランカの名で通っている。人の気も知らないで、みんなあてつけがましい笑みを浮かべながらそう呼ぶのだが、それさえ気にしなければきれいなあだ名だし、三三《サンサン》も知らんぷりしている。三十二歳の彼女には、夫も恋人も親しい友人もいない。大学を出てから、生まれ育った小さな町の師範学校で英語を教えているが、この仕事もはじめはすぐやめるはずだったのに、ずっと続けることになってしまったのだった。この十年間、彼女は授業で映画『カサブランカ』を上映している。どのクラスでもやるので一学期に五、六回は観ることになるのだが、生徒たちの反応には慣れっこだから、もう耐えられるようになった。中国語の吹き替えも字幕もなしではじめてちゃんと見るアメリカ映画を、最初はみんなかしこまって観ている。がんばって会話を聴きとろうとしているのもわかる。といっても、せいぜいところどころで一言か二言聴きとれるぐらいだが、筋はなんなく理解できるらしく、きまって授業が終わる頃には数人の女の子が赤く目をうるませている。でも、生徒たちはすぐに興味をうしなってしまうのだ。スクリーンで女たちが泣くといっせいに笑うし、男が女にキスをすると口笛が鳴る。あげく、三三《サンサン》は教室のおしゃべりがまじった音声を聴きながら、一人で映画を観ることになる。

午前の授業をそんなふうに進めていると、誰かがドアをノックする。でも非常事態でもないかぎりビデオテープは止めない。

三三《サンサン》がドアを開けると、用務員がいる。「お母さんが外でお待ちですよ。会いたいそうで」

「用件は？」

「何も言ってませんでした」

「授業中なの知ってるでしょう」

「外で待っているのはお母さんですよ」用務員の片足が、ドアの内側で踏んばっている。

三三《サンサン》は用務員を一瞬見つめ、ため息をつく。「わかったわ。すぐ行くと言ってください」生徒たちが興味しんしんでこちらを見ている。彼らに映画を観ているように言うけれど、言うことをきかないにきまっている。

母親は学校の門を出たところにいた。毎日市場へ押していく木製の屋台にもたれている。炭火のこんろ、アルミの大鍋、玉子、香辛料の瓶、小ぶりな木の椅子を積んだ屋台だ。四十年の間、母親は駅前の市場で煮玉子を売ってきた。客のほとんどは旅人である。明けても暮れても小さな木の椅子に座っているうちに、母親は背の丸い小さな女になった。会うのは父親の葬式以来一年ぶりである。髪が白く、薄くなっている。何年もしないうちに三三《サンサン》の髪もこうなるだろう。でも、どちらの髪のことにもことさら心が動かない。

「母《マー》さん《マ》。わたしをさがしてるんですって？」三三《サンサン》は声をかけた。

「こうでもしないと、おまえが生きてるかどうかわかりゃしない」

「あら、みんなわたしのことあれこれ告げ口してるんだと思ってたわ」

「みんなが言うことは嘘かもしれないだろ」

「もちろん嘘っぱちよ」三三《サンサン》は笑顔を見せる。

「でも、みんなが噂するのは誰のせいかね」

「みんなのせいでしょ」

「おまえは恥って言葉を知らないのかい」

「恥を知れって言うために来たの？　それならもう知ってます」

「おまえが娘だなんて、あたしはよっぽど罰当たりなことをしたんだろうよ」声がきつくなる。道行く人たちが歩をゆるめ、にやつきながらこちらを向く。

「母さん。用件は何。忙しいのよ」

「おまえが親を亡くすのももうすぐだね。そのうち母さんはおまえの噂に押し流されておだぶつさ」

「噂なんかで人が死ぬもんですか」

「じゃ、なんで父さんは死んだんだい」

「父さんを落ちこませたのはわたしだけじゃないわよ」とはっきり言おうとするのだが、急にこみあげてくる悲しみに喉をしめつけられる。父親は生前、ガスと水道のメーター検針員をしていた。いつも夕飯どきに家々のドアをノックして、上がり続ける料金に怒る人々の前で、肩身のせまい思いをしながらメーターを読む。ある晩、父親は仕事がひけてから姿を消し、あとで町のそばにある池で子供たちに発見された。体が、さかさまに突き刺さっていた。池は底が浅く、いちばん深いところでも腰の高さしかない。たぶん飛びこんだ勢いで泥に突っこんだのだろう。そのいきさつも動機も、よくわかっていない。でも母親は、三三《サンサン》が結婚しないから死んだと思っている。

「思えばおまえが大学に入ったときは、父さんも母さんも世界一の親になったって思ったのに」思い出と涙に、母親がひたろうとしている。

「その話はもう何回もしたわよね。やめましょう」

「なんだい。これまで苦労をしてきたのはね、黙れなんて言う娘を育てるためじゃないんだよ」

「悪かったわ。でももう行かなきゃ」

「まだだよ。もうちょっといておくれ」まるですがるようだ。

三三《サンサン》は口調をやわらげる。「あのね。授業の途中なの」

「じゃ、今晩うちにおいで。大事な話があるんだ」

「いま言ったら？　あと五分ならいいから」

「五分じゃだめだね。土《トウ》のことなんだから」そう言うと三三《サンサン》につめよって、声を落とす。「土《トウ》が離婚したんだよ」

三三《サンサン》は母親の顔を穴のあくほど見る。うなずいて、母親は続ける。「そう。あの子はもう独身さ」

「何が言いたいの。わからない」

「土《トウ》の両親はおまえによりをもどしてほしいんだよ」

「どういうこと」

「だからうちに来てあたしと話をおし。さ、授業に行きな」三三《サンサン》の返事を待たずに、母親は屋台を押していく。

三三《サンサン》がはじめて『カサブランカ』のことを知ったのは、結婚できないという短い謝罪の手紙を土《トウ》がアメリカから送ってきた年だ。それまでは授業で『サウンド・オブ・ミュージック』を観せ、どの曲も一緒に口ずさんでいた。そしていますぐにでも生徒たちをおきざりにして、アメリカへ行くつもりになっていた。でも手紙を読んでからはうたったことがない。いま人生について生徒たちに教えたいことは、何もかも『カサブランカ』が語ってくれる。

三三《サンサン》は教室にもどるとまた窓枠に腰かけ、脚をぶらさげる。大学にいた頃、よくアメリカ人の先生たちがそうしていた。映画はちょうど、パリのシーンが終わるところだ。リックがしのつく雨の中、プラットフォームでずぶぬれになり、それから列車に乗る。そのとき一人の男の子が声を上げた。「変なの。コートがすっかり乾いたぞ」

いままでそれに気づかなかったことに、三三《サンサン》はおどろかされる。そして彼の鋭い指摘をほめてやろうと思ったが、考えを変えて高らかに言った。「人生の謎の一つはね、理解不能だってことなのよ」

教室が笑いさざめく。この発言は、例のあだ名とともに次の組にも伝わるだろうが、それでもいい。生徒たちは中学を卒業してまだまもないのに、師範学校で二年勉強したら小学生を教えるようになる。ほとんどは村の出身で、学校はつらい農作業からのがれるただ一つの道だ。英語は、教育部の規定にしたがわねばならないというだけの理由で教えられている。この子たちはきっと最後まで、三三《サンサン》の言葉の意味を理解することはないだろう。ささやかな夢をかなえておしまいだ。

三三《サンサン》は授業を二つ終えると、同僚に頭痛がすると言って学校を早引きすることにする。誰もそんな口実を信じないのはわかっている。でも、かといってだめだと言う者もいないのだ。おだやかで無害な変人をあつかうように、みんなが何かにつけ大目に見てくれる。変人の奇行は、日々の単調な生活に彩りを添えるからだ。

このあたりで大学の学位を持つ者は少ないが、その中でも三三《サンサン》の教育程度はもっとも高い。この町から北京の最高学府に入った子は二人で、彼女はそのうちの一人だ。ただし町にもどってきたのは三三《サンサン》だけ。もう一人が土《トウ》だった。人生のある時点で、土《トウ》は三三《サンサン》の幼なじみで、同級生で、恋人で、婚約者でもあったが、いまは三三《サンサン》より美しい女と結婚してアメリカにいる。

そして離婚した。でも、もう遅すぎる。十年だ。三三《サンサン》は借りている部屋にもどり、ベッドに座ってヒマワリの種を割る。シーツや床に種の殻がこぼれ落ち、たまっていくのをそのままにして。種をかむとき頭蓋骨の内側にひびくコリコリという音と、口にひろがる独特の風味がむやみに恋しい。あまくてしょっぱくて、ちょっとにがい。鞏《ゴン》氏の乾物屋が調理するとき入れる、何かの香辛料のせいだ。このヒマワリの種と、大学のときに買ったイギリス小説——研究に一生かけてもいいような本が、書棚にずらりとならんでいる——があるから、人生にも耐えられる。でも今日、種の味はいつもと違う。喉につかえた魚の小骨のように、土《トウ》の離婚のことが頭からはなれない。

三三《サンサン》がヒマワリの種の殻にかこまれ、離婚のことに思いをめぐらせているなんて、土《トウ》は夢にも思わないだろう。でも彼女は、いまでも毎日のように彼のことを考える。当然といえば当然だ。婚約式でこう誓ったのだから。「世界中の海が干あがる日が来るまで、あなたのことを想います」たしか土《トウ》も似たようなことを言ったはずだ。そして、そのときたった一人の立会人で、書類上は土《トウ》の正式な妻だった旻《ミン》が、二人を抱きしめてくれた。いまふりかえれば、旻が誓いをたてないのはおかしなことだった。旻と土の結婚とおなじように、やはり三三と土の婚約も三人の契約だったのだから。

旻は、三三が大学で見たいちばんきれいな女の子だ。十年たったいまでも、三三の知るかぎりもっとも美しい人間である。大学の寮で、旻と三三はほかの四人の女の子とともにおなじ部屋になったが、最初の年はずっと親しくならなかった。旻は都会っ子で人目をひき、社交的で、目をつけたものはなんだって手に入れるような女の子だ。もちろん、目をつけるのはいちばんいいものだけ。いっぽう小さな町の出身で、なまりがひどく地味な顔をした三三は、旻にとって親友としてもただの友人としても、いちばんいいとはとても言えなかったのだ。

大学一年が終わる頃、天安門広場でデモがあって、勉強どころではなくなった。旻は積極的に広場の抗議行動に加わった。男子学生たちにミス天安門に選ばれ、自由の女神の扮装をして、欧米から来た報道陣のカメラに勝利のポーズをきめてみせた。しかしデモが沈静化すると、旻はくりかえし当局の調べを受け、つらい日々を送るはめになった。結局は拘束の必要なしとされたものの、卒業後にまともな職を得る権利をうしなった。大学にもどった旻はあいかわらずきれいだったが、がっくりと肩を落とし、悲しみにくれていた。そのとき、おそれず旻《ミン》に同情と友情をしめした、寮で唯一の人間が三三《サンサン》だった。三三《サンサン》は抗議行動にまったく参加しなかった少数の学生の一人だ。仲間がストライキをしているとき授業にあらわれたのは、三三《サンサン》と土《トウ》だけである。やがて教師たちも授業に出てこなくなると、二人は急接近し、恋に落ちた。それは、親もふくめ故郷の町の誰もが期待していたことだった。

三三《サンサン》は、旻《ミン》と親しくすることを気高い行為だとか勇敢な行為だとか思ったことはなかった。理不尽な運命にあった人には親切にしてあげたいという、純粋な思いからだった。だから旻《ミン》が善意にこたえて親友になることにすると、三三《サンサン》はうれしくてありがたくて目がくらみそうになった。まるで旻《ミン》の不運につけこんだようで、いたたまれない気もする。普通の状況ならきっと親しくなれなかっただろう。でもそれが人生のめぐりあわせなら、例外を認めたっていいんじゃないか。

大学二年の終わり頃、留学のためのパスポートはアメリカに親戚がいる学生にのみ発行するという新しい条例を、高等教育司が出した。わけのわからない決まりだが、当時はそういう時代だった。やることがでたらめな子供のように、くだらない法律が人生を変える。かくして旻《ミン》にのこされた将来の唯一の希望――卒業したらアメリカに行く――は、泡となって消えた。旻《ミン》の美しい顔を見るにつけ胸つぶれる思いの三三《サンサン》は、ただ手をこまねいてはいられなくなり、一念発起して行動をはじめた。「頭、どうかしちゃったの」土《トウ》にそう訊かれ、三三《サンサン》は自分の計画を教えた——土《トウ》がアメリカの大学院に出願し、そのうえで旻《ミン》と偽装結婚して彼女を救い出すのだ。

「ぼく、アメリカに親戚はいないよ」

「おじいさんに兄弟がいたでしょ。人民解放戦争のあと台湾に行ったんじゃなかった？　そのあとでアメリカに行くこともありえるわよね。いい？　アメリカまで行って家族歴を調べる人はいないのよ。アメリカにいるっていう証明書さえあれば……」

「でも証明書が手に入らないいじゃないか」

「それはわたしが考える。あなたは大学院出願のことを考えて」土《トウ》の目に、ためらいの色と同時に希望の光がさしたのを三三《サンサン》はみとめた。でもすぐその光もかすんでしまった。「あなただってアメリカに行きたいんじゃないの？　卒業したら、都市戸籍がないからって家にもどって、つまらない仕事につかなくていいのよ。アメリカに行けば、小さな町から来たかどうかなんて誰もとがめたりしないの」

「でも旻《ミン》と結婚だなんて」

「いいじゃない。わたしたちにはおたがいがいるでしょ。でも旻《ミン》には誰もいないの。

都会っ子を気どってたあの男の子たち、旻《ミン》の立場がまずくなったとたん亀みたいに甲羅の中に引っこんじゃって」

土《トウ》はやってみようと言った。三三《サンサン》が好きなのは、彼のそんなところだ——あぶないと感じてもとにかく三三《サンサン》を信じるし、三三《サンサン》がこうと決めたらそれに従う。旻《ミン》のほうは、計画に尻ごみしたとしても、たやすく説きふせることができそうだった。三人そろってアメリカン・ドリームを実現するため、三三《サンサン》は一人で土《トウ》と旻《ミン》を励ました。そして故郷の町にもどると賄賂を使ってたのみこみ、土《トウ》の大叔父に関する偽造証明書を手に入れた。失敗もありえたのに、計画はすべてうまくはこんだ。やがて土《トウ》はペンシルベニア州の大学に合格し、旻《ミン》も婚姻証明書を出して扶養家族として国を出る手続きをした。三人しか知らないその秘密の工作は、部外者には説明できないほど手がこんでいたが、本人たちは何のうたがいも抱いていなかった。そして一年後には、計画はすべて終わっているはずだった。旻《ミン》は自立する道を見つけ、土《トウ》は結婚と離婚をへて故郷に帰り、三三《サンサン》と結婚するのだ。

土《トウ》が出発するまでにセックスしておくべきだということに、三三《サンサン》は気づかなかった。実のところ土《トウ》は求めてきたのだが、拒んだのだ。大学の授業で『恋する女たち』を読んだことを思い出したのである。その物語のある部分が、ずっと心に引っかかっていた。登場する姉妹のうちの一人が、戦争へ行く前の恋人と寝るのをことわる。絶体絶命のときに女が欲しくなってはいけないと思って。でも土《トウ》は戦争に行くのではなく、別の女と結婚生活をおくるのだった。薄いドアをへだてただけのおなじ部屋で、美しい女の体が食べ、眠り、おしっこをし、月経を迎えているのに、男が恋をしないでいられるわけがない。

結婚生活を続けるつもりだという短い手紙を最後に、二人からの便りは絶えた。それからというもの、三三《サンサン》は土《トウ》と旻《ミン》の愛の行為を想像するようになった。頭の中で二人を脱がしてベッドにのせ、答えをさぐるかのようにそのセックスを観察した。旻《ミン》の長くつややかな髪が、セロリの茎みたいな土《トウ》の体をかすする。彼をじらし、誘う。土《トウ》はカリフラワーのような大きな頭を、旻《ミン》の豊かな乳房に押しつける。乳を欲しがる腹をすかせた醜い子豚だ。三三《サンサン》が想像をたくましくすればするほど、二人はおかしな図になった。こんなふうに想像するのは不公平だとわかってはいる。土《トウ》は滑稽な姿で、旻《ミン》の美しさはダイアモンドのように傷つかない。まさかこの二人が恋に落ちるとは夢にも思わなかった。土《トウ》にとって旻《ミン》はいい女すぎるからだ。頭でっかちでやせっぽちで、にたにた笑う土《トウ》。三三《サンサン》はそんな土《トウ》との愛を信じ、一人の友人を救うためにたがいが犠牲をはらう行為を、正しいと信じていた。でも人生とは不可解なもので、土《トウ》と旻《ミン》は恋に落ち、三三《サンサン》の頭の中でちぐはぐなセックスをしている。ときおり旻《ミン》を自分におきかえてマスターベーションすることもあった。土《トウ》と三三《サンサン》はもっとお似合いだ――まだよちよち歩きで、いつも母親のこんろのそばに座っていた頃、二人は仲良しだった。土《トウ》は果物を売る隣の屋台の小さな男の子だ。そのセックスは心がくだけそうなほど美しく、果てると、彼女は泣いた。

そんな想像に耐えられなくなると、きまってヒマワリの種を食べるようになった。毎晩座って何時間も食べる。目が覚めると、寝床を出ないうちにすぐ種の袋に手を伸ばす。殻が頭の中ではじけると気持ちが落ちつき、服を着た土《トウ》と旻《ミン》を思い描くことができる。彼らが約束をやぶったことには傷ついたし、これからも傷は癒えないだろうが、それはもういい。まだ土《トウ》と旻《ミン》の結婚の誓いがある。二人を夫婦にしたのはわたしだ。二人は恥じてたがいに認めないかもしれないけれど、わたしはいつも夫婦のベッドの上に浮かんでいる。その罪を赦し、祝福と呪いを告げる守護天使なのだ。

それなのにどうして二人は結婚生活をやめてしまうのだろう。長すぎる十年が過ぎたいまになって？　彼らは一度約束をやぶった。だからこれで二度目だ。離婚なんかされたら、わたしはどうなるの。これで二人とも、わたしの貰い行ないを思いださずにすんでしまうじゃない。

ヒマワリの種の袋がからになると、三三《サンサン》は母親をつかまえて土《トウ》の離婚のことを訊きだすことにした。町で唯一の市場は、駅前にある。駅には北京と南部の市をむすぶ列車が一日に数回入り、十分ほど停車する。たいていの屋台はそれをあてに商売していた。

市場に来てみると、ちょうど一時十五分の列車が駅に入ってきたところだ。少数の乗客が出てきて手足を伸ばしていたかと思うと、まもなくたくさんの人々が市場に流れこんできた。三三《サンサン》は少し離れたところに立って、母親が杓子で鍋をたたきながら客を呼ぶのを見まもる。「寄ってらっしゃい。試してらっしゃい。八宝蛋《バーバオダン》だよ。お味は最高。保証つき」

一人の女が立ちどまってふたを持ちあげる。すると脇にいた子供がいちばん大きい玉子を指さす。茶葉と香辛料としょうゆのまざったたいいにおいにそそられて、そばを行く人たちの足どりがゆっくりしてきた。財布を出す者もいるし、最高においしい煮玉子だとも知らず、よその煮玉子売りを見にいく者もいる。幼い頃は、母親の煮玉子を買わない人に地団駄を踏んでいたものだ――ほかの屋台はみんなせこくて、香辛料や茶葉を母親のようにたっぷり入れないのだから。でも大人になってみると、今度は母親のそんながんこさに腹が立つようになった。煮玉子を買う人はみな旅人であって――たとえ煮玉子の味は忘れなくとも、この場所や母親の顔は忘れてしまう――余分な金をかけていちばん上等な香辛料と茶葉を使っていることなど、知らずに終わる。

列車が行ってしまうと、三三《サンサン》は煉瓦をひろって母親の椅子の隣に置き、腰をおろす。母親がまた鍋に新しい玉子と香辛料を入れているので、三三《サンサン》は思わず言う。

「高い香辛料なのに、そんなに入れたらお金がもったいないんじゃない？」

「煮玉子のつくり方に口を出すんじゃないよ。あたしはこれを四十年やってるんだ。このやり方で玉子をゆでて、おまえを育ててあげたんだから」

「味がいいのがわかっても、この煮玉子をさがしにもどってくる人はいないのよ」

「だとしたって、一度でも最高の煮玉子を食べてもらえたら、それでいいじゃないか」母親は声を張りあげる。ほかの売り子たちが数人、こちらを見ながら目くばせをかわす。市場では何もかも筒抜けだ。夕飯どきまでには、三三《サンサン》が帰ってきて気の毒な母親をいじめていたという噂が町のすみずみにまでひろまるだろう。子供たちは夕飯の席で説教される。親孝行をしない三三《サンサン》みたいな娘になるんじゃない。せっかく母親が部屋を用意しているのに、家賃に金をつかうなんて。

三三《サンサン》は声を落とす。「母さん、もう隠居したらどう?」

「そんなことできないね。年とった貧しいやもめを誰が食べさせてくれるんだい」

「わたしよ」

「おまえは自分の面倒だってみられないじゃないか。だから土《トウ》みたいな男が必要なんだよ」

地面に伸びた自分の影を、三三《サンサン》は見る。革のサンダルのそばには、こなごなになった玉子の殻。果物を売る隣の屋台の子、土《トウ》と友達になるまでは、こんな玉子の殻だけがあそび相手だった。土《トウ》の両親はもう隠居して、息子が買った、寝室が二つあるマンションに住んでいる。いま隣の屋台が売っているのはタバコやライターだ。

火に近づけるとブロンド女の服が消える、てのひらサイズの写真もある。ややあって三三《サンサン》は訊く。

「土《トウ》に何があったの」

「あの子の両親が昨日たずねてきたんだ。土《トウ》とまた一緒になる気があるかって」

「どうして」

「男には女が必要さ。おまえにも旦那がいないとね」

「それ、代用品ってこと?」

「わがまま言うんじゃないよ。もう若くないんだから」

「どうして離婚したの」

「人の考えは変わるもんさ。あたしに言わせりゃ、何も訊かずに土《トゥ》とよりをもどすべきだよ」

「土《トゥ》がそう望んでるの? それとも親の一存?」

「おなじことじゃないか。おまえがよりをもどしたいなら、あの子は結婚する。親がそう言ってるんだ」

「それじゃお見合いになっちゃうじゃない」

「何言ってるんだい。あたしらはね、おまえたちが小さいときからいっしょに育つのを見てきたんだよ。それに見合い結婚でも、愛は生まれるもんさ」

三三《サンサン》の胸がちくりと痛む。「そうね。見合いでも愛は生まれる。でもわたしが望んでいるのはそんな愛じゃないの」

「じゃ何だい。まるで恋する乙女だね」

三三《サンサン》は口をつぐむ。激しい愛はただの恋物語とはちがう。約束は約束。誓いは誓い。それが『カサブランカ』の醍醐味であり、本物の恋愛なのだ。だからこそ、この人生も生きる値うちがあると思える。

二人とも黙る。母親が、さっき入れた玉子を杓子ですくって、香辛料がよくしみるようにスプーンで殻をそっとたたく。それがすむと、何も言わずに煮玉子を一つ、三三《サンサン》のてのひらにのせる。熱いけれど落とさないで、三三《サンサン》はその玉子を見る。預言者のつかう亀甲のかけらのように、殻に走るひびが香辛料としょうゆで黒ずんでいる。幼い頃は、さんざんせがまないと煮玉子を食べさせてもらえなかった。でも土《トウ》がいっしょのときはすぐにもらえた。母さんはまだおぼえているだろうか。わたしと土《トウ》が恋をするまで、ずっとそうして二人の仲を育んでいたことを。

数分たった頃、通りの向こう側でブレーキを高くひびかせ、二台のジープが止まる。見あげると、車から警官が数人飛びおりてきて、鞏《ゴン》氏の乾物屋のまわりをとりかこむ。すぐに中にいた客がドアから追いだされる。「何があったんだ」と屋台の売り子たちが口々にたずねあっている。三三《サンサン》の母親も立ちあがって通りの向こうを見ていたが、しばらくすると三三《サンサン》に杓子をわたし、「火を見ていておくれ」と言う。

そして好奇心の強いほかの売り子たちとともに、通りをわたっていく。

三三《サンサン》が見ていると、警察が立ち入り禁止の赤いテープを張った店の正面に、母親がもぐりこもうとしている。市場に四十年もかよっていながら、いまだに他人のことが気になるのはなぜだろう、と三三《サンサン》は思う。

十分後、母親がもどってきて売り子たちに言う。「聞いてびっくりしなさんな――鞏《ゴン》の商品から麻薬が見つかったよ」

「なんだって」

「繁盛するのもとうぜんさ――麻薬を入れてナッツや種を調理してたんだ。客がいつもあそこで買いたくなるようにね。なんて腹黒い奴らだろう！」と母親。

「警察にはどうしてばれたのかな」向かいの売り子が訊く。

「店で働いている誰かがしゃべったにきまってるよ」

ほかの売り子たちももどってきて、鞏《ゴン》の麻薬売買について話している。それを聞いているうち、三三《サンサン》のてのひらがじっとりと汗ばんでくる。日が暮れるまでに鞏《ゴン》の店でヒマワリの種を買うつもりだった。あの種のことを考えただけで、部屋に帰って殻の山にうもれてしまいたくなる。舌にのせて味わえば、土《トウ》と旻《ミン》を正気のまま見ていられる安心な場所へ連れ去ってくれる。わたしが生きてこられたのはあのおかげなのか。毒入りの種、つまり麻薬による妄想のおかげ？

母親が三三《サンサン》のほうを向いた。「さてと人のことにかまけるのはやめやめ。三三《サンサン》。

申し出をどう思う?」

「土《トウ》と結婚? いやよ。したくない」

「ばか言うんじゃないよ。ずっと土《トウ》を待ち続けてきたんじゃないか」

「ぜんぜん待ってないわ」

「嘘をおつき。おまえが待ってることはみんな知ってるんだ」

「みんなですって?」

「いつまでも結婚しない理由がほかにあるかい。土《トウ》がおまえにひどいことをしたのはみんな知ってる。でも誰にでもあやまちはあるさ。親も昨日あやまってたよ。そろそろ許してあげたらどうかね」

「何を許すの」

「土《トウ》はおまえをものにしたのに、ほかの女に走っただろ。いいかい。よりをもどせば、それだってそうひどい話じゃなくなるんだよ。古いことわざにもあるだろ。『すべてのものはいずれ持ち主のもとにもどってくる』って」

「ちょっと待ってよ、母さん。ものにしたってどういう意味」

母親の頬が赤らむ。「わかるだろ」

「わからないわよ。もしセックスのことだったら、土《トウ》はものにしなかったわ」

「恥ずかしがることなんかないんだよ。わかるさ。誰のせいでもない」

町の人たちが妙に寛容なわけがやっとわかった。恋人に利用されて捨てられた、気の毒な女だからだ。しかも初夜に敷く真っ白なシーツに処女の証拠をのこせない、だから結婚できない、かわいそうな女。「母さん。土《トウ》とは何もなかったの。セックスしたことないのよ」

「ほんとかい」信じたいが信じられないという目をしている。

「どうせわたしは頭のおかしいオールドミスよ。信じられないなら、わたしが処女かどうか町の人たちに投票してもらえば？」

母親はしばしば三三《サンサン》の顔に見入っていたが、やがて手を打った。「それならもっと都合がいいや。土《トウ》にそこまで惚れていたとは知らなかったよ。今夜あの子の親をたずねて、おまえは土《トウ》のためにずっときれいな体でいたって言うからね」

「土《トウ》のためじゃないわよ」

「土《トウ》が手をつけなかったんだったら、なんで結婚しないんだい」

三三《サンサン》は返事をしなかった。処女ではないという噂は、死ぬ前の父さんをどれだけ苦しめたことか。なぜ母さんはこれまでずっとそのことを問いたださなかったのだろう。でもプライドが高くてつつしみ深い母さんが、娘にそんなことを訊けるはずもない。家庭でセックスの話などしたこともないのだから。

「答えられないぐらいなら、いまこそ決心おし」と母親。

「決心ならもうしてるわ。土《トウ》とは結婚しない」

「気でも狂ったのかい」

「母さん。どうして最高の煮玉子を売りたいの」

母親はかぶりをふる。「何を言ってるんだい。わからないよ」

「じゃ、どうして香辛料をたくさん入れるの」

「お味は最高っていうふれこみなんだ。その言葉はまもんなきゃ」

「でもみんなはそんなことどうだっていいのよ。その約束は母さんだけの問題なの」

「そういうまわりくどい言い方はやめておくれ。あたしは字が読めないんだ。だいたい、それがおまえの結婚と何の関係があるんだい」

「わたしにもまもるべき約束があるってこと」

「なんでそうがんこなんだろうね。おまえが結婚しなかったらね、二人とも気がおかしいってことになるんだよ。わかってんのかい」母親は泣きだす。

尾をひく汽笛とともに、駅に列車がまた入ってくる。母親がふるえる声で客よせするのを聞きながら、三三《サンサン》は一筋つたう涙をぬぐう。わたしはたしかに気がおかしい。母さんをこんなふうに傷つけるなんて。わたしがどんな人間であろうと愛してくれる、たった一人の人なのに。でもほかにどうしようもない。世間の人たちは使用ずみナプキンみたいに約束をすぐほうりだすことができるけれど、わたしはそんな人間になりたくない。

一人の男が市場に入ってくる。汚れたシャツとジーンズに、形のくずれた鞄。その鞄を、女を抱くようにしっかり抱えている。三三《サンサン》が見ていると、男は向かいの屋台のすき間に座りこみ、おもむろに鞄からつぶしたダンボール箱とナイフを取りだす。果物屋が西瓜《すいか》を切るのに使う、刃渡りが長くて細いナイフだ。それからシャツをぬぎ、ナイフを左腕にあてると、用心しながらひじから肩まで一息に切る。三三《サンサン》のほかにも数人がそれに気づいたのだが、男はどうやら落ち着いているようなので、みんな静かに息をのんで見まもっている。男はひとさし指を血にひたし、書家のようにその指先をたしかめると、ダンボール箱に字を書く。「十元で一回、わたしの体の好きなところを切ってよい。一回でわたしが死んだら、金はいらない」

大声で男がそれを二回読みあげると、やっと人々が集まってくる。

「なんてばかな真似を」年配の女性が言う。

「物乞いの手としては新しいけどね」と別の女。

「ただふつうに物乞いすればいいじゃないか」

「誰がめぐんでくれるもんかね。たくましい体をしてるのに。これなら何か仕事はあるはずさ」

「いまどきの若い者は働くのが嫌いなんだ。簡単に金をかせぎたいんだよ」老人がなげく。

「けがをするのは簡単じゃないでしょう」

一人の若者が本人にたずねる。「おい、どういう素性なんだ。知らないのか。物乞いするには、いかにも気の毒な身の上話をつくらなきゃだめなんだぞ」

みんな笑う。その輪の中で、男は黙って座っている。ひじからジーンズへしたたり落ちていく血にも気づかない様子だ。しばらくすると男は、またおなじことをさけぶ。

三三《サンサン》の母親はため息をつき、手提げ金庫の中に手をいれると、男のほうへ近づいていく。「さあ十元だよ、お若いの。持っていきな。それから仕事をさがすんだ。こんなつまらないことで命を粗末にするんじゃないよ」

「でも仕事はないんです」

「じゃあ、ただ金を持っていきな」

男は両手で刃をはさみ、柄の部分を三三《サンサン》の母親に差しだす。「さあ、どうぞ」

「まさか。いやだよ。切るなんて」

「でもやってもらわなきゃならないんです。切らないなら、金は受けとれません。ここにそう書いたんですから」

「いいからとっときなって」

「俺は乞食じゃありません」

「じゃ何だ」と輪の誰かが口をはさむ。するとまた別のところから声がする。「ばかだろ」

みんないっせいに笑いだす。男は身じろぎもせず、母親にナイフを差しだしたまだ。顔を横にふり、母親は札《さつ》をダンボール箱に落とす。すると男は母親の足元に札をかえし、またもとの位置に座る。

その札を三三《サンサン》がひろい、男のそばへ歩いていく。男が彼女を見あげ、彼女はその目を見かえす。男は黙ってナイフを彼女の手に乗せる。三三《サンサン》は男の体をじっくりながめる。なめらかな肌は日に焼けていて、傷口から静かに血が流れている。まず一本の指で上腕に触れ、軽く押してみて見当をつけてから、三三《サンサン》は指先を肩へ這わす。傷口の肉をなぞると、男は少しふるえる。

「ちょっと。おまえ正気かい」母親の声だ。

やさしく愛撫するような指の下で、男の筋肉がほぐれる。やっと会えた。何年さがしてもいなかった、約束とは何かを知っている人。気がおかしいと世間は思うかもしれないけれど、わたしたちはもう孤独じゃない。これからはずっとおたがいがいる。これが人生の約束だ。これが醍醐味だ。

「心配しないで、母さん」母親に笑顔を向け、それから男の肩にナイフをあてる。そして、切る。愛とやさしさをこめて、肉をゆっくりとひらいていく。

息子

ハン。三十三歳、独身、ソフト開発者、帰化したばかりのアメリカ市民。真新しいアメリカのパスポートと、中国でいつも悩まされるある気がかりをたずさえて、ハンは北京首都国際空港に降り立つ。家にいるよう母親には言っておいた。でもそうしないのは目に見えている。彼はサンフランシスコから北京までの飛行中ずっと、写真アルバムを持った母親が空港ターミナルで待ちかまえているのをおそれていた。そのアルバムの中には女たちがいて、彼の目をひいてハートをつかもうと、きそってビニールのポケットから笑いかける。ハンは鑽石王老五《ズアンシーワンラオウー》だ。つまりアメリカの市民権を持ち、米ドルを稼ぐ、ダイアモンドの独身男である。でも彼がまだダイアモンドまで行かない頃ですら――銀とか金とか何であれ――母親は見合いの話をまとめようと倦むことがなかった。はじめ、ハンは学位をとるまで結婚は考えていないと言った。のちにそれが職を得るまで、になり、やがてグリーンカード（永住許可証）をとるまで、になった。でもアメリカの市民権まで得たいまとなっては、口実がなくなってしまった。母親がかきあつめてきた女たちが、ハンという大物の魚をつかまえようと、こぞってじょうぶな網を編んでいるところが目に浮かぶ。しかしハンはゲイである。どの女とも結婚する気はないし、母親にそう伝えるつもりもない。母親のことは愛しているが、自分のことはもっと愛している。母親の人生によけいな苦しみを持ちこみたくないが、かといって親孝行のために犠牲をはらうのもご免だ。

　ところがおどろくことに、母親が彼にわたしたのは写真アルバムではなく、鎖まで金でできた十字架だ。十字のところに小さなキリスト像が留めてある。「おまえのために特別注文したのよ。触ってごらん」と母親が言う。

　磔《はりつけ》になっている像を避けて、ハンは十字架に触れる。手にのせると重くてかたい。

「二十四金なの。わたしたちの信仰のように純粋なのよ」と母親。

「共青団（共産主義青年団）に入ったときの誓いの言葉みたいだな。『共産主義を信ずるわれわれの心は、金のごとく純粋でかたい』」

「ハン。そんな不謹慎な冗談はいけないよ」

「冗談じゃないさ。たいていのことはおなじことのくりかえしだって言ってるんだ。言葉もそうだし、信仰もね。財布に入ってるお札《さつ》みたいなもんさ。それで何でも買えるけど、それ自体はどうってことないんだ」母親が、にっこりしようとしつつ失望を隠せないでいるのが、ハンにはわかる。「ごめんよ、母さん《マーマ》。もちろん財布にお札が入ってないと何もはじまらないよね」

「たくさんしゃべるようになったね。ハン」

「じゃ黙るよ」

「いいのよ。前より話すようになったのはいいことだもの。ずっと無口な子だったからね。おまえが心を開くようになったと知ったら、父さん《バーバ》も喜んだだろうに」

「アメリカでは黙ってることがなかなかできないんだよ。人の中身じゃなくて、何が口から出てくるかで判断されるんだ」

「そうでしょうとも」母親はあっさり認める。「でも父さんなら、口を開く前によく聞くことをおぼえなきゃいけないって言っただろうね。しゃべればしゃべるほど得るものは少ないって、父さんなら」

「母さん、父さんは死んだんだよ」ハンは母親を見つめる。母親は目をしばたたかせ、二人の間にできた真空のすきまを埋める言葉をさがす。ハンはそのまま彼女を困らせておく。ハンがものごころついた頃から、ずっと母親は父親の言うことをオウムのようにくりかえしていた。そして父親が亡くなってから数ヶ月後にとった前回の休暇で、ハンは母親が近所の人たちと話しているのを聞いてぞっとした。「ハンが言うんですよ。年をとってから明るい色を着るのは何も悪いことじゃないって」それは母親とその友達や隣人たちのために、ハンがまとめ買いした赤とオレンジのTシャツの話だった。「ハンがね、人の意見に左右されず自分が気持ちいいようにに生きるべきだって言いましてね」ハンは、一生夫と息子の発言をくりかえしながら生きなくてはならない母親を、そのときはあわれに思った。でも満員のジェット機に十七時間乗っているうちに、そんな同情もきっと色あせたにちがいない。「さあ、ここを出よう。もう遅いから」ハンは鞄をぜんぶ持ち、ガラスの回転ドアへ向かって歩きだす。

ハンに追いついた母親は、いちばん重い鞄をかわりに持とうとして騒ぎたてる。

「母さん、自分で持てるよ」

「だけど手ぶらじゃいっしょに歩けないわ。母親なんだからね」

ハンはその鞄から手をはなす。二人は黙って歩く。そこへスーツ姿の男たちとワンピース姿の女たちが、ホテル代がお得になっていると言いながら寄ってきた。ハンは手をふって追いはらう。すると半歩下がったところで、母親がその呼びこみたちに家に帰るところだと説明し、あやまる。いいえ、それほど遠くないので、泊まらなくてもだいじょうぶなんですよ。あきらめの悪い彼らに向かってそう言うと、彼女はさらにあやまる。

母親がわけもなく卑屈な態度をとることに、ハンは腹が立つ。タクシー乗り場で列にならぶと、母親に言う。「母さん。あの人たちにあやまらなくてもいいんだよ」

「でも力になろうとしてくれてるのに」

「あの人たちは、こっちの懐にある金のことしか考えてないんだ」

「ハン」母親は口を開き、それからため息をつく。

「わかってるよ――人のことをそんなふうに考えちゃいけないし、金がすべてじゃない――でも、金はすべてなんだよ」ハンはさっきポケットにすべりこませた金の十字架をとり出す。「ほら。教会だって二十四金の十字架を買えってすすめるだろ。どうしてだと思う？　金をはらえばはらうほど、ますます一途に信じるようになるからさ」

母親はかぶりをふる。「ハン。明日いっしょに教会に行って、神父様の話を聞きなさい。それで神父様にね、文化大革命でどんな目にあったか訊いてごらん。すごいお方だってことがわかるから」

「さてぼくの知らないことを言えるかな」

「そんな生意気な口を」頼むからやめてと言わんばかりだ。

ハンはおおげさに肩をそびやかす。列はゆっくりと進む。ちょっと間をおいて、
ハンが訊く。「母さん、まだ共産党員なの？」

「いいえ。洗礼を受ける前に会員証をかえしましたよ」

「受理されたのか！　あいつらがまたあらわれて、共産主義を放棄したと母さんを告発するのがこわくないの？　いいかい。前に母さんの神様だったマルクスはね、宗教は心の阿片だと言ってるんだよ」

母親は返事をしない。白髪が風になびいて目に入る。しょげているようだ。黄色いタクシーが入ってきたので、ハンは母親に手を貸して後ろの座席に乗せる。そこで運転手が、いい息子さんをお持ちで、とおだてると、母親も話を合わせる。本当に、すごくいい息子なんですよ。

その晩は時差ボケで眠れず、ハンは家を抜けだして近くのインターネットカフェへ行き、いくつかのチャットルームにアクセスをこころみる。アメリカではいつも

チャットルームで男たちの気を引いたり、ＩＤによってちがう人物になりすましたりして夜を過ごす。でも今回は何度か入ろうとして失敗し、中国ではネット警察がそういうサイトを閲覧できないようにしているのだと気づく。いずれにしろアメリカはいま昼間なので、人々はみんな仕事で忙しい。でもハンはしばらくそこから動かず、見られるサイトを行きあたりばったりに開ける。さっきは母親を困らせて悪かったと思う。でも母親は不愉快なことは何もなかったかのように、里帰りを歓迎する料理をテーブルいっぱいにつくってくれた。明日の礼拝の話も出なかったし、ハンも金の十字架のことには触れなかった。十字架はスーツケースにそっと入れられ、忘れられようとしている。

　母親がこんなに信心深い人間になったことには、あまりおどろいていない。父親の死後に母親が書き送ってきた手紙は、ほとんどが新たな信仰を見つけたという話ばかりだった。ただひっかかるのは、もし父親がまだ生きていたら、母親は教会に行くことなど考えなかっただろうということだ。父親は、人間だろうと神だろうと誰にも母親の注意を向けさせはしなかった。母親のほうも、父親以外の者のために割く時間はなかっただろう。自分にできること以上をいつも父親に要求されるから。だから父親の死に、母親はほっとさせられたはずだ。そこでまた別の足かせをつけたりせずに、自分なりの人生を楽しもうとすればよかったのだ。それに、この国で白昼堂々としていられるなんて、それはどんな教会で、どんな神なのか。ハンは『ニューヨーク・タイムズ』で、中国の地下教会についての記事を読んだことがある。母親のためにその記事をさがし出して翻訳してあげよう。キリスト教徒になりたいのなら、正しい神を信じたほうがいい。信仰のためなら行動の自由と生活が日陰に追いやられてもいいという人たちがいることを、母親は知っておくべきだ。記事の写真をおぼえている。記者が向けたカメラを横目に見る信者たちは、どこかさめたような、おそれを知らぬ目をしていた。ハンは、地下生活を送る人なら誰でも一目置く。ゲイである彼自身がその一人だからだ。

むろん『ニューヨーク・タイムズ』のウェブサイトがブロックされていることにはすぐ気がつく。そこで、記事の中であげられていた神学校や団体を検索する。そして中国天主教愛国会の記事を見つけると、声を上げて笑いそうになってしまう。これは国に認可された教会を公式に指導する立場にある教会だ。新千年紀の共産主義を発展させる最新理論において、キリスト教の教義がになう役割を考えようと、国内会議で研究会を何度かもよおしている。マルクス主義の復興をとなえる神か、とハンは思う。

二時間ほど眠って、ハンは目を覚ます。事実をはっきり記した記事をプリントアウトしたものが、ポケットにあってうれしい。父親の書斎に入ると、机の前に座っていた母親が遠近両用眼鏡の後ろから彼を見あげ、「よく眠れた?」と訊く。

「うん」

「朝ご飯が用意してあるわ」母親は読んでいた小冊子を置く。ハンはそれを手にとり、数ページ読んで母親の前に投げ出す。中国本土で前世紀からさまざまな世代の信者が書いた詩をあつめた本だった。

「おまえが暇なとき――アメリカじゃ忙しいのはわかってるのよ――でも、もし時間があったら、読んでほしい本が何冊かあるんだけどね」

ハンは何も言わずに台所へ行く。ここ十年というもの、彼は道端に立つ人たちから、ちらしや小冊子や小型の聖書を受けとってきた。モルモン教会の若者たちをキッチンに入れて一、二時間話を聞いたり、ショッピングセンターの駐車場に立ったまま、韓国の婦人たちにたどたどしい英語で説教させてあげたりもする。さそわれれば地元の中国人教会のピクニックにも参加するし、彼を改宗させようと教会の人がえんえんと話をやめなくても電話を切ったりしない。こうした人々のせいで不便な目にあうことを、わずらわしいと思わないのだ。一度シンシナティのファーストフード店の前で、中年の女性に呼び止められた。彼女はハンの両手を握って彼の魂のために祈るといってきかなかった。そのとき音がして、見るとパーキングメーターの時間超過で交通巡査に違反切符を切られるところだったが、そのときですらハンは文句を言わなかった。こういう人たちを無視するのはしのびないと思う。こちらの魂を思いやる彼らの気持ちに偽りはないし、その熱心さには心打たれる。かと思うと、あらゆる罪の中でも特に同性愛者を非難する手書きの看板を手に路上に立っている人たちがいるが、彼らのことは面と向かって笑ってやらずにはいられない。こちらを愛するにしろ憎むにしろ、自分の都合しか考えていないこうした人々を見るのはおもしろい。ただし、おもしろいのは無関係な人たちだからであって、その信仰が害をおよぼすことがまずないからだ。自分の母親がそうなるなんて。考えただけでいらだたしくなる。

母親があとについて台所に来る。「いつでも聖書を読むことからはじめればいいのよ」そう言って、ハンの前に湯気のたつ粥《かゆ》の碗を置く。「黒米のお粥よ。好きでしょ」「ありがとう、母さん」

「おまえのためよ」これは食事のことなのか、宗教のことなのか、ハンにはわからない。テーブルの向こう側に座って、母親はハンが食べるのを見つめている。

「いろんな人に聞いてもらったのよ。はじめは信じない人もいる。でもいっしょに教会に来て聖書を読んだら、人生が変わったわ」

「ぼくの人生はいまのままでじゅうぶんだよ。変わらなくていい」ハンはもごもごと言う。

「真実を知るのに遅すぎるってことはないのよ。子曰《のたま》わく、朝《あした》に道を聞かば夕べに死すとも可なり」

「孔子は、四十にして惑わず、とも言ってるよ。母さんは六十なのに、まだ惑うんだね。共産主義を信じて、もうこりたんじゃないの？　ほら見てよ。素敵なメッセージをプリントアウトしておいたんだ。読んでみて。母さんの行く教会も、その神様も――みんな母さんみたいな人たちをだますようにできてるんだよ。政府公認の教会はどこも、共産党を唯一の指導者としているのを知らないの？　たぶんいつか、神もマルクスとおなじだったっていう、いまさらの結論にいたるのさ」

母親はその紙を手にとる。おどろきもしないし、がっかりもしていない様子だ。読み終えると母親は、紙を机のそばのゴミ箱にていねいに入れる。「日の光を永遠にさえぎる雲はないわ」

「母さん、お説教を聞きに帰ってきたんじゃないんだ。アメリカで暮らして十年、たくさんの人がぼくを改宗させようとしてきたよ。でもここに座っているぼくは十年前とおなじ。どういうことか、わかるよね」

「でもおまえはわたしの息子よ。ほかの人にできなくても、わたしはおまえを救わなくちゃ」

「救うならもっと前にできたんだ。いいかい、母さんはぼくの聖書を焼いたんだよ」ハンの目の中で、母親が凍りつく。そのできごとを母親は忘れていたにちがいない。でも彼は忘れまいとしてきた。その聖書は親友からもらったのだった。それはハンも親友も十三歳のときで、そうとは気づかないまま恋をしていたのだが、まだ純な少年たちだったからおたがい手を触れたこともなかった。聖書はきびしく統制されていた出版物で、書店でもどこでもハンの知る範囲ではけして見かけなかったのに、それをその子がどういう思いでさがし出してハンの誕生日プレゼントにしたのか、そして手に入れるのがどれだけ大変だったか、当時のハンにはわからなかった。でも、何よりも大切な贈り物だということはわかっていた。そしてその後も初恋の思い出の品としてずっと大切にし、どの街へ移っても手放さなかったはずである。もし母親が聖書に火をつけ、その灰を便器に捨てなければ。母親は、二人が過ごした放課後の時間のことなど知りもしなかった。ほかの同級生たちがわれ先にと共青団に参加するのを尻目に、二人は放課後いっしょに座って聖書を読んで、本の中に安息の場を見出していた。本の世界の広さにくらべたら、自分の悩みごとなど小さくてはかないものに思える、そんな物語の数々が、二人は好きだった。政治活動に無関心だと同級生に責められると、二人はこっそり笑い飛ばした。聖書を読めばもっと大きな、ちがう世界に生きられるのを知っていたから。

その聖書は父親に発見され、母親に焼かれた。それ以来ハンは、親友の顔をまともに見られなくなった。彼の悪いところを見つけたり、あれこれささいな理由で言い争いをしたりして、口実をつくっては彼から遠ざかった。二人の友情——恋は長く続かなかった。いずれにしろはじめから運命は決まっていたのであって、初恋というのは実らぬものだ。しかしその終わり方を考えると、自分ではなく誰かが責められるべきだった。「忘れるなよ。聖書を焼いたのは母さんなんだ」

何か言おうと、母親はもがく。「そうよ。でも父さんがそんなものを持っているのはよくないって言ったの。その頃はいまとはちがってたわ」

「そうだね。いまとちがってた。それは命令を下すのが父さんだったからで、しかも父さんたちが崇拝してたのは共産主義という神だったからさ。でもって父さんがいなくなると、今度はすすんで新しい神の言いなりになってる。母さん、どうして自分の頭でものを考えないのさ」

「いまそれを学んでいるところなの。ハン。これははじめて一人で決めたことなのよ」

まちがった決心ではあるが、ハンは母親をあわれんでゆるし、ただほほえむ。

あとで母親が、教会へ行こうとおそるおそる誘ってきたので、ついていくけどいっしょにバスに乗るためだ、とハンは答える。教会に入って話を聞いたっていいじゃないかと言われても、うなずくだけで態度をにごす。

西堂。昔、ハンが高校に行くとき自転車で前を通ったその教会は、いまもさびついた鉄の塀にかこまれた、ぱっとしない陰気な建物のままだ。あたりの胡同《フートン》はとりこわされ、かつてこのあたりではいちばんの目印になっていた教会も、いまやショッピングセンターにかこまれて小さく見える。ハンが見まもるなか、あらゆる年代の人々が行儀のいい会釈をかわしながら、教会に入っていく。自らの信仰を悪の手にゆだねていることを、この人々はどれだけ理解し、どれだけ考えているのだろうか。

入口のちょっと前で母親が立ち止まる。「いっしょに来る？」

「いや。ぼくはスターバックスで待ってるよ」

「スターバックスって？」

「あそこにあるコーヒーショップだよ」

母親は伸びをして店を見る。はじめてその存在に気づいたのは明らかだ。母親はうなずくが、中に入らない。「さあ行きなよ」とハン。

「ああ。そうね。ちょっと待って」母親は何かをさがすようにあたりを見まわす。するとまもなく幼い物乞いの男の子と女の子が、通りの向こうから駆けてくる。兄と妹のような感じだが、どちらもぼろを着て、顔も手も泥や煤で汚れている。七つか八つぐらいの男の子のほうが、ハンを見ると手を出す。「おじさん。小銭めぐんで。父さんは大きな借金のこして死んで、母さんは病気なの。小銭めぐんで。お願いだから。母さんを病院でみてもらうお金がいるの」

いくつか年下の女の子が真似をして、おなじ台詞をくりかえす。男の子を見ると、その目にずる賢しさがひそんでいるので、ハンは不愉快になる。物乞いの商売をやる子供たちがいるのは知っている。親とまでいかなくとも、親戚や隣人たちがやというのだ。年をとって人のあわれみを誘えないそうした大人たちが、あまり遠くないところから子供たちを監視しているにちがいない。ハンは首をふる。こういう子にやる金は一銭もない。これまでの休暇で、脚にしがみついて金を出すまで放さないとすごむ子供たちと、争ったこともある。でもハンはけちな人間ではない。アメリカでは、路上で演奏するミュージシャンにドル札をあげるし、おなじ場所に一日中座っている浮浪者には二十五セント以下の硬貨をいくつかわたす。ハンの基準では彼らは正直に働いているのであり、だからそれぞれにふさわしい額を与えるのだ。しかし子供の労働者を認めることはできないし、子供を利用する人間など何をやる価値もない。ハンは男の子の手をはらいのける。「ぼくにかまうな」

「おじさんを困らせないのよ」ハンの母親がそう言うと、子供たちはぱたっと黙る。母親は財布から大きな札を二枚出して、それぞれに一枚ずつわたす。「さあ、おばあちゃんといっしょにおいで」子供たちは念入りに金をしまいこむと、ハンの母親のあとについて教会の入口に向かう。

「ちょっと待ってよ、母さん。教会につれていくために毎週金をはらってるの?」

「かならずこの子たちのためになるからね」

「だけど、正しいことじゃない」

「傷つく人は誰もいないじゃないの。こうでもしないと、この子たちは道で物乞いをしなきゃならなくなるのよ」

「ぼくの信条が傷つくね」ハンは札入れから札を四、五枚出して、男の子に言う。「さ、いいかい。もし二人ともおばあちゃんにお金をかえして、今日は教会に行くのをやめたら、二倍のお金をあげよう」

「ハン！」

「ちょっと待って、母さん。何も言わないでよ」ハンはしゃがんで、子供たちの目の前で札を指ではじく。女の子は男の子を見あげ、男の子はハンの母親を見あげ、すぐお金を見おろす。ずるさと計算高さが男の子の目に浮かび、ハンは心底腹が立つ。こんな小さな子供たちにまで母さんはだまされるのか。「さあ」とハンは笑顔をくずさず男の子に言う。数秒後、男の子はハンの金を受けとり、妹の手から札をとって二枚をハンの母親にかえす。「よし。もう行っていいぞ」とハン。

子供たちは背を向け、歩道を行く人々の足を止めて物乞いの言葉をくりかえしながら、歩いていく。ハンはにやりとした顔を母親に向ける。「これでわかったろ？あの子たちは金のことしか考えてないんだ」

「どうしてあんなことしたの」

「母さんをまもる必要があるからね」

「おまえにまもってもらわなくてもいいわよ」

「ごもっともだよ、母さん。でも真実はどうかと言えばぼくがまもっているし、こうするのがぼくのつとめなんだ」

「真実について語る資格がおまえにあるもんですか」そう言うと、母親は背を向けて教会に入っていく。

母親の言葉に腹を立てるな、とハンは自分に言い聞かせる。とはいえそれでも胸は痛む。ハンは母親の息子だ。ハンから金を受けとった男の子も、誰かの息子だ。男の子はいつか夫になり、父親になり、息子や娘に道で物乞いさせるかもしれないし、もっとましな暮らしをさせてやるかもしれない。でもハンは父親にならない――彼は、誰かの息子としてしか世間に知られることのない自分を思う。一生誰かの息子でしかいない男はそう多くないだろう。キリストはその一人だ。子としてのつとめを抱えた息子でいるのは楽じゃない、とハンは苦笑いする。ぼくに資格があるかって？　自分の信条を持って生きる資格があるさ。ぼくは働いている。仕事をクビになったけど、数ヶ月職探しをして、また仕事を見つけた。家賃を払っている。近所の人たちに挨拶している。ジムに通っている。のぞき見番組ではなくニュース番組を観ている。中国の僻地に住んでいる幼い女の子の教育費を援助している。その子の学費と生活費をまかなう小切手を定期的に送っているのだ。自慰はするが、しょっちゅうではない。長く続く関係などあるとは思っていないが、近所のバーでときどき男たちと会い、肉体的な快楽を味わい、コンドームを使う。インターネットでは自分と同じく顔のない男たちと遊びで恋愛をするけれど、かならず芸術の話もすることにしている。母親を愛していて、毎年二千ドルを送っている。いらないと何度言われても送るのは、ぼくが息子だからだ。幼いころ母親が保護してくれたように、母親を保護するのがつとめだからだ。それで母親と過ごそうと休暇をためて里帰りするが、会うとどうなるかといえば、一日でもう傷つけあっている。

ハンは通りをわたってスターバックスへ行く。ぐったりとしおれている。でもまずい雰囲気になったのは彼ではなく母親のせいだし、母親のことはゆるしてやろうと思う。コーヒーショップの手前まで来たとき、コンクリートの道をこするタイヤのキーッという大きな音がする。ハンは音のほうを見る。男女が車に向かって走っているが、すでに車には人だかりがしている。交通事故だ。子供がひかれたぞ。人々がさけぶ。ますます事故現場のまわりに人がむらがる。携帯電話で救急に通報する者もいれば、交通事故を目撃したと友達や家族に電話する者もいる。興奮しきって身ぶり手ぶりをまじえて話す。そこへくたびれた服を着た一人の男が、人だかりに向かって走り「うちの子だ」とさけぶ。

ハンは凍りつく。それからふたたび歩きだして、事故現場から遠ざかる。さっきまで一、二ブロック先の目立たないところでタバコを吸っていたにちがいないのに、いまや子を亡くした親らしく泣いているその男を見たくない。それに、ひかれたのが一本調子に話すあの幼い女の子なのか、それとも目がずる賢く笑っている兄のほうなのか知りたくない。この街では交通事故は毎日起こる。人々は他人に金をはらって運転技能試験を受けさせたり、闇市で運転免許を直接買ったりする。車は歩行者に道をゆずらず、歩行者は走る車をおそれない。ハンが見なければ、どの子供がひかれたとしてもおかしくないのだ。誰かの息子かもしれないし、娘かもしれないし、すぐ忘れてしまえる無関係な誰かかもしれない。

でもなぜか、あの男の子だとハンにはわかる。すすんでだまされる人間を、誰でもだます気でいたあの子にちがいない。だからもう男の子は息子のままで、永遠に父親にはならない。地面から血が洗い流されれば、人々は彼のことを忘れてしまう。妹は兄のことを思うだろうが、やはりまもなく忘れるだろう。男の子はハンの記憶の中にだけ生きるのだ。自分の不正な行ないではなく、他人の不信のせいで罰を受けた子供として。

　ハンはスターバックスの窓際に座り、母親を待つ。やっと教会から母親が出てきたときには、道の片づけと清掃がすみ、事故のあとはのこっていない。ハンは出ていって母親に手をふる。通りの向こうから、目に愛と希望をたたえて母親が笑いかける。それでもう二時間前の不愉快なできごとを忘れているのだとわかる。いつだって母親はハンをゆるすのだ。息子だから。そしてあきらめずにハンの魂を救おうとつとめる。息子だから。でも、ぼくはゆるされたくもないし、救われたくもないんだ。母親が無事に通りのこちら側に来るのを待って、ハンは顔から目をそらす。

「母さん。知っておいてほしいことがあるんだ。ぼくは結婚しない。男しか好きになれないんだよ」

　母親は黙っている。ハンは笑顔で言う。「びっくりだろ？　父さんが知ったら何て言っただろうね。気味が悪い、だね」

　長いこと黙っていた母親が、口を開く。「そうじゃないかと思ってた。だから今回、見合い話はやめたのよ」

「これでわかったろ。ぼくは救いようがない存在なんだ。ぼくはあの――反革命分子の人たちのことを、あの頃どんなふうに言ってたっけ――屋外便所の穴に落ちた石みたいに、臭くてがんこで手のほどこしようがない人たちの一員てわけさ」

「わたしはそんなふうに言わないわ」

「認めなよ。ぼくは救いようがないって。母さんの神が誰であろうと、ぼくみたいな人間を好ましくは思わないだろうね」

「そんなことないのよ」母親はつま先立ちして、ハンの頭に触れる。子供のころ、母親は悪いことをしたあとでもなお、やはりいい子なのだと太鼓判を押すために、母親はよくこんなふうに頭をなでたものだ。「神様はほかの人が望む姿じゃなくて、ありのままのおまえを愛してくださるの。神様は何もかもご覧になってるし、何もかもご存じよ」

ハンは冗談を言いたくなる。彼女の神は、息子を愛する口実をいくらでも見つけてくる中国の親たちにそっくりだと。そう言いたいのはやまやまだが、母親の顔を見て口をつぐんでしまう。彼女の目は熱を帯び、希望に満ちている。ハンは目をそらさずにはいられない。

縁組

炳《ビン》おじさんが若蘭《ルオラン》と母親をたずねてくるのは、若蘭《ルオラン》の父親が出張で留守のときだ。父親は茶葉製造所の販売員をしていて、毎年晩春になると、上海や南京や北京に新茶の見本を持って出かけていった。そうした大きな街に、若蘭《ルオラン》は大人になったら行こうと夢みていた。以前なら父親は夏が来る前に帰ってきたが、年を追うごとに期間が延び、若蘭《ルオラン》が十歳になる頃には、年末の大掃除と春節（旧暦の正月）にぎりぎりまにあう旧暦の十二月末まで帰らなくなった。でもときおり思いだしたように葉書をくれた。それから父親は若蘭《ルオラン》に、街で買ったおみやげを持って帰った。金色の巻き毛に、おくまった青い目の人形。子うさぎの形をした香りつき消しゴム。レースやぴかぴか光る飾りのついたワンピース。そういう飾りは地元ではぜいたくすぎるので、母親は収納箱の中にしまいこんで若蘭《ルオラン》にはさわらせてくれず、そのうち若蘭《ルオラン》もせがむのをやめてしまった。学校に着ていくのは母親のお古だ。ぶかぶかで色あせた灰色のブラウスと青いズボン。学校の男の子たちに「灰色ねずみ」とあだ名をつけられたが、それさえどうでもよくなった。

炳《ビン》おじさんは近くの山に住み、地元の小さな村の学校でただ一人の先生をしていた。彼は独身だし、身内でもないけれど、若蘭《ルオラン》がものごころついてから、ずっと炳《ビン》おじさんなのだった。毎年春、父親は旅に出る前に若蘭《ルオラン》に封筒をわたした。中には炳《ビン》おじさんの住所を書いた紙と、往復のバス運賃ぐらいのお金が入っていた。「万一のことがあったら炳《ビン》おじさんのところへ行きなさい」でも、若蘭《ルオラン》が出かけていったことは一度もない。父親が留守の間、週末のたびに炳《ビン》おじさんが若蘭《ルオラン》と母親のところにやってくるので、じっさい行く必要がないのだった。若蘭《ルオラン》はもらった札《さつ》を古い教科書のページの間にはさんで、寝床のむしろの下に隠しておいた。

土曜の夕方になると、小さなかごに山桃や杏《あんず》、それに摘んだばかりの蕨《わらび》やぜんまいを入れて、炳《ビン》おじさんがやってきた。生徒やその親にもらったものだから、炳《ビン》おじさんはそのために特に何もしていない。でも母親はいつも、まるで苦労して手に入れたもののようにありがたがった。「本当にご親切にねえ。このご厚意にどうお返しすればいいのやら」

若蘭《ルオラン》は眉をひそめた。どんなにいい意味の言葉でも、母親の手にかかれば軽蔑や嫌味たっぷりになる。でも炳《ビン》おじさんは気を悪くしなかった。庭に出て薪をわり、暑くなるとシャツをぬいで物干しひもにひっかけた。若蘭《ルオラン》は台所で料理しながら、炳《ビン》おじさんの肌着に大小さまざまな穴が開いているのをながめた。小さいときは魚の網みたいと言いながら、その穴に指を突っこんだりしたものだ。でももうやらない。若蘭《ルオラン》は十三歳だ。すでに子供の頃がなつかしく思えていた。小さいときは、炳《ビン》おじさんのいる前でもっとのびのびしていられたし、幸せでもあった。

炳《ビン》おじさんは、気の早い台風のせいであちこちこわれた葡萄棚の修理にとりかかる。その仕事ぶりを目で追いながら、若蘭《ルオラン》はうわの空で野菜を切った。そこへ寝室から「千トンある包丁でも使ってるのかい」と母親の声。

若蘭《ルオラン》は返事をせず、怒りをたたきつけるような速さで芹菜《チンツアイ》をきざんだ。

夕食のとき、母親は炳《ビン》おじさんに白干《バイガン》という強い酒をついだ。それから雨が多すぎるとか少なすぎるとか、農民の暮らしがどう左右されるかといったような、天気の話を二人でした。でも、どちらも収穫の時期のことで気をもむ必要のない身である。若蘭《ルオラン》はそんな無駄なおしゃべりを聞きながら、指で箸をまわしていた。炳《ビン》おじさんがいるときは、行儀の悪い手あそびをやめろ、ときつく言われることはない。

世間話がとぎれると、ときおり炳《ビン》おじさんは母親に酒をつぎ、二人で杯の縁を軽くかさねた。母親は数回口をつけると咳をして顔を赤くした。そして炳《ビン》おじさんにおいしく酒を飲んでもらうようにと若蘭《ルオラン》に言いつけ、一言わびてから寝室に消えるのだった。

「お母さんの具合はどうだい」母親がいなくなると、炳《ビン》おじさんは訊いた。

若蘭《ルオラン》は肩をすくめて答えなかった。ものごころついてからずっと母親は病気だったか、病気だと信じこんでいた。毎朝若蘭《ルオラン》をゆりおこし、薬用の茶瓶にのこった滓《かす》を捨ててくるように言った——のこり滓を十字路にまいて人々に踏みつけてもらうと、病人がなおることになっているのだ。でも若蘭《ルオラン》は、具合が悪いと世間に思わせておきたいだけだろう、と思っていた。五歳のときから若蘭《ルオラン》は、のこった薬草の鼻をつくにおいと、母親の長びく仮病と、自分に向けられる人々の視線にうんざりしながら、町に茶瓶をはこんでいた。

炳《ビン》おじさんは黙って数杯飲んだ。若蘭《ルオラン》は揚げた南京豆の皿を彼のほうへ寄せた。

「ゆっくり飲んでね」

炳《ビン》おじさんはまた一杯飲んだ。「お話聞かせてやろうか、若蘭《ルオラン》。むかしむかしあるところに、龍の好きな男がいました。それはそれは好きだったので、屋敷のあちこちに龍の絵を描きました」

「でも本物の龍があらわれたら、すごくこわがったんでしょ。もう何度も話してくれたよ」

「むかしむかしあるところに、ひと財産はたいて一粒の真珠を買った男がいました――」

「男は真珠を入れた箱にほれこんで、それだけでもはらったお金の価値があると思い、真珠をかえしてしまいました、でしょ。どうしていつもばかな人の話ばかりなの」と若蘭《ルオラン》。

炳《ビン》おじさんは酔ったような、さびしげな笑みを浮かべた。「ばかにはばかの話しかできないんだよ」

がまんして聞いていればよかった、と若蘭《ルオラン》は即座に悔やんだ。炳《ビン》おじさんが話を聞かせたり民謡をうたったりするのは、二人だけにされたときのあそびなのだ。でもものがわかってくると、そうした話や歌が本当は何のためなのか、うすうす感じるようになった。近所のおばさん連中は、父親が長い間留守にして炳《ビン》おじさんがしょっちゅう来ることを、とやかく口にした。「お母さんたち、あんたにさっさと寝ろって言わないかい」「炳《ビン》おじさんがいるときも、お母さんは具合が悪いの？」そんなふうに訊く彼女たちの笑みは、げびた好奇心をはらんでいた。

あひるの群れみたいにおしゃべりであつかましいその女たちを、若蘭《ルオラン》は相手にしないようにしていた。しかし心の奥にはいやな感じがのこった。自分の姿を鏡にうつし、父親の顔に似ているところをさがした。炳《ビン》おじさんと似ているところもさがした。でも若蘭《ルオラン》は、どちらにも似ていなかった。

「はじめてする話だぞ」炳《ビン》おじさんは自分でまた酒をついだ。「むかしむかしあるところに男がいて、魔法の葉っぱのことを聞きました。魔法の葉っぱを目の上にあてると、姿が消えて誰にも見えなくなるというのです。男はその話を信じ、毎日葉っぱをどっさり集めに出かけました。そして一枚ずつ目にあてがって、妻に『見えるか』と訊きました。見えると答えていた妻も、ついにはうんざりしてしまい、『まあ、大変。あなた、どこにいるの』と言いました。男は『やっと見つけたぞ!』とよろこんで、その葉っぱを目にあてたまま市場へ出かけました。ところが物を盗もうとするとみんなにつかまり、こっぴどく打ちすえられたのでした」

炳《ビン》おじさんに気をつかって、若蘭《ルオラン》は笑った。炳《ビン》おじさんも笑った。それから若蘭《ルオラン》は「気の毒な女の人。そんなまぬけと結婚しちゃうなんて」と言った。

「たぶん、お父さんが見合いの仲人にちゃんと金をわたさなかったんだろう」

「たぶん、すごいブスだったんだよ。だからばかとしか結婚できなかったの」

「じゃなかったら、なまけ者だったせいでほかに相手がいなかったんだ」

「じゃなかったら、若いときに人の夫に手を出したんだ。寝とられ夫になるかもしれないのにそれでもいいなんて、ばかだけだもん」若蘭《ルオラン》は悪ふざけを言った。

「わかりもしないことを言うんじゃない」

「もう子供じゃないよ。好女人《ハオニユーレン》（中国の良妻賢母）は、夫をよそで暮らさせておいて、ほかの男に毎週来てもらったりしないんだ」

「おい」と言う炳《ビン》おじさんを若蘭《ルオラン》がにらみかえすと、彼は目をそらした。「若蘭《ルオラン》は大きくなったけど、炳《ビン》おじさんは年をとったよ」炳《ビン》おじさんは酔ってふらふらと立ち上がった。

　彼が止める暇もなく、若蘭《ルオラン》は自分のベッドに駆けより、寝床をしつらえた。炳《ビン》おじさんが泊まっていくときは、居間の隅にある若蘭《ルオラン》の簡易ベッドで寝てもらい、若《ルオ》蘭《ラン》は母親の大きなベッドで寝るのだ。彼の悲しげな様子がふとあわれになって、若《ルオ》蘭《ラン》は反抗的な態度をやわらげた。「炳《ビン》おじさん。おやすみなさい」

　若蘭《ルオラン》はできるだけ母親から体をはなし、ベッドの端のほうに縮こまった。母親が小刻みにたてる浅い寝息が、死にかけた魚を思わせる。それで毛布に頭までもぐると、いつもの生温かい自分のにおいと、母親のベッドにしみついたいやな薬草のにおいがまざって、吐き気がした。もう二度と母親のそばで寝なくてもすめばいいのに。しかしそう思いながらも、炳《ビン》おじさんが乗ってくるバスが遅れると、若蘭《ルオラン》は三分ごとに戸口からのぞいて彼の姿をさがしてしまう。そしてついには母親に、戸の内枠に寄りかかったりするんじゃない、世界中の男を待っているふしだらな女みたいだ、と言われる。

炳《ビン》おじさんが帰ってしまうと、いつも若蘭《ルオラン》は自分の枕に顔をうずめて、彼の髪のちょっと変わったにおいをかいだ。それは不思議と心地よく、同級生の臭い男子や自分の家のにおいとはちがっていた。

毎月一日になると若蘭《ルオラン》は、母親の疾病手当をもらいに町から五キロほど先のセメント工場まで歩いていった。母親は二年以上前に働くのをやめている。でも四十一歳なので、早期退職手当にはあと四年たりなかった。

若蘭《ルオラン》は用紙に署名して、くたびれてやわらかくなった札を数枚、年配の会計係から受けとった。「お母さんはどうだい?」

「大丈夫です」

眼鏡ごしに若蘭《ルオラン》を見て、その男は首をふった。「『いちばん美しい女がいつもいちばん悲しい運命をたどる』ものだね。お母さんがはじめてここに来たときは——きみは赤ん坊だったがね——若々しくて十六歳にしか見えなかった。これほど若くして病にふせるとは誰も思わなかったよ」

若蘭《ルオラン》は男を感傷にふけらせておいた。母親にいくらかでも美しさがあったなんて、信じられない。一日中ベッドに寝ているせいで顔色が青ざめ、ほとんど透明に近かったし、自分でいいかげんに切った髪がたいてい鳥の巣のようになっていた。一つ向こうの道の公衆便所へ行かなければならないときでも寝まきのままだった。それでも、炳《ビン》おじさんがやってくる土曜日の午後には、身ぎれいにしてとっておきの服を着た。それから古びてかたくなった頰紅を顔にさした。するとこけた頰が毒々しいピンク色になり、まるでいまにも死にそうな肺病病みのように見えた。

その夏、若蘭《ルオラン》は初潮を迎えた。でもおどろきはしなかった。公衆便所でどす黒いしみのついたちり紙を見かけたことがあったし、同じ年頃の女の子たちがその話をするのも聞いていた。若蘭《ルオラン》は収納箱の中に古い綿シャツを見つけると、ぼろ切れにしようとそれをひきさいた。「何なの、このうるさい音は。いま頭が痛いのよ」母親のベッドから声がした。

若蘭《ルオラン》は、少しためらってから答えた。「厄がついたの」

声を出してため息をついてから、母親が居間に出てきた。「それのどこが厄なのよ」

「じゃ、なんて呼べばいいの？」母親がその話をしてくれたためしはない。それに母親はだらしない人だったが、しみのついた下着など、毎月の厄が来たと思わせるものを目にしたことはなかった。

母親ははねつけるように答えた。「名前なんかいらないの。みんなに触れてまわるわけじゃなし」

「何だっていいよ」若蘭《ルオラン》はひとりごとのように言った。

母親はあきれたように若蘭《ルオラン》をしげしげと見た。「病人だっていうのに、なんでおまえみたいな小娘と話して体力を消耗しなきゃいけないのかね」そう言うと、母親は小さな絹のがま口から札と硬貨を少しとり出して数えた。「必要なものを買っといで」

若蘭《ルオラン》はその金を受けとった。何が必要なのかわからないものの、自分の母親に訊くより、道で他人に訊いたほうがましだった。

それから母親は、カーボン複写紙一枚と札をもう二枚持ってきた。「それといつもの薬屋に寄って、自分用に一週間ぶんもらいなさい」

若蘭《ルオラン》は母親が書いた字を見た。毎月とりに行かされる薬と同じ処方箋だ。草の根や木の皮や干した花をまぜたもので、母親はそれを朝一番に煎じるのだった。「あたしは病気じゃない」と若蘭《ルオラン》は言った。

「病気も長びくと、患者はいい医者になるの。おまえに何が必要か、わかるわ」

「薬はどれも毒だって聞いたことがあるよ」

「母親が毒を飲ませたがってるって言うの？」

「毎日薬を飲むのはよくないいんじゃないかって言ってるだけ。母さん《マーマ》だろうと誰だろうと」

「あたしは病気なのよ」と言うと、母親は若蘭《ルオラン》のベッドの上に金と複写紙をほうった。「おまえはもう一人前の女なんだから、言うことを聞いたほうが身のためさ。女だってことはね、それだけで病気ってことなのよ」

返事を待たずに、母親は寝室に引きあげていく。くたびれた空色の室内履きに、血の気のない骨ばった足。母親の体に嫌悪感とあわれみを感じて、若蘭《ルオラン》は息が苦しくなった。若蘭《ルオラン》の体はここ二ヶ月で変化し、胸がふくらんで妙に痛がゆい。ふと自分が母親のような女になることを思った。それだけはいやだ。彼女は複写紙を丸め、開いていた扉から庭へ投げ捨てた。それからてのひらであまった札を伸ばし、教科書の間にはさんだ。

翌週、父親が帰ってきた。いつもよりずっと早い。はじめて若蘭《ルオラン》は父親に会って大喜びした。これまで父親と親しく接したことはないし、家にいないことにも慣れていた。でもいない理由がもうわかった。父親と若蘭《ルオラン》は一人の女に人生をにぎられ、その女を愛することも捨てることもできずにいる同志なのだ。

その晩夕食を終えるとき、父親が離婚話を持ち出した。二人の工作単位には申請書を提出してあると言う。何日かすると双方の工場から福祉担当者が来て思いとどまらせようとするだろうが、二人とも離婚に同意すれば申請書に署名してくれるだろう。そうすれば県庁へ行って婚姻証明書を離婚証明書に換えることができる。

母親は黙っていた。箸の先を汁にひたし、食卓の上にいくつもの円をつなげて描いた。父親は箸のゆくえを目で追っている。思ったより父親は老けて見えた。まだ四十五歳なのに、白髪のほうが黒髪よりも多い。

ようやく、母親が言った。「いやだと言ったら?」

父親は自分のてのひらをながめた。「裁判所に行くことになるよ。でもおたがい、わざわざしんどい思いをすること、ないだろ」

「それはあなたの話でしょ。裁判ざたになったらあなた恥をかくものね。でもなんであたしがそうならないようにしてあげなきゃならないの。愛人をかこってるのはそっちじゃない」

父親は若蘭《ルオラン》のほうを向いた。「外であそんでおいで」

「そこにいさせて。その子はもう一人前の女なの。男をつなぎとめておくにはどうすればいいか学習しなきゃ」

でもそれは、男をつなぎとめておくという話ではなく、どうすれば醜い女にならないかという学習だった。父親が母親を捨てるというので、若蘭《ルオラン》はざまあみろという気分だった。自分も母親を捨てるつもりでいた。

父親が口を開いたが、声を出さぬうちに母親がさえぎった。「何も言わないで。署名はできないわ」立ちあがった。「そう簡単に針を抜いてやるもんですか」寝室の扉がバタンと閉まった。その言葉にこもる怨念に、若蘭《ルオラン》は身をふるわせた。父親を見ると、力尽きたようにうなだれ、唇をふるわせている。「父さん《バーバ》。離婚したら、あたしを連れていってくれる？」若蘭《ルオラン》は声をひそめて訊いた。

「ごめんよ。父さんより母さんのほうが、おまえを必要としているんだ。病気だから」父親はまだてのひらを見つめている。

「あたしは母さんの薬じゃないよ」父親に失望して、若蘭《ルオラン》は胸をつまらせた。父親が若蘭《ルオラン》の顔を見あげた。からっぽの目。彼の心はすでに別のところへ飛んでしまっていた。「あたしは父さんの娘なの？」

父親は若蘭《ルオラン》をしばしながめていたが、やがて言った。「ちがうんだ」

「炳《ビン》おじさんの娘？」

「ちがうよ」彼は一度も開けなかった旅行鞄を持ちあげた。「おまえは母さんの娘なんだ」そう言うと、夜道の奥へ逃げてしまった。若蘭《ルオラン》にはもっと訊きたいことがあったのに。

翌朝、母親は茶瓶のために若蘭《ルオラン》を起こさなかった。それで若蘭《ルオラン》は学校に行く時間を寝すごした。母親の寝室の扉は閉まったままだ。とっさに、母親が首の骨を折って長い舌を垂らし、天井からぶらさがっている姿が頭をよぎった。おののきながら扉を押すと、内側から錠がかかっている。「母さん」返事がない。若蘭《ルオラン》は扉をこぶしでたたき、泣きだした。

しばらくして、母親が扉を開けた。「朝っぱらから何をめそめそしてるの」そう言うと若蘭《ルオラン》の手に茶瓶を押しつけた。「あたしが自殺して、そうやすやすとお父さんを逃がしてやるとでも思ってるわけ？」

若蘭《ルオラン》は涙をふいた。それから十字路へ向かったが、途中で考えなおして引きかえした。寝室の扉は閉まっている。若蘭《ルオラン》はその扉の前に茶瓶ののこり滓を捨てた。そして学生鞄から本をぜんぶベッドの上にあけ、そこへ、合わせても数枚だが自分の服を入れた。むしろの下から古い教科書を出して、札の枚数を数えてみた。上海まで一昼夜のバス運賃がはらえる額だ、と思った。しかしバス発着所の乗車券売り場まで行くと勇気をなくし、炳《ビン》おじさんの村までの乗車券しか買わなかった。

二時間後、若蘭《ルオラン》はバスを降りた。何回か道に迷ったのち、村の学校の教室としてつかわれている泥小屋を見つけた。全学年で二十人ほどの男子と女子が木の長椅子に座り、オタマジャクシがお母さんをさがす話を読んでいる。炳《ビン》おじさんもそれを読みながら間を縫って歩き、ときおり年少の子供たちの頭をなでていた。

炳《ビン》おじさんに気づかれないうちに、若蘭《ルオラン》はそこをはなれた。庭の向こうにはもっと小ぶりな小屋がある。その扉をこころもち開けて中に入った。部屋は暗く、ベッドと机が見えるまで数秒かかった。机の上が学習帳や答案用紙でいっぱいになっている。

小屋の隅にはかまどがあって、その上できび粥《がゆ》の大鍋が煮えていた。若蘭《ルオラン》はかまどの前の腰かけに座ると、つい癖で杓子を手にとり、粥をかきまわした。その杓子の柄は折れていて、一膳の箸を束ねてつぎ足してある。若蘭《ルオラン》はその箸を指でなぜ、この部屋で暮らすことを思った。炳《ビン》おじさんのために料理をし、仕事を終えるのを待ち、好女人《ハオニユーレン》みたいに彼を愛するのだ。

そこへ扉が開いて、炳《ビン》おじさんが入ってきた。彼の表情が、おどろきから不安に変わるのがわかった。「何かあったのか」若蘭《ルオラン》の肩をつかむ。「お母さんは？」

「元気よ」

「なんだ。心臓が止まるかと思った」炳《ビン》おじさんは手をはなした。「どうして学校に行かないんだい？」

「ねえ。お粥できてるよ」

「そうだ。まず生徒たちに持っていくよ。腹をすかせてるはずだから」

「生徒のごはんを炳《ビン》おじさんがつくるの？」

「そうしないと半分も学校に来ないだろうさ」多くの生徒にとってその粥は昼間食べられる唯一の食事で、学校に来るのもそのためなのだ、と炳《ビン》おじさんは言った。

若蘭《ルオラン》はその話をさえぎった。「昨日父さんが帰ってきたの。離婚してほしいって」

「お父さんに聞いたよ。夕べここに寄ったんだ」そう言うと、炳《ビン》おじさんは粥を持って小屋を出た。ベッドに座った若蘭《ルオラン》は、枕カバーに目をとめた。角のところが破れているし、よく洗う必要もある。自分の枕にのこっていた彼のにおいを、若蘭《ルオラン》は思い出した。

炳《ビン》おじさんがからになった鍋を持ってもどってきたときには、若蘭《ルオラン》はベッドの下に裁縫袋の入ったかごを見つけ、枕カバーをつくろっていた。針がさびていたので、ときどき髪にあてた。炳《ビン》おじさんはその様子を一瞬見つめ、午後の授業は休みにしたと言った。窓の外を見ると、子供たちがおたがいのあとを追いかけながら出ていくところだ。「次のバスで家に帰ろうね」そう言って炳《ビン》おじさんは扉のほうに歩いていく。「いまのお母さんにはきっとなぐさめが必要だ」

返事をせず、若蘭《ルオラン》は縫い目をたしかめた。炳《ビン》おじさんの心にはたった一人しかいない。それが自分ではないことが悲しかった。しばらくして彼女は言った。「心配ないよ。母さんは知ってる人がみんな死ぬまで死なないよ」

「おい。自分のお母さんだろ」とがめるように炳《ビン》おじさんが言った。

「本当にお母さんなの？」若蘭《ルオラン》は彼を見あげた。「あたしのこと娘じゃないって父さんは言ってた。だったら母さんの娘のはずがないじゃない」

「育ててくれた人じゃないか」

「いじめる相手が欲しかっただけだよ」

「若蘭《ルオラン》」声を張りあげる炳《ビン》おじさんを、若蘭《ルオラン》はにらみかえした。すると彼は言った。「お母さんのきげんが悪いのは病気のせいだ。よくなるようにいたわってあげなきゃ」

若蘭《ルオラン》は黙って、またつくろいものをはじめた。おしまいまで来ると歯で糸を切り、指で縫い目をしごいた。それから枕をたたいて形をととのえ、ベッドにもどした。

「どうしてみんなして、あたしに母さんの薬になれって言うの？」

炳《ビン》おじさんはかまどのそばに腰をおろした。「お母さんにはもう若蘭《ルオラン》しかいないんだ」

若蘭《ルオラン》は小ばかにしたように笑った。炳《ビン》おじさんは、少したてめらってから言った。

「たぶんあの夫婦の過去を知るときが来たんだ。これを聞けばお母さんのことを理解できるだろう」

「理解することなんてないよ」

聞こえないふりをして、炳《ビン》おじさんはかまどの中に水を一杯入れ、燃えのこっている火を消した。「おれは小さな子供のときから君のお母さんを知ってる。お母さんはべっぴんだったんだよ。おなじ年頃の男で、ほれてるのがずいぶんいた。お母さんも鼻を高くしてそれをよろこんでいた。でも十八歳になった頃に様子が変わったんだ。みんなが仲人を通してお母さんの両親に見合いをたのんでも、ことわってくるんだよ。お母さんの顔つきが暗くなった。それで町の人たちは噂した。もっといいところへ嫁にやろうとして両親があの子を手ばなさないのにちがいないってね。欲深い親が金のために娘の若さをだいなしにしているぞって、みんな口々に言ってたよ。そのうちにだいたいの男はほかの女の子を奥さんにした。でも何年たってもお母さんが結婚しそうな気配はなかったんだ。そうしたら町の人たちは、きっとあの一家は人に言えないような後ろめたいことを隠しているんだろうって言い出したんだ。あれこれとんでもない憶測までしてね。お母さんは青ざめて顔色がずいぶん悪くなったよ。

二十七歳になる年、だしぬけにお母さんは親の手で、二つ向こうの県に住んでいるお父さんのところへ嫁にやられたんだ。そして結婚式がすむと、夫婦はもっと遠くの知らない町に引っ越してしまった。そのとき結婚していなかったのはおれ一人。恋に狂ったアホだとみんな言っていたけど、たぶんその通りさ。お母さんがお父さんと暮らしているその町に、おれもすぐ引っ越したんだ。ときどき道で会えればそれで満足だと思ってね。ところが結婚して数日たつと、新郎が毎夜庭でむせび泣いているという噂が立った。それから悪い評判がかけめぐったんだ。新郎の家は心の病だということを新婦に隠して結婚させたんだろう、なんてさ。そのとき、だまされたことでお母さん側の家が文句を言いに出てこなかったもんだから、みんなお母さんのことも見下すようになったんだよ。

結婚した年はおれしか友達がいなかったから、お母さんは毎日話しにやってきた。すると今度は不倫していると噂されてね。このままじゃお母さんの生活がますます大変になるだけだから、よかれと思っておれはお母さんのもとを去ることにしたんだ。すると、いなくなると聞いたお父さんがおれのところに来たんだよ。てっきりけんかを売りに来たんだと思ったね。おれは、お母さんも自分も無実だと言った。でもお父さんは、ただにこにこして酒の瓶を出すんだ。二人で昔なじみの友達みたいに一晩じゅう飲み明かしたよ。そして話してくれたんだ。お父さんは十五歳のときからずっと、二十も年上の未亡人を愛していたんだよ。そこでお父さんの家の人は、妻をもらえば年増の女に上げている熱もさめるだろう、と思った。だからよその町の女と見合いをさせたうえ、誰にも過去がわからないように遠くへ引っ越させることにしたんだ。でも結婚した夜、お母さんが言った。本物の妻にはなれません、とね」

「どうして」若蘭《ルオラン》がはじめて口をはさんだ。

炳《ビン》おじさんはすこしためらって、それから答えた。「お母さんはね、石女《うまずめ》なんだ」

「石女って？」

「年をとればわかることさ」

「石女かどうか、どうすればわかるの」来る年も来る年も毎朝飲んでいた薬が、母親をかたい石に変えてしまったのだろうかと若蘭《ルオラン》は思った。そしてのこり滓のひどいにおいを長いこと吸いこんできたせいで、自分もあんな醜くて冷たい女になるのだろうか、と思った。

炳《ビン》おじさんは返事をしなかった。その目は若蘭《ルオラン》を突き抜け、遠い過去を見ていた。

「その事実を受け入れるか、さもなければ離婚してくれとお母さんはたのんだんだ。人の口の端にのぼらないよう、結婚して故郷の町をはなれるのが目的だったんだから、どっちでもかまわないんだとね。お父さんは、見合いのときお母さんの家にだまされていたのを知って、えらくおどろいた。でも自分の家にも誰にもこのことは言わなかったんだ。そのわけを訊くとね、結婚に何が欠けていようと夫は夫なのであって、たとえ本当のことであっても、妻の名を汚すのは許されないことだと言っていた。それに、だまされてとうぜんだとも言っていたよ。お父さんの家のほうもだまそうとしていたんだからね。若蘭のお父さんは本当にいい人なんだよ。お父さんは心の病なんかじゃなかった。ただ年上の女の人が好きだったってだけだ。それでも頭が変だと思われながら、お母さんの名誉を傷つけないように夫婦でいるのをいとわなかった。

その晩から、お父さんとおれは親しくなったんだ。おれは、若蘭《ルオラン》を養女にもらう手助けをした。子供をいっしょに育てれば、もっとましな結婚生活になるんじゃないかっておれたち――お父さんとおれだよ――は考えたんだよ。若蘭《ルオラン》をわが子にするために、夫婦はもっと遠くの、ちがう省――いま住んでいるところだ――へ引っ越した。誰にも過去がわからないようにね。はじめのうち、おれは行かなかった。彼らなりの夫婦生活を送ってもらおうと思ったし、しばらくはうまくいってるみたいだったしな。でも三年後にお父さんがまた訪ねてきたんだ。それでもう一度飲み明かした。するとお父さんは、あの未亡人のところにときどきどうしても行ってしまうと打ち明けてくれたよ。お母さんはそれを知ってすごく怒って、寝床から出なくなったんだ。だからおれはまた引っ越して、お母さんのそばにいるようにした。そしてお父さんがもう一人の女と暮らして留守のときは、おれがお母さんと若蘭《ルオラン》の面倒をみるようにしたんだよ。お父さんは自分の言葉を守って、年末の大掃除と春節には夫として家に帰ってきた。あとは知っての通りさ。若蘭《ルオラン》、信じてほしい。君の両親はいい人たちなんだ。これまでずっとがんばってきたんだ。一生懸命やったんだよ」

「どうしていまになって離婚なの？」

「そのもう一人の女の人が――子守の仕事をしてたんだけどね――いま病気なんだ。だからお父さんとしては結婚して看病したいし、治療代も出してあげたいんだ」

若蘭《ルオラン》は父親と愛人のことを思うと、ふびんになった。「炳《ビン》おじさんはどうして結婚しなかったの？」

炳《ビン》おじさんはほほえんだ。「おれは魔法の葉っぱで目をふさいで、海も山も見えなくなったばかなんだよ」

「離婚が成立したら、母さんと結婚する？」

「いまさら結婚して何になるんだい」

それを聞いて若蘭《ルオラン》はほっとしたが、まだ安心はできない。

「結婚しちゃだめだよ。母さんは毒なの。ほら、父さんの人生を半分だめにしちゃったじゃない。おじさんは自分の一生をだいなしにしないで」

「若蘭《ルオラン》！」炳《ビン》おじさんは声を荒らげた。

炳《ビン》おじさんの額に、黒ずんだ静脈が浮いている。まるで知らない人どころか、凶暴な人みたいだ。でも若蘭《ルオラン》はひるまなかった。二人の男が母親の毒で情けない人間になるのを見てきたのだ。そのあやまちを正してほしい。「母さんのどこがいいの？　なまけ者でブスでいじわるで。何をやらせても、あたしのほうが百倍うまくやれるのに」

「え？」

「考えてもみてよ。あたしたちは母さんと血のつながりはないでしょ。見捨てて自分たちの家庭をつくってもいいんだよ。あたし、料理できるよ。縫いものもできる。家事はぜんぶあたしがやる。それで中学出たら仕事さがすよ。炳《ビン》おじさんが年とって働けなくなったら、あたしがかせいで養ってあげる。あたしがいれば、あの人なんかいらないじゃない」

炳《ビン》おじさんは同情するような目つきで若蘭《ルオラン》を見つめた。「まだ子供だから、自分の言ってることがわかっていないんだ」

「もう大人だよ。何が炳《ビン》おじさんの身のためか、わかるぐらいにはね」若蘭《ルオラン》は体の奥にある何かがやわらぐのを感じた。なんといっても彼女は石女ではないのだ。若《ルオ》蘭《ラン》は、腰かけに座っている炳《ビン》おじさんのそばへ歩いていくと、身をかがめて彼のひざに手を置いた。「炳《ビン》おじさん」とささやき、いかにも色気のある女がしそうな感じで、目をのぞきこんだ。「母の借りは娘がかえすってことわざ、聞いたことある？」

彼の唇が小刻みにふるえている。「いいや。一度もないよ」

「これでわかるわ」彼の顔に触れると、もみあげがてのひらをちくちく刺した。荒い息づかいをしていた彼は、やがて若蘭《ルオラン》の手をそっとはらった。「お母さんはおれに借りなんかないさ」炳《ビン》おじさんは両手で自分の頭をはさみ、彼女の顔から目をそらした。

若蘭《ルオラン》はひざをついて彼を見あげた。力をこめて言った。「母さんの毒を出す薬がいるわ。父さんには愛人がいる。炳《ビン》おじさんにも必要なのよ」

「若蘭《ルオラン》は大きくなったけど、炳《ビン》おじさんは年をとってきた。もう遅いよ。母さんが心配するといけないから、次のバスに乗ったらどうかな」

若蘭《ルオラン》は泣きだした。「どうしてわかってくれないの」

「わかっているさ」炳《ビン》おじさんは言った。「でもいまのままでいよう」

「こんな暮らしのどこがいいの？　炳《ビン》おじさん」

「いまじゃ若蘭《ルオラン》と母さんだけがおれの唯一の家族なんだ。どっちもうしなうわけにはいかないよ」

若蘭《ルオラン》は手の甲で涙をふいた。そして炳《ビン》おじさんを見た。頼りなげに、しょんぼりとすり切れている。あわれだ。もし自分さえ納得できるなら、娘か愛人かどちらかではなく、娘でも愛人でもある女としての、なんとも名づけがたい愛を抱き続けることもできる。そして養女のまま、彼のために母親に耐えていくこともできる。でも、どうして愛のためにみじめにならなければいけないのだろう。いや、どんな理由であれ、なぜ。若蘭《ルオラン》はポケットに入っているお金に触れた。「もう行くわ」涙が頬をつたい落ちた。たぶんあたしがいなくなったら、炳《ビン》おじさんは自分のあやまちに気づくだろうし、たぶんそのときはじめて、あたしはお母さんに勝てる。女選びをまちがえた、と炳《ビン》おじさんが悟るのだ。

「土曜日に行くってお母さんに伝えておくれ」彼はまだ、若蘭《ルオラン》の顔を見ようとしなかった。

死を正しく語るには

　麅《パン》夫妻の家は、娘という立場からしばし解放される場所だ。そこで過ごす夏の一週間と冬の一週間は、教師をしている母のもとで暮らさずにすむ唯一の時間なのだ。誰かの子供でいるというのは、その立場からおりることのできない難しい仕事である。だから子供を幸せにしようと腰が曲がるほど働いている親の脇で、孤児《みなしご》になりたいと子供が望んでも、天は大目にみてくれる。親のいるわたしのような子供から見ると、孤児の暮らしほど幸せな生活はないように思える。何度夢みただろう。ぼろ着をまとって街角に立つわたし。二回りも寸足らずの服からは、凍えて青白くなった手首と足首がのぞいている。その夢の中で、わたしは小さな声を風にふるわせ、この世のあらゆる悲しみをうたう。とりわけ涙をさそう曲をうたい終えておじぎすると、人々がつぎつぎにお金をかごに入れる。男たちはため息をつき、女たちは指の端で涙をぬぐう。

「うまいな。もう一曲うたってよ、小花《シヤオホア》」いつも手をたたいてわたしを夢の世界から呼びもどすのは、宋《ソン》夫妻の息子たちだ。わたしは新品の兎皮コートを着て、龐《パン》夫人の中庭の真ん中に立っている。雪のように白い毛皮はふわふわとなめらかで、二本の長い耳はやわらかくて立たず、前髪がもう一つあるかのように額の上にのっている。その耳を脇へ押しやって、わたしは照れくささに頰を赤らめる。小花《シヤオホア》というのはわたしの名前ではなく映画の有名なヒロインの名前で、お気に入りの女優、陳冲《チエンチヨン》が演じている。陳冲《チエンチヨン》は十六歳ですでに国いちばんの有名女優になっていて、ベッドの脇にかけたカレンダーから毎日わたしにほほえみかける。

「おいで」四人兄弟の長男が呼ぶ。「小花になりたい？」

わたしが大きくうなずくと、二本の耳が目の前ではねる。歌声を売る孤児といういつもの夢の続きで、わたしは最後に陳冲《チエンチヨン》のような女優になるのだ。化粧をほどこしたきれいなわたしの顔が、人々の家の壁にかけられる。化粧してもふしだらな女と後ろ指をさされずにすむのは女優だけだ。孤児の夢には、口紅も頰紅も入っている。

からかうような笑みを浮かべて、四兄弟の二番目が言う。「お、そうか。おれたちの小花《シャオホア》になりたいんだ（中国語の花には遊女の意も）」兄弟が大笑いする。わたしはまだ七歳で、彼らの言う小花《シャオホア》がどういう意味かわからない。それでいっしょになって笑っていると、厖《パン》夫人が止めに入る。台所から飛び出してきて、兄弟に向かって「変なこと言うんじゃないよ」とヘラをふる。すると兄弟はまた笑い、部屋に帰っていく。厖《パン》夫人は中庭から四合院（中庭を囲むように部屋を配した伝統的家屋）の正面にわたしを引っぱっていき、雌獅子の石像の上に乗せる。一対になっている獅子の頭は、文化大革命のとき古いがらくたとして紅衛兵に切られてしまった。わたしは雌獅子にまたがって、斧がのこした鋭い切り口を指でなぞる。

「さ、もう宋《ソン》兄弟とつきあっちゃだめ。ここで待っててね。すぐ市場に行くから」と厖《パン》夫人。

厖《パン》夫人は宋《ソン》家のことをよく思っていない。そもそも宋《ソン》夫妻は、四合院の西側の部屋を借りている店子《たなこ》だった。でも厖《パン》氏が人民の敵として工作単位から追い出されると、宋《ソン》夫妻は家賃をはらわなくなり、その部屋の法律上の所有者だと主張して居座った。そして長いこと占拠している間に、厖《パン》氏の花壇をとりこわして台所を建てた。それから厖《パン》氏の石榴《ざくろ》の樹と葡萄棚の間に洗濯ひもをわたし、以来そこにぶら下がる下着が年中、中庭を飾ることになった。夫妻は四人の息子をもうけたが、すでにいちばん末が十六歳で長男は二十三歳なのに、いまだに一部屋に六人で住んでいる。

朝日はもう中空にある。胡同《フートン》の北側に立つ塀の前に三人の老人が座り、目を閉じて歯の抜けた口を半分開き、北京では珍しい小春日和に浸っている。道をはさんだ向かい側では、女の子たちが四人で縄跳びをしながら、わたしの知らない歌をうたう。「一、二、三、四、五。虎つかまえに行きましょう。虎は人間食べません。虎はトルーマンしか食べません」

歌に出てくるトルーマンというのが、朝鮮戦争のときのアメリカ大統領だと知ったのは、その後何年もしてからだ。だから一九七九年のその冬、わたしは歌の内容がほとんどわからないけれど、一人黙って心の中で口ずさむ。しばらくすると女の子たちがうたうのをやめ、地面に四角い線を引きはじめたので、わたしは獅子から飛び降りて訊く。「わたしも入れてくれる?」

女の子の一人が答える。「誓いの言葉を言って」すると四人は手をつないでさっとわたしをとりかこみ、しかつめらしい顔で待つ。

「何の誓い?」とわたし。

女の子がけげんそうにする。「誓いの言葉を知らないの? どこから来たのよ。

ジャワ島とか？」

「ちがうよ。研究所」

「何の研究所？」

　そこへ別の子が口をはさむ。「時間がもったいないよ。あたしといっしょに言ってね。『毛主席に誓います——ルールに従わない人は劉少奇です』」

「劉少奇って誰」

「反革命分子だよ」わたしが何も知らないので、いらだっている。

　わたしは誓う。知らない決まりごとがたくさんあって、場違いなところにいる気分だ。劉少奇のことも、ずっと後になってから知った。彼は毛主席の忠実な側近であり親しい同僚でもあったが、文化大革命に疑問を唱えると、十代の集団によるつるしあげで死んだ。

　胡同《フートン》の女の子たちといると、自分が外国人になったような気がする。わたしが住んでいるところは、北京郊外の古い墓地の隣にある研究所だ。高い塀に守られ、武装した兵士たちに警備されている。兵士は銃剣のついたライフルを肩にかけ、ピストルの革製ホルスターを鎖で腰のベルトにつけている。噂ではホルスターには古新聞が詰めてあって、ライフルにはいつも弾が入っていないそうなのだが、それでも銃剣は本物で、鋭く光っている。研究所の中心には灰色の建物があって、衛兵がもっといる。これは核工業部の研究センターで、多くの父親たちにまじってわたしの父もここで働いている。研究所で育ったわたしのような子の生活や遊びのルールは、普通とはちがう。研究所の防犯ゲートから外へ出ることも、灰色の建物に近づくことも許されない、そんなわたしたちの遊びは、誰のお父さんが「計算の職務」についているか当てっこすることだ——この職務のとき、父親たちは別の研究所へ行って、ある「機械」を使用する。後年「コンピューター」が日常用語になるまで、それは未知の機械だ。計算の職務は夜おこなわれるので、日暮れどきになると、毎日一人か二人の父親が高級車に乗って、地図には存在しない場所へ出かけていく。わたしたちは車をそっと見送り、それからゲームをはじめる。めいめいがあのカーテンの向こうにいる人の子供だというふりをしながらたがいに質問し、相手の言ったことをよく考えてから、はじめて誰の言うことが本当で誰の言うことが嘘なのかを言い当てる。

そんな世界からわたしは来たのだ。胡同《フートン》の女の子たちの世界とはちがう。彼女たちが研究所や核工業のことを聞いたことがないというので、わたしはおどろいてしまう。わたしのところではどの子も核兵器のことを知っていて、小学校の校長先生に「原子爆弾」というあだ名をつけている。ただし、胡同《フートン》の女の子たちもわたしの知らないことをいろいろ知っている、というのは認めなくてはならない。トルーマンのこと。トルーマンを食べる虎のこと。

風がやってくるのはお昼どきだ。街へ冬をはこぶシベリアの風が胡同《フートン》を吹き抜け、家々の屋根瓦をゆらす。わたしは昼からずっと窓辺の椅子にひざをつき、風がやんで胡同《フートン》の子供たちとあそべるのを待っている。青空は灰褐色に変わり、太陽が砂や埃にまみれて、すすけた白い皿のようにぼうっとしている。日暮れ近くになって、宋《ソン》家の四兄弟が一人また一人と中庭に飛び出してきた。みんな剃ったばかりの頭をしている。わたしは中庭へ走り、風の中でさけぶ。「ねえ」砂埃が入って目が痛い。

「髪、どうしたの」

「もうないよ」と末っ子が大声をかえす。「風の強い日は髪を切るのにいいんだ」

「なんで」

「毛を掃除しなくていいだろ。風がやってくれるから」三男が風に吹き飛ばされる真似をする。

わたしは笑う。宋《ソン》家の兄弟のことは気に入っている。みんなジョークを心得ていて、周囲を笑わせるからだ。彼らは一人も学校に行っていない。末っ子がその年、グループ同士の抗争で高校を退学になっていた。兄弟には、働いている者もいない。仕事が少ないせいで、街には宋《ソン》兄弟のような「待業青年（求職中の若者）」と呼ばれる若いなまけ者があふれている。宋《ソン》兄弟は毎日街をぶらつき、外でよその若者に喧嘩をしかけては、勝った話をみやげに帰ってくる。

　宋《ソン》夫人が戸口から頭を突き出し、声を張りあげる。「この金食い虫！　誰が頭を剃れって言った？　帽子を買うお金なんかないよ」

「じゃシャンプー買う金つかえば！」と長男がやりかえす。

　わたしは笑いながら部屋に駆けもどる。

「また外で宋《ソン》兄弟と口をきいたの？」龐《パン》夫人が、火の燃えさかるかまどの腹に石炭をほうりこんでいる。

「ううん」とわたしは嘘をつく。でも龐《パン》夫人が怒ったりしないのは知っている。彼女はかつてわたしの子守をしていた人で、心やさしい女の人がいかにも孤児をいたわるように、わたしのことを甘やかす。わたしだというだけで愛してくれるのだから、母とは正反対だ。母の愛情をもらうにはかなりの努力がいるのだが、うまくいったためしはほとんどない。

「あの兄弟はじきに頭を抱えることになるね」厖《パン》夫人はため息をついて、湯わかしをかまどの上に置く。

「どうして」

「ここ数年でお嫁さんもらうこと考えなきゃいけないでしょ？　でも仕事も住むところもないいんじゃ、結婚なんかできやしない」

「親の仕事を継ぐのは？」

「継げるけど、親は二人しかいないしね。あとの二人はどうなるやら。あの子たち、学校で何にも教わってないんだよ」

「きっと上の二人は親の仕事を継がないよ」

「どうしてわかるの」

「ただ、わかるの」秘密だよと言わんばかりにわたしはにやつく。長男から聞いたのだが、宋《ソン》家の父親は電球をつくる工場にいて、母親は電気のスイッチをつくる工場にいるのだ。

「母さんがスイッチ入れると、電球の父さんが点《つ》くんだ。完璧なペアだよな」彼はわたしが笑いころげるのをみて、うれしそうにしていた。宋《ソン》家のご主人はおとなしい人で、やかましい奥さんの言うことを何でもきく。スイッチにいつもきちんと反応する、忠実な電球なのだ。

「知ったかぶりはいけないよ。何もわかってないんだから」と龐《パン》夫人は言う。「物事っていうのはどんどん変わるの。まばたき一つしてるまに山が平らになって、川の水が干上がるんだ。明日どうなるかなんて、誰にもわからないんだよ」

もうじき夕食という時分に龐《パン》氏が仕事から帰ってきて、部屋に入る前に中庭で杜《ドウ》氏と天気の話をする。杜《ドウ》氏は建物の東側にある小さな部屋を二つ借りていて、家賃を期日どおりはらっている。孝行息子の彼は、脳卒中のせいで麻痺がのこった老母と暮らしているのだが、彼女のめんどうをみてもいいという人がいないため、妻はいない。ここには宋《ソン》家と杜《ドウ》家のほかに五家族がいるが、彼らは奥の建物に住んでいる。そちらのほうの中庭はもっと広くて、満月の形をした門で手前の建物とつながっている。かつては奥の建物のほうが龐《パン》家の住まいで、手前の建物は使用人の住まいになっていた。でもそれはもちろん「平等化」がはじまる前のことだ。龐《パン》夫妻はいま、以前お抱え運転手とその家族がいた手狭な一角で暮らしている。ここには居間と寝室のほかに、龐《パン》家の二人の娘が嫁入り前にいっしょにつかっていた寝室がもう一つあって、わたしがたずねるときはそこをつかう。台所の隣にある小部屋は龐《パン》氏の書斎だ。いつもその扉には鍵がかかり、閉めきった窓を厚いカーテンがおおっている。

「今日はどうだった」龐《パン》氏が入ってきて書類鞄をいつものところに置き、コートと帽子をていねいに扉の裏にかける。

「いい日だったよ。龐《パン》さんは？」とわたし。

「よく働いた。いつもどおりさ」龐《パン》氏はそう言うと、龐《パン》夫人のほうを向く。「今日はどうだった」一日の終わりにかける言葉を彼はそれしか知らない。朝ならいつも「よく寝られたかい」だ。

龐《パン》夫人は黙っている。龐《パン》氏には一銭も稼ぎがない。でもよく働いていて、週に六日は出勤するし、ときには日曜も出る。ただ何の仕事をしているか誰も知らないのだ。文化大革命が始まったとき、労働者階級の敵である大地主の息子だからというので、彼は工作単位から追い出された。同僚はみんな大会に出て、憎むべき地主階級の「狗《いぬ》の子」として彼を告発することに賛同していた。それなのに革命が終わってから彼が郵電部の工作単位にもどってみると、彼に関する書類はうしなわれていて、過去に雇用された記録はないと言われた。それでも彼は毎日仕事に出かける。月の一日目は休み、履歴を調査するよう訴えるため、改めてつくった嘆願書の写しを市政府と郵電部のいくつかの部署に届ける。

「たいへんな一日だった」そう言って厖《パン》氏は食卓の上座に座る。

厖《パン》夫人は重くるしい手つきで飯碗を彼の前に置く。「お金をはらってくれる人は誰もいないけどね。あなたにできることといったら、自分の人生を無駄にすることだけ。それなら家にいて家事を手伝ってくれるほうがましよ」

一家の食い扶持を稼いでいるのは厖《パン》夫人だ。長いこと子守の仕事をしていたが、子供のめんどうをみたのはわたしで最後である。わたしをかまっていた年、彼女の老いは速まったと母は言う。世界でいちばん聞き分けのない子だとわたしを叱るとき、毎度そのことを引き合いに出すのだ。わたしが手をはなれてから、厖《パン》夫人は細かい雑用だけこなしている。おなじ胡同《フートン》の家庭にたのまれて買い物をしたり、洗濯をしたり、杜《ドゥ》氏の麻痺がある母親を世話したりする。

厖《パン》氏は何も答えず、箸で米粒を数える。

「どうぞ召し上がれ。労働者どの」と言って、厖《パン》夫人はわたしと顔を見あわせてにたっとする。

厖《パン》氏は黙って食べる。彼がわたしたちと過ごすのは夕食のときだけだ。終わるとまっすぐ書斎へ行く。ある年に折りたたみ式のベッドを書斎に入れてから、彼はそこで寝るようになった。

「書斎で何をしてるのかな」厖《パン》夫人が皿を洗うのを手伝いながら、わたしはたずねる。

「神のみぞ知る！」

「ねえ、書斎を持っている人なんて、ほかに知らないよ。書斎はお金持ちだけが持ってて、ぜんぜんつかわないものだと思ってた」

「うちの人みたい」

「どうして」

「書斎で何もしてないんだよ」

「でも、お金持ちじゃないね」

「まあね、でも昔は金持ちだったの」

「もうお金持ちじゃないのに、どうしてまだ書斎があるの」

「部屋がまだこれだけあるからね。だから金持ちのふりができるの。これでもいいほうだよ――ぜんぶ没収されてたかもしれないんだから。びた一文残さずに」

「どうしてなの。いい人たちなのに」

「いい人がいい運に恵まれるとはかぎらないんだよ。このことわざをおぼえてるかい。『不運はいつも善人を選ぶ』」

しかし不運が厖《パン》氏を選んだ理由は、ほかにあった——彼は役立たずなのだ。

「あの人の親が脛かじりだったとは言わないよ。でもあの人がそうだってことははっきりしてるね」厖《パン》夫人はわたしを相手におしゃべりするのが好きだ。その午後、彼女は居間の真ん中に大きな盥《たらい》を置いて、洗濯ものを手洗いしている。床の上に、冬の静かな日ざしが落ちている。

「うん。あたしもそう思う」わたしは指を水に入れて温度をたしかめる。厖《パン》夫人が盥に湯をちゃんと入れてくれていれば、わたしは喜んで細長い魚みたいに浮かぶ靴下をつかみ、端から洗ってしまう。ただし厖《パン》氏の灰色の靴下は最後だ。

「どうしてわかるの」

「ただ、わかるの。厖《パン》さんは脛かじりで、ばあやのやっかいになってるの」

厖《パン》夫人が笑う。「よく知ってるねえ。ほかには？」

「学歴が高いの」これは宋《ソン》兄弟から聞いた。厖《パン》氏は学校へ行っても無駄だという証拠なのだそうだ。

「ふん、学歴ね。あの人がどうやって大学に入ったか知ってるかい？　入学試験がすごく難しいから、弟に代わりに受けろってたのんだんだよ。弟はすごく頭がよかったの。そうやってあの人は大学に入ったんだ。もし自分で受けてたら？　はん。試験を受けるのに一生かかったろうよ」

「ほんと？」

「ほんとさ。そういうこと」と、わたしに石けんをわたす。

「それからどうなったの」

「それから？　それから大学に行ったけど、工学の学位に必要な講義を一つも受けなかったよ。修了証をもらうために人をやとって、講義や試験を受けさせたんだ」

「でも誰がそんなことするの。試験をぜんぶ受けてまで、どうしてほかの人のために修了証をとってあげるの」

「喜んでそうする貧しい学生がいつだっていたよ。学費を出せない人が一銭もはらわずにいい教育を受けられるんだからね。だから修了証なんて、ただの紙切れだよ。わたしの旦那が手に入れたのはそれだけ」

「なんだ」だまされていたような気がして、わたしは厖氏《パン》の靴下を水に投げ入れる。

「じゃ大学生のとき何をしてたの」

「劇場に行ったり、書道や絵をやったり、庭いじりをしたり、オウムに詩をおぼえさせたり。自分を芸術家だと思ってみたりね。あの人がほかにできることといったら、時間とお金を浪費することぐらいだったよ」

これほど信じがたい話を聞いたのははじめてだ。白髪頭で猫背の龐《パン》氏と、街で金をばらまく若い男とが、頭の中で一致しない。「どうして龐《パン》さんと結婚したの」

「その頃のわたしのことを知ってるでしょ？　わたしのお父さんも地主だったの。家の中に使用人がいたよ。女中も乳母も運転手も家庭教師もいた。わたしも脛かじりだったんだ」

本や映画に出てくる地主の娘は、みんな甘やかされて不細工で、意地が悪いことになっている。「地主の娘には見えないよ」

「もうちがうから」龐《パン》夫人はほほえむ。

「でも龐《パン》さんは、まだそうなんだ」

「そうなの」

わたしはまた訊く。「どうして結婚したの」

「親がそうしろって言うからしたの。それがわたしに与えられた運なんだね。誰だって天が決めた量よりたくさんの幸運や不運が降ってくることはないんだよ。だからいつまでも運がいい人はいないし、いつまでも悪い人だっていないの。ほら、わたしも、昔は乳母や女中に何もかもしてもらってたけど、いまは人のためにいろいろやってるでしょ」

「だけど、龐《パン》さんはいつまでも運がいいじゃない。働かないもん」

「それは不運なんだよ。何もすることがないんだ。役立たずってこと」

翌年の夏に龐《パン》夫妻の家を訪れたとき、龐《パン》氏は退職していた。いや退職という言葉はまちがっているかもしれない。彼は給料をもらわなくなって久しいし、年金を受けとる見こみもないのだから。街で起きたことなら何でも知っている宋《ソン》兄弟の話では、ある月曜日に龐《パン》氏が出勤すると仕事机が別の人のものになっており、私物が廊下に出されていたという。しかもお気に入りのティーカップの取っ手がない。そこで、その取っ手をかえしてもらうまでは出ていかない、と龐《パン》氏はがんばった。「骨董の磁器です。あなたのお祖父《じい》さんより年上なんですよ」そんなことを言っていたら、ティーカップと祖父を比較された人たちが気分を害してこう言った。黙ってティーカップといっしょにゴミ箱へ行け。

それでおしまいだった。龐《パン》氏はゴミになった。その夏わたしがたずねたとき、龐《パン》氏は書斎に引きこもっていた。龐《パン》夫人がわたしの好きな料理をつくるために買った、雄鶏もいっしょである。わたしが着くと、厖《パン》夫人は書斎の扉をたたく。「退職した労働者どの！　この子が来たよ」

厖《パン》氏はいぶかしげにカーテンの隅っこを持ちあげてこちらを見る。わたしは窓に顔を押しあて、部屋の中を覗く。棚に古い本が並んでいる。寝台は乱れて、ぐちゃぐちゃな鶏の巣のようだ。雄鶏はというと、机の上をあちこちつつきながら歩きまわっている。白と灰色の糞が、床の上で大きな硬貨のようにまん丸になって乾燥している。「うわ」とわたしは床を指さす。すると厖《パン》氏は手をふってカーテンの隅をもとのところに押しこむ。

厖《パン》氏がおかしくなったという事実に落ちこんだわたしは、胡同《フートン》の女の子たちと遊びに行くのをやめる。脛かじりだと嫌っていても、厖《パン》氏にはすこやかな脛かじりでいてほしい。夕食のとき、わたしがしかめ面をしているので厖《パン》夫人が笑う。厖《パン》氏はもうわたしたちと夕食をとりに出てこない。自室で雄鶏といっしょに食べるのだ。

「どうしたの」と厖《パン》夫人。

「何でもない」食べ物を口に押しこむが、喉を通らない。

「あの人のこと怒ってるの？」

「うん」

「どうして」

「こんな龐《パン》さん、嫌い」

「気が変になってからずいぶんたつの。心配いらないよ」

わたしは箸を置いて食卓をまわり、龐《パン》夫人のそばへ行く。「怒ってるのはばあやのためなんだよ」そして彼女を抱きしめて、泣きだす。

龐《パン》夫人は手でわたしの涙をふく。てのひらが、紙やすりのように肌をこする。

「ほんとにやさしい子だね。自分の娘よりいいよ」

「ええっ？」

「あの子たち、うちの子供に生まれなければよかったって言うんだ。あなたを見たら恥を知るだろうね」彼女はほほえみを絶やさない。

気が晴れぬまま、わたしは席にもどって食事を続ける。

「悪いことっていうのはね、起こるもんなんだよ」

「ばあやには起こらないもん」とわたし。

「いいかい。こんなのたいしたことじゃない。もっとひどいこともあったんだから」

「どうして弟のほうと結婚しなかったの」

「誰の弟だって？」

「弟だよ。頭がよくて入学試験を代わりに受けたって言ってたじゃない」

こんなばかな話は聞いたためしがないとでもいうように厖《パン》夫人は笑う。でもわたしはまじめだ。「もうとっくに亡くなったよ。大学を出る前に」と厖《パン》夫人。

「かわいそう」

「ううん、そうでもないよ。あれほど早く死んでよかったってときどき思うもの」

「どうして」

「やっぱり地主の息子だからさ。すごくかしこくて線の細い子でね」と、食卓越しにわたしの背後の壁を一瞬見つめ、ため息をつく。「生きてたら革命に殺されてたよ」

「どうしてなの。悪い奴だったの？」

「悪い奴でなくても人は殺されるの。六六年のことだけどね、実家の近くの県で三家族八十人が紅衛兵に死ぬまで鞭打たれたんだ。いちばん小さい子は三歳だったよ。知ってる人も何人かいた。その人たちのお祖父さんが地主だったから」

「その人たちは悪い奴じゃなかったの？」

「わたしとおんなじような人たちだよ。愛する人が生きて苦しむのを見るぐらいなら、若くして死んでもらったほうがいいっていうのはね、そういうわけ」

わたしはちょっと考えこむ。「父さんも母さんも、そういうことぜんぜん教えてくれないの」

「もっと大きくなったら教えてくれるんじゃないかね」

「ううん。教えないよ。職業病だから」研究所の世界では秘密はけしてもらしてはならない。何事もしゃべるよりしゃべらないでいたほうが、身のためなのである。

四合院に住む人たちはみな、夕飯のあと涼しい風にあたりに中庭へ出て腰をおろす。姿を見せないのは厖《パン》氏、そして麻痺がある杜《ドウ》氏の母親だけだ。

この夏は庭のジャスミンの茂みが狂ったように咲き乱れていて、近くに座るとめまいがしそうなほど強い香りをはなつ。軒下にスズメバチの群れが大きな巣をつくり、葡萄の木のまわりを飛びかっては、若すぎてまだ食べられない実を吸っている。そうして開いた穴からしたたるねとつく果汁が、猛毒のように実をむしばむ。葡萄棚の下にしばらく座っていれば、次から次へと葡萄の房が腐っていくのがわかるだろう。またたくまになめらかな皮が醜い傷口をさらす。

杜《ドウ》氏が自室の蘭を外に出して窓の下に慎重にならべてから、最後に腰かける。杜《ドウ》氏は蘭にこっていて、君子蘭というもっとも高価な種類を育てている。開花した君子蘭の小ぶりな鉢植えが、このころ闇市で何百元もしたが、これは労働者の一年ぶんの収入よりも高い。

「杜《ドウ》の旦那、蘭には気をつけてくださいよ」竹の団扇《うちわ》で蚊を追いながら、宋《ソン》氏が言う。「先週、東十四胡同《フートン》で何があったか、聞きましたか？　年寄りの家が強盗に入られて、蘭をぜんぶ盗まれたうえに刺されたんですよ」

杜《ドウ》氏は何も言わずにうなずく。笑うと顔がくちゃっとなって、しわだらけの赤ん坊みたいだ。彼は近所の倉庫で管理人をしている。老母は一日じゅうベッドで愚痴と悪態をついているが、そのベッドを除けば、部屋にある家具はどれも倉庫から持ってきたダンボール箱でつくった。その表面には古いカレンダーの紙が貼ってある。一度龎《パン》夫人といっしょにたずねたとき、お気に入り女優の陳冲《チエンチヨン》の顔が、ダンボールの棚からぶらさがっているのを見た。その笑顔の下には〝日本直輸入の最高級尿素〟と印刷されていた。

「蘭なんかで大騒ぎするって、どういうことかね。たいしたものには見えないけどね」と宋《ソン》夫人は口をとがらかす。

するとと三男。「おいおい、母ちゃん。あれは日本の蘭なんだってさ。直輸入なんだ。わかったかい。ほら、東芝とかソニーとかパナソニックみたいな――日本製品ってことだよ」

すると長男。「直輸入？　ちがうね。蘭はここで育ったんだ。だからせいぜい日本製〝部品を中国で組み立てた製〟品だよ」

みんな笑う。北京では、日本製といえば現代生活を象徴するものになった。でも日本製の部品を中国で組み立てた製品ならもっと安く買える。そんな二流の贅沢品でも自慢になるのだ。

「でもやっぱり命を落とすほどの価値はないね」と宋《ソン》夫人。

「『鳥は一口の餌のために死に、人は一銭の富のために死ぬ』」龐《パン》夫人がため息をつく。「花を見てるんじゃない。お金を見てるんだよ」

「みんながそうじゃない」と次男が杜《ドウ》氏を指さす。「この杜《ドウ》おじさんは例外ですよ。金のために蘭を育てる人もいるけど、おじさんは自分の妻子だと思って育ててるんだ」

「たしかに」杜《ドウ》氏に向かって長男が言う。「あのですね、蘭のためにたたかうのは当然ですよ。おじさんが泥棒に殺されても、おれたちは責めませんから。男なら妻子を盗む奴とはたたかわなきゃ。ねえ、杜《ドウ》おじさん」

宋《ソン》一家がそろって笑う。杜《ドウ》氏はまた笑みを浮かべ、黙っている。そこへ老母が部屋から何かよくわからないことをさけぶ。すると杜《ドウ》氏はまたうなずき、妻や子に触れるようなやさしい手つきで蘭を部屋にもどす。

その晩は寝つけない。蚊帳の向こう側で、わたしの頭のまわりを蚊が小さな爆撃機のように飛ぶ。ベッドの端に横たわっていると、竹の寝ござが汗でべとついてくるので、あいているほうの端に転がる。腿に触ると、ござの編み目のあとがついている。強盗がこの四合院に押し入るのを、わたしは待ちかまえている。杜《ドウ》氏が妻子のように愛する蘭を強盗が奪って逃げていき、杜《ドウ》氏は血の海にのこされることになるのだ。研究所の高い塀にまもられた、安全な自宅のマンションが、はじめて恋しくなる。

その夜、強盗は来なかったし、それから幾晩たってもやってこない。それでも待っているわたしは、毎晩眠れない。眠れぬままに、やがて夜明けの光がカーテンの上から忍びこみ、龐《パン》氏の部屋の閉めきった窓からくぐもった雄鶏の鳴き声がもれてくる。わたしは胡同《フートン》の女の子たちと遊びに出かけるのをやめ、暑い午後を長い昼寝をして過ごし、目覚めると汗をびっしょりかいている。そうしてぼんやりしたままベッドの上に座り、うすのろが部屋から出てきて中庭で踊りだすのを待ちながら、窓から奥の建物のほうをながめる。奥の建物から満月形の門を通ってこちら側に来たことがあるのは、彼女だけだ。奥の五家族は、龐《パン》夫人と日常顔を合わせたくないために、道に出る戸口を別につくって、満月形の門は有刺鉄線でふさいでしまった。その鉄線の間をくぐり抜けて、一度うすのろが宋《ソン》兄弟と話しに来たのだ。そのとき丸出しにしたおっぱいがあまりに巨大だったので、わたしはぎょっとして口がきけなくなった。宋《ソン》兄弟がその胸をぱちんこの的にすると、彼女はへらへら笑っていた。

「何を見てるの」龐《パン》夫人が菊花茶を持ってくる。わたしが昼寝をしている間、彼女は茶の入った急須を盥の水につけていつも冷やしておく。

「うすのろはどこ。今週ずっと会ってないの」

「もうここには住んでないよ。言うの忘れてた。今年の春にお嫁に行ったんだよ」

「あの人をお嫁さんにする人がいるの？」

「あの子のおばさんの工作単位にいる人。年配の人だよ。三回結婚して三回奥さんに死なれたんだ。ダイアモンドの運命《さだめ》だって噂だよ」

「どういう意味」

「ダイアモンドよりかたいものはないでしょう？」

「うん」

「ね。だから、その人の命はダイアモンドみたいにかたくて、結婚相手をみんな傷つけるってこと」

「じゃあ、どうしてうすのろをお嫁にいかせたりしたの」

「うすのろだからだよ。うすのろは空気みたいにからっぽ。空気を傷つけるダイアモンドなんて見たことあるかい？」

わたしは龐《パン》夫人の言ったことを考えてみる。わかったような、わからないような。ふと龐《パン》氏のことを考える。「じゃあ、龐《パン》さんの運命は何。ダイアモンドじゃないよね」

「どう思う」龐《パン》夫人はほほえむ。

「もちろんちがうよ」と答えるわたしの声は尻つぼみになる。彼が龐《パン》夫人の命に傷をのこしたのを知っている。彼はわたしの命にもかすり傷を負わせた。

「最近、いろいろ考えすぎだよ」龐《パン》夫人はわたしのあごをつまむ。「やせちゃったしね。お母さんが迎えに来たら、何があったんだろうって思うよ。明日、鶏の煮こみをつくってあげる」

「明日、鶏がいるの」翌日にわたしの最後の夕食を控えた夜、龐《パン》夫人は龐《パン》氏にそう告げる。そのとき彼は、自分の夕食と雄鶏のための米少量をとりに、忍び足で台所に来ていた。体がひどくにおう。

龐《パン》氏が返事をしないので、龐《パン》夫人は声を張りあげる。「聞こえた？」「うん」台所の扉のほうへ引きさがりつつ、龐《パン》氏は小さな声で返事をする。「鶏を買いに行っていいかい？」

龐《パン》夫人は肉切り包丁をたたきつけるようにまな板の上に置く。「あなたの部屋の、あの雄鶏で鶏の煮こみをつくります。夕食がすんだら、どうぞあなたが殺してください」彼女は龐《パン》氏のほうを見ない。

龐《パン》氏はうなだれたまま、黙っている。わたしは彼の脇をすり抜け、汗ばんだ腕で背中から龐《パン》夫人に抱きつく。「ばあや、鶏の煮こみいらない」

龐《パン》夫人のこわばった背に、龐《パン》氏がつぶやく。「食べたくないと言ってる」

わたしを抱きかえさずに、龐《パン》夫人は妙にたんたんとした口調で答える。「煮こみにその鶏が欲しいのはわたしです」わたしは調理台と龐《パン》夫人の間にもぐりこんで、彼女の顔を見あげる。大粒の熱い涙が、わたしの頰に降りかかる。

龐《パン》氏は音をたてずに自室にもどり、雄鶏に秘密がばれはしないかと気づかうように、静かに扉を閉める。龐《パン》夫人は手拭いをとって、わたしの顔をぬぐう。「心配しないでね。あの人には必要なことなんだよ」

「ねえ、鶏の煮こみはよそうよ」

「鶏の煮こみ、食べるよ。いつまでもあの人を鶏といっしょにしとくわけにはいかないんだ」


ビールを買いに食料品店へ行く途中だった宋《ソン》家の末っ子が、西四十胡同《フートン》の少年グループの待ち伏せをくらう。病院からもどったときには頭を縫って、血の染みができた厚いガーゼをあてている。この夏、頭をつるぴかの電球みたいに剃っておいてよかったね。わたしはそう言いそうになったが、やめておく。彼に聞こえないように小声で「きれいに剃った頭は、お医者さんが縫いやすい」とひとりごとを言う。「おれの頭は鉄の頭だな」末っ子は葡萄棚の下に腰かけて、ジャスミンの茂みに血のまじった痰を飛ばす。「嘘じゃない――こんなに分厚い煉瓦が」と、指を二本立てる。「この頭でまっぷたつだったんだから」

杜《ドゥ》氏が、彼らしいさびしげな笑みを浮かべながらうなずく。末っ子の相手をしているのは杜《ドゥ》氏だけだ。のこりの三人は忙しい。長男は砥石で刃渡りの長いナイフを研いでいる。キーッという耳ざわりな音でわたしの体にびっしり鳥肌が立つ。次男は金属製の長い鎖をふりまわし、敵が壁の向こうにいるかのようにどなる。「クソ野郎ども、生きてんのもそろそろ飽きたようだな。待ってろよ。その頭めんどうみてやるぜ」

「やめなさい！」宋《ソン》夫人が部屋から出てきて、末っ子の腫れた目のまわりに張り手をくらわすように濡れ布巾をかぶせる。「今夜は誰も外へ行くんじゃないよ。いいね」

　そこへ三男が、肉切り包丁を二本持って台所からあらわれる。「何言ってんだい、母ちゃん。宋《ソン》家の息子は誰かにつぶされるようなふぬけ柿（「軟柿子」。いくじなしのこと）じゃねえ」

「死にに行くようなもんだ」宋《ソン》夫人はそうさけんで四合院の門をバンと閉め、その前に座りこむ。「今夜は誰もこの門から出るんじゃないよ！」

　すると長男。「母ちゃん、何がこわいのさ。『皮なくして樹は生きられず、面子《メンツ》なくして人は生きられない』っていうだろ。あいつら、おれたちの顔に泥を塗ったんだぞ。見逃したらどうなる？　なあ、聞いてくれよ。誰だって死ぬんだ。死なんてさ、うまく話せばそうまずいジョークでもないぜ」

　地を踏みならし、四兄弟が吠える。そこに宋《ソン》夫人がやじを飛ばし、加勢をもとめて夫にどなる。でも宋《ソン》氏は何も言わずに兄弟をながめながら、敷居のところに突っ立っている。今回は電気のスイッチがきかない――電球みたいに素直に点灯しようとしない。

「あんた、生きてんの？　自分の息子を止めてよ」

「行かせなさい。やらなきゃいけないことをやるんだ」そう言うと、宋《ソン》氏はぶらぶらと中庭を横切り、「蘭はどうです」と杜《ドゥ》氏にたずねる。

「まああですよ」蘭に小鋏を入れながら、杜《ドゥ》氏はそうつぶやいてほほえみかえす。龐《パン》夫人が部屋から出てきてわたしを引っこめる。「よそのことにかまわないの」そう言うと、彼女は龐《パン》氏の扉をたたく。「そろそろ鶏をくださいな」

こんろの鍋に湯が沸いたままずいぶんたって、やっと雄鶏を持った龐《パン》氏が部屋からあらわれる。彼は大きな手で両の翼をしっかりつかみ、騒々しい宋《ソン》家の兄弟には目もくれずに歩いてくる。雄鶏がコッコと喉を鳴らしながら、もの珍しそうにあたりを見まわす。

龐《パン》夫人は、黙って調理台の上の肉切り包丁を指さす。それからわたしを台所から出そうとするけれど、わたしは扉の取っ手をはなさず、龐《パン》氏を見あげる。彼は包丁を一瞬見やると、椅子を引いてきて腰をおろし、腕に雄鶏を抱く。

「買う人間がいるから売る人間がいる。食べる人間がいるから殺す人間がいる。鶏よ。わたしは殺したいわけじゃない。しかしおまえは人間の腹を満たすために生まれたのだ」彼はそうつぶやきながら、雄鶏の頭にはえている深緑色の羽毛をなでる。それから龐《パン》夫人に向かって穏やかな声をかける。「その子をおどかさないように」

龐《パン》夫人がわたしを台所から引きずり出し、扉を閉める。すると雄鶏の悲鳴が一瞬聞こえ、そして、やむ。しばらく扉のこちら側で待っていると、血で汚れた緑や茶の羽毛を入れたビニール袋を手に、龐《パン》氏が出てくる。「もういいよ」龐《パン》夫人の顔を見あげずに、うなずきながら低い声で言う。顔が汗だくになっている。

「それ、どこへ持っていくの」龐《パン》夫人が、彼の持っている袋を指さす。

「ゴミ箱行きにはしない」そうつぶやいて、彼はジャスミンの茂みのほうへ歩いていく。

鶏の煮こみは、その夏ここでわたしがとる最後の夕食だ。でも食事のとき口をつけたのは、迎えに来たわたしの母だけ。龐《パン》家から研究所までバスに乗っている間、わたしは黙って母に叱られる。声が大きくなってくると、乗客がみんなじろじろ見る。彼らの非難がましい目の中に、自分の姿が見える。昔子守をしてくれた人がつくったいちばんのごちそうに、手もつけなかった気がきかない礼儀知らずの子供。特に鶏の煮こみは、その人もふだんは食べられない料理なのに。

わたしは自分のおかしたあやまちを二回認めなくてはならない。まず母に、それから乗客みんなにわたしの声が届くよう大声で。すると母はその話題をやめ、乗客はわたしのほてった顔から目をそらす。わたしは一人で好きな歌を口ずさみながら、サンダルを見つめる。「共産党にうたいます。党は母より大切なもの。母がくれるのは体だけ。魂くれるのは党なのです」（『唱支山歌給党听』）

翌年の夏に龎《パン》家を訪れたときには、たくさんのことが変化していた。まずお気に入り女優の陳冲《チエンチヨン》が、海の向こうに行ってしまった。壁のカレンダーと同じ笑みをうかべて、カリフォルニアのレストランでウェイトレスをするのだ。すると新聞の夕刊に、彼女をばかにした記事が載る。アメリカの資本主義者にチップをもらいながら二級市民として暮らすとは、と感情的にくどくど述べてあり、まるで食べていくために働くことは恥ずべきことで、そう書くことさえ筆者にとっては耐えがたい苦痛だと言わんばかりだ。母がその記事を読んで「負け惜しみね《サワー・グレープス》」と鼻先で笑う。

それから君子蘭が流行遅れになっていた。価格が一気に下がって、いまじゃ雑草以下だ、と宋《ソン》夫人。多くの栽培業者が財産をうしなった。そのニュースを歓迎したのは杜《ドウ》氏だけかもしれない。彼はもう勤務時間中、蘭の心配をしなくていい。蘭はこれまでになくよく育ち、まるで彼といっしょに心配するのをやめたかのように、大きな黄金の花を咲かせている。

宋《ソン》夫妻はどちらも早期退職して長男と次男に職をゆずった。そして長男の洞房《ドンフアン》（新婚夫婦の部屋）を建てるため、龐《パン》氏のジャスミンの茂みを切ってしまった。あと二、三年もすると嫁と赤ん坊が新たに四合院に加わって、長男とともにその部屋に住む。おかげで四合院はたてこんで、夏の晩に中庭でそよ吹いていた風は消え、シベリアからの強風も二度と中まで入らなくなる。

その夏のはじめに龐《パン》氏は、わたしの父の紹介で小さな科学教育出版社の非常勤の仕事を見つけていた。購読広告の印刷物を封筒に入れて糊で貼る作業も彼の職務の一つだ。過去に雄鶏を部屋で飼ったり、ずるをして大学の修了証をとったりしたことを父が伏せておき、さらに昼食券なしで残業代もなしという条件つきにして、やっと出版社は彼をやとうことにしたのである。仕事の初日、龐《パン》氏は白髪を黒くつややかに染めて、おろしたての毛織の人民服を着たそうだ。これで六十三歳という実際の年齢より若く見える。そうしてはじめて月給をもらった日曜日、彼は二時間バスにゆられて研究所に向かい、昼近くに着く。そして中に入れてくれるよう衛兵に三十分たのみこむ。自分は正直に働いて生計をたてているよい人民であり、身分証明書を持っていないのはただ、出版社が非常勤には証明書を出さないからにすぎないのだということを、わかってもらおうとする。

それから何年もわたしは、厖《パン》氏の姿をつい目に浮かべてしまうようになる。立ちのかなければ逮捕すると衛兵におどされ、頭を下げる厖《パン》氏。その両手には二羽の雄鶏がいて、彼と一緒になって鳴く。厖《パン》氏と雄鶏が高い塀のまわりを一時間うろつく光景は、哀しいくらい滑稽だ。でもその姿を見たのはわたしではなく、長引いた計算の職務から帰る途中の父である。「お父さんにまた助けられたよ」厖《パン》氏は部屋に入ってくるなり、わたしに向かってそう言った。二羽の雄鶏を人生最大のトロフィーのように掲げて。

この光景は十六年後にまたよみがえってくることになるのだが、当時のわたしは、ただ笑っている。雄鶏がついに彼の手から逃げて、部屋じゅうで翼をばたつかせたから。でも鶏は数分のうちに父につかまえられ、数時間のうちにわたしたちの胃におさまって忘れられた。人が幼いとき、人生はよちよちとゆるやかに進む。でもやがて速度を増し、飛ぶように過ぎ去っていく。四年後、お気に入り女優の陳冲《チエンチヨン》はウェイトレスの仕事をやめて、ハリウッドでジョアン・チェンという女優かつ監督になる。彼女の笑顔は昔どおりきれいだけれど、もう壁にかかった十六歳の少女にはもどらない。その七年後、厖《パン》夫人が永遠にわたしをのこして逝ってしまう。死の前年、彼女は盲目になる。最後にわたしがたずねたとき、彼女はわたしの顔に触れて指先で涙に気づくのだが、二人とも涙などないようなふりをし、彼女に教わったとおりわたしがつくった鶏の煮こみを食べる。さらに五年たつとわたしはアメリカにいて、中西部の町のじめじめした狭いアパートメントで厖《パン》氏の死を知らせる父からの手紙を読み、晩年の十六年間、厖《パン》氏が一日も仕事を休まず辛抱づよく封筒を貼っていたことを知らされる。

厖《パン》氏が死んだことも、宋《ソン》兄弟が話せばつらいことではなくなるかのように、わたしは彼らが退屈だから、ジョークを言う必要があるから、厖《パン》氏の死について話しているところを思い描く。胡同《フートン》がとりこわされて、住民が街から郊外の団地に引っ越して以来、四兄弟には会っていない。鳩のケージのように小さくてつまらない部屋にいる、いまの彼らとその家族の暮らしなど、わたしには想像できない。見えるのはただ、まだ二十代だった四兄弟の、くるりと剃りあげた頭だ。話し、笑い、つばを吐き、ぶつけあうために未熟な葡萄を摘んでいる。

兄弟の一人が言いそうだ。「厖《パン》さんてボケ老人だったんじゃねえか？　三十三元なんてビール一パックぶんだろ。泥棒の少年もそんなことで果物ナイフ使ってさ。

そんな金じゃ一日だっていい思いできないぜ」

するともう一人。「じいさんとしては、自分で稼いだ金だからって思ったんだろうな。泥棒も働いて金を稼がなきゃいけないんだってことを忘れてた。きっと泥棒は財布に三十三元しかないんで腹を立てたろうな。ただそいつに金をわたして怒らせときゃよかったのに」

するとまた一人。「龐《パン》夫人がいつも言ってたみたいだ。鳥は一口の餌のために死に、人は一銭の富のために死ぬ。龐《パン》さんの霊が来ましたって言いに墓場の法廷に行ったらさ、裁判官が言うんだ。何だと？　三十三元のために刺されたのか。生きてた頃のわしよりアホだのう」

「何だそれ」

「それで裁判官が言うにはさ。おぼえとらんのか。前世で東十四胡同《フートン》に住んでたあの年寄りだよ。ほれ、君子蘭の泥棒に刺された！」

この世の人をかたっぱしから笑い飛ばしていた昔のように、宋《ソン》兄弟がそろって笑うところが目に浮かぶ。うまく話せば死はまずいジョークにならない。でもどう話せばいいか、わたしは知らない。昔、死について龐《パン》夫人が言っていたことがわかってきた。愛する人が苦しむのを見るくらいなら、死んでくれたほうがまし。龐《パン》夫人が厖《パン》氏の死を見ずにすみ、宋《ソン》兄弟のジョークを聞かずにすんだことが救いだ。彼女の命に、また一つ傷をつけずにすんだことが救いだ。そしてわたしだけが、厖《パン》氏の死が生んだ苦しいジョークとともに生きていく。

でも思えばやはり、厖《パン》夫人には生きていてほしかった。いっしょに座って、厖《パン》氏の最後の服をたたむことができたら。その服をしまうとき、彼女がほほえんでくれたら。そうすれば、彼女が厖《パン》氏を誇りに思っていたのがわかったろう。彼は封筒の山に埋もれながら七十九歳で自立していたし、役立つ人間だったたし、自らの身をもって気高く死んだのだから。

柿たち

四月が来て、四月が行って、それから五月、それから六月、雨がひと粒も落ちてこないまま過ぎていく。春からずっと青い砂漠のような空。そこへ太陽が毎朝のぼり、その白く輝く円盤が日ごとに大きく熱くなる。木ではやる気がなさそうに、蟬がだらだら鳴いている。村むこうにある貯水池は子供の湯船ほどに減り、腰までしかない水のなか、少年たちがたがいに向けて小便を飛ばしあっている。四つか五つの少女が二人で表通りの脇に立ち、必死にはばたく雛鳥のように羽なき腕をふりまわし、動かぬ大気に向かってうたう。「東風よ来い。西風よ来い。東西南北から風よ来て、腋《わき》を涼しくしておくれ」

七月はあと数日の後ろ足をのこすのみ。こうなってみるとわたしらも雨が降るより降らぬまま、収穫期が終わるまで干ばつが続けばいいと思うようになってきた。

このわたしらは農民なのに、秋の不作が心配なのに、思いもよらず干ばつは日々の暮らしにけだるい喜びをもたらした。来る日も来る日もわたしらは、日がな一日槐《えんじゅ》の老木の下に座って煙管《きせる》をふかし、木陰がのいて直射日光にさらされそうになるまで動かない。女たちはまともな食事をどうひねり出せばいいのかと、家で頭をかきむしる。去年の米はじき底をつく。でもその前に、かきむしった女の髪が抜けおちて、しまいに禿げてしまうだろう。でもこの世に数あるささいな悲劇の常として、わたしらはもう何も感じなくなっている。煙草を吸いながら座っていると、一日ぶんずつ詰めた煙草の葉の袋がからになる。それでかわりに草の根っこやもう枯れそうな葉っぱを詰めて、それもなくなると埃を吸う。

「天罰だな。この干ばつは」わたしらはずっと黙って煙管をふかしていたのだが、ようやく誰かが口をきく。

「ああ。ずいぶん人が死んだからな」

「そう言うなら天が喜ぶことはありえんぞ。人はいつだって死ぬんだから」

「だから雨は二度と降らんよ」

「そりゃけっこうだ。どっちみち野良仕事には飽きたね」

「よし。それで天がおしおきにおまえの尻をたたきに来たら、もたもたしないでケツ出せよ。ここかゆいんで、かいてくださいってな」

「そういうのを楽天主義って言うんだ。泣いて許しを乞うよりいい」

「そんなのふぬけ柿だ。おれなら天のケツをまくってたたきかえしてやる」

「おっと。ここに英雄がいるぞ」

「いちゃいけないか」

「おれたちはふぬけ柿に生まれついたからな。柿から英雄なんて出るか」

「老大《ラオダー》がいる」

「老大《ラオダー》？　頭をふっとばされたじゃないか。西瓜《すいか》みたいによ」

老大《ラオダー》はわたしらの仲間だった。本当ならここでいっしょに座って煙草を吸って、賛成なのか反対なのか、ひと言ふた言何か言う番がまわってくるのを待ってたはずだ。そしてわたしらみたいに夜になると歩いて帰り、帰ると息子を甘やかし、箸の先からその口に米酒《ミージウ》をたらしてやったりしていただろう。老大《ラオダー》は英雄だからといって得意がったりしなかった。彼のような男なら、天と地にはさまれた自分の身の丈を知っている。ところがじっさいこの干ばつが来る前に、老大《ラオダー》は処刑されていた。彼は春節の前日に県城（県庁所在地）へ行き、男十四人と女三人、計十七人の人間を十七軒の家で射殺した。十六人は即死して、最後の一人も春節の日をなかばまでしか見なかった。

「もしふぬけ柿に生まれついたら、そのままでいたほうがいいってな」——なぐさめのような昔の知恵を言う者がいる。

「柿はふぬけに生まれるんじゃない」

「でも柿はやわらかいほうが価値が高いぞ」

「熟しているほうが、だろ」

「で、やわらかくて熟した柿のままでいると、どうだってんだ」

「天が飽きるまでしぼりあげてくれるのさ」

「おもしろいもんだから、天もおれたちのこと気に入るかもな」

「そのころには皮だけになってるよ」

「皮がないよりはましだ」

「頭を撃たれるよりはましだ」

「後継ぎがいないよりはましだ」

みんな自分は生きていて、家名を伝える息子がいるということに、しばし黙してしみじみ浸る。一年前のいまごろは、五歳だった老大《ラオダー》の息子もほかの小さな子らにまじって、年かさの少年たちにくっついていた。少年たちがぱちんこで落とした蟬をひろったり、蟬を焼くたき火に枝や枯葉を加えたり、焼けた蟬のおこぼれを一つか二つもらえるのを待っていた。

「老大《ラオダー》の息子はひどい死に方をした」

「いい死に方でもあるみたいに言うなよ！」

「あの十七人はよかったんじゃないか。苦しまずにあっというまに死んで」

「でも全員ひどい死に方だったと街では言われてる」

「残忍に殺された——新聞にそう書いてなかったか」

「それは事実だろ。殺人なんだから」

「たしかにな。でも街じゃ、あの子がひどい死に方をした話は出ないだろうな。老《ラオ》大《ダー》の息子のことなんか誰も口にしやしない」

「あたりまえだろ。殺人犯の息子のことなんぞ誰も聞きたくないさ。しかも死んでるのに」

「たとえ書いたとしても、なんて書く」

「水泳中の事故で溺死。死亡証明書にはそう書かれてたぞ」

「事故は日常茶飯事だ、とか言われてそうだな」

「あの子の死は話のネタにもされなかったよ」

　しかし十七人の男女の身上は、老大《ラオダー》の裁判で読みあげられた。傍聴人を収容するため、劇場がまにあわせの裁判所としてつかわれて、その舞台の上から十七人の拡大写真がわたしらのことを見おろした。もう名前はおぼえていない。でも若い頃みんながあこがれていた娘によく似た厚化粧の女、左目のすぐ下に不吉なほくろがある男、毛虫の眉をした男。彼らの顔が以来、頭にこびりつく。いくつかの身上説明も。ある男は寒中水泳を二十年やり、成人してから一度も病気しなかった。ある母親はその年に十代の娘を白血病でうしなっていた。ある役人と若い秘書は不倫の噂があったのに、配偶者にとって愛情ある夫または妻だったという話になっていた。そんな説明が続くので、しばらく聞いているうち、居眠りをした。死んだ者の話を聞かせて何になるというのだろう。どうせ老大《ラオダー》に逃げ道はない。死刑だとわかっていながら彼は警察に自首をした。それなのに、なぜ法廷で泣きさけぶような思いを遺族たちにさせるのか。そのくせ、老大《ラオダー》にまつわる事情は読まれない。凶悪犯としか言われない。

「考えてもみろ。老大《ラオダー》だけがいい死に方をしたんだ」

「価値ある死だな」

「あの世への道づれはじゅうぶんだしな」

「おれたちも巻きぞえになったぞ」

「それはあいつが悪いんじゃない。どっちみち理由をつけて天はおれたちをしぼりあげるんだ」

「そうだ。老大《ラオダー》はただの口実さ」

「たぶん――おれはずっと考えてたんだが――たぶん天は老大《ラオダー》のせいで怒ってるんじゃなくて、老大《ラオダー》のために怒ってるんじゃないか」

「なんだって」

「うちのじいさんから聞いたんだ。じいさんもじいさんから聞いたんだけどな。ある女が殺人犯として打ち首になって、それから三年間、その土地には雨が一滴も降らなかったんだそうだ」

「おれもそれ、じいさんから聞いたぞ。天は女のかたきを討ったんだ」

「女は濡れ衣を着せられたんだ。夫を殺してなかったのに」

「そうだ」

でも老大《ラオダー》は濡れ衣じゃない。十七人殺せば、命でつぐなわなければならない。裁判官に刑を宣告されたとき、老大《ラオダー》ですらうなずいていた。彼はまず裁判官におじぎして、舞台からつれていかれるときは警備兵におじぎした。それから「一足先に行く。向こうで待ってるぞ」と言った。舞台の上や下にいる警備兵と裁判官と役人はみな目をそらしたが、別れの言葉は止まらない。「すぐ来てくれよ。あんまり待たせるな」わたしらは老大《ラオダー》にこんなユーモアがあるとは思わなかった。それで笑いかけると彼も笑顔を見せたが、それもつかのま、裁判官が警備兵をあと二名手まねきし、あの世への招待を老大《ラオダー》があまり述べないうちに舞台裏へ引っこませたのだった。

「老大《ラオダー》はたいした奴だった」

「天をたたきかえしたよな」

「でも、勝ったのは誰だよ」

「老大《ラオダー》にとっちゃそんなこと、もう問題じゃない。やることはやったんだから」

「おれたちにとっては問題だよな。殺された者のために罰を受けてる」

「殺された者ってどいつだ」

「十七人さ」

「不倫してた女は入ってないことを祈るよ」

「それだけはない。とうぜんのむくいだからな」

「そんな女は老大《ラオダー》の女房にくらべたら足の爪以下だ」

「老大《ラオダー》の女房の屁以下だ」

「そうだ」

「老大《ラオダー》はいい女房を持ってた」

「命をかけるだけのことはある」

わたしらはうなずく。みんな老大《ラオダー》の妻を思い浮かべて、ひそかに自分の妻と比較する。老大《ラオダー》の妻は畑に出ると男のように働くが、家では女らしかった。ぽっちゃりしていて健康で、老大《ラオダー》がぶっても声一つあげはしなかった。まともな理由でぶっても、めちゃくちゃな理由でぶっても、理由なくぶったとしても。わたしらの妻は、あそこまでできた女じゃない。やせすぎでなければ太りすぎ。働き者なら、こっちをぐうたらだとやかましく言い、ほうっておいてくれない。たたけばわめくし、ひどいときにはやりかえしてくることもある。

「ああいう好女人《ハオニューレン》は、もっといい思いをしてもよかった」

「もう一人、息子がいてもよかった」

「でも卵管をしばられちまって」

「計画生育弁公室がなかったら、死んだ女も生きてたろうよ」

「迷惑集団だぜ。あいつらは」

最初の子が生まれたとき報告しなかったので、老大《ラオダー》と妻は計画生育弁公室に追いかけまわされた。〝子供は一家に一人〟〝一人よりたくさん子を生むのは豚と犬だけ〟そんな赤い文字が老大《ラオダー》の家にでかでかと書かれた。しかし二人はあきらめない。妻の腹がふくらむと親戚の家を転々として身をひそめ、弁公室と追いかけっこをした。そうして娘が三人生まれ、罰金をはらうため大きな借金を背負ったのちに、やっとのことで息子が生まれた。その誕生から百日目、老大《ラオダー》は山羊と二匹の子豚をつぶして宴会をひらいた。あとで妻は診療所に行かされ、勝ちほこったように不妊手術を施された。

「老大《ラオダー》の息子をもう生めないんだったら、生きていたって何になる。卵を生まない牝鶏《めんどり》なんて何の足しにもならん」

「そうだ」

「それにしても、あの女は見あげた女だった」

「だよな」

おそれいったというように、わたしらは目を見あわせる。老大《ラオダー》の妻みたいな気丈なまねは、ほかの妻には誰にもできまい。子供を生める女をもらうため、いよいよ離縁に追いこまれたら、わたしらの妻はとりすがってわめくだろう。ところがあの老大《ラオダー》の妻は、そこらの女とやることがちがう。わたしらが老大《ラオダー》といっしょに貯水池にもぐって息子をさがしているときに、あの妻は農薬の瓶を手あたりしだいに飲んでいた。たてつづけに六本飲んで、それから寝床に横たわった。あれだけ強い農薬を六本飲めば、体中を切りきざまれるようであったろう。それでも妻はうめき声一つもらさずに、歯を食いしばって死を待った。

「まったくたまげた女だよ」

「たぶん天はあの女のために怒ってるんだな」

「濡れ衣は着せられてないぞ」

「だけど霊魂は裏切られただろ」

「誰に」

「老大《ラオダー》にだ」

「老大《ラオダー》は妻子のかたきを討ったじゃないか」

「あの女がそれを望んでいたと思うか」

「じゃ何を望んでたんだ」

「いいか。女はな、老大《ラオダー》がまた息子をつくれるように、後妻に席をゆずったんだぞ。毒を飲んだのは、老大《ラオダー》の頭を狂わせて、十七人射殺なんてばかなまねをやらせるためじゃない。考えてもみろよ。老大《ラオダー》は何もかもだいなしにしちまったんだ」

「あの女房の死はもっといい結果を生んでたかもしれないな」

「そうとも。それなのに結局は無駄死にになった」

「老大《ラオダー》もな」

「あの十七人もな」

「三人娘もだよな。なんで孤児《みなしご》にならなきゃいかんのだ」

わたしらは頭《かしら》を左右にふって、三人娘のことを思った。県の役人に腕をつかまれジープに押しこまれる娘たち。その泣きさけぶ声はこの耳に突き刺さるかのようだった。三人娘は三つの県の孤児院に、血も涙もない殺人者の血を引く者として、はなればなれに送られた。老大《ラオダー》はわたしらの言うとおり、生まれてすぐにあの子たちを水に沈めるべきだった。苦しみながら生きていかずにすむように。

「もう少しましなやり方があったはずだがな」

「向こうみずな奴だ」

わたしらなら老大《ラオダー》より利口な道を選んだかもしれない。死んだ者のことは葬り去って、日々の暮らしを続けるのだ。また妻を見つけて息子をもうけ、腰を曲げて働いて妻と子供らを食べさせる。むろん、ふぬけ柿としての屈辱にさいなまれ、つらいときもあるだろう。でも屈辱で人は死んだりしない。この世にしがみついているのがいちばんだ。死んだらどうしようもない。

「一人のあやまちで舟の全員がひっくりかえされることもある」

「そうだな」

「息子が死んだなんて、最悪の悲劇のうちには入らん」

「誰が死んだって正気をうしなう言い訳にはならん」

「だけど老大《ラオダー》には、息子のために正義をもとめる権利があった」

「正義？　どんな正義にあずかれるってんだ。このおれたちがよ」

「人を殺せば命でつぐなわなきゃならんさ。昔からの決まりにまちがいはない。老《ラオ》大《ダー》の息子を殺した男は罰せられるべきだった」

「ちゃんと罰せられたじゃないか。あの晩、老大《ラオダー》がまっさきに殺した奴だよな」

「頭に二発、心臓に二発だ」

「奴の女房の目の前で」

「よくやったぜ」

「最高の出来だ」

「知らせを聞いたときは、高粱酒《ガオリアンジウ》の壺を一気に飲みほしたような気分だったよ」

「世の中のどんな酒よりうまいよな」

「ほらみろ。正義ってのはこういうことだ」

「そうだ。正義の手から逃れることはできないんだ」

「その時が来るのを待つしかない」

「天はお見通しだな」

「でもお見通しなら、なんでおれたちが罰を受けるんだ。これは何の正義なんだ」

「だから言ったろ。おれたちみたいなふぬけ柿のために正義なんてもんはないんだ」

「一人殺せば殺人犯で、たくさん殺せば英雄だしな」

「老大《ラオダー》は十七人殺したぞ」

「それじゃ足りん」

「筋を通せれば英雄だろうが、通せなければだめなんだ」

「筋ってどんな?」

「みんなが従うような道理ってものがなきゃいかん」

「そういうのを夢想家っていうんだ。できもしないことをしようとしてさ」

「みんなであの騒動のときにそうしようとして、どうにもならなかった」

「そいつはおれたちがあきらめたからだ」

「ばか言うな。死んだ子のためにたたかって何になる」

「そうだ」

「ありもしない道理のために命をかけたってしようがない」

「そうだ」

わたしらはみんなでうなずきあう。しつこい蠅のようにぐるぐるめぐる小さな疑問を、はらいのけたくてしかたない。もちろん、できるだけのことはした——貯水池で男の子が見つかったあと、その小さな亡きがらとともにみんなで県城へ向かい、正義をもとめた。鍬《くわ》、鋤《すき》、斧、そしてこぶしと声を持っていった。でも政府が武装した警官隊をこちらに差しむけたとき、家に帰ることにした。暴力では問題は解決しない。裁判所に行ってその男を訴えろ。法律に従うんだ。わたしらは老大《ラオダー》にそう言った。

「たぶん、そんな考えを老大《ラオダー》の頭に植えつけなきゃよかったんだ。男を訴えるなんて」

「おれだったらやっぱり訴えたよ」

「訴えるってどうするんだい。街を走りまわって息子の死のために正義をもとめるのか。あいつの息子は水泳中の事故で溺れた——死亡証明書に事実としてはっきりそう書いてあるんだぞ」

「でも、ほかの子供たちの話だと、そうじゃなかった」

「裁判所がそんな話を聞くわけないだろ」

わたしらは座って煙管を吸いながら、誰かが答えを出すのを待つ。そこへ少年たちがみんなして、貯水池からびしょぬれで村にもどってきた。もし去年が干ばつだったら、老大《ラオダー》の息子は溺れずにすんだことだろう。今年はいちばん小さな泳げない息子でも心配ない。でも去年はそうじゃなかった。去年の貯水池は深かった。老大《ラオダー》の息子を殺せるぐらい。

「ところで役人たちもへまをやったと思わないか。もし老大《ラオダー》に口止め料をわたしていたらどうなってただろう」

「例の男を牢屋に入れといたらどうなってただろう。せめてひと月かふた月」

「そりゃいい考えじゃないか。それか、牢屋に入れるふりをするか」

「うん。それで老大《ラオダー》には、男は罰を受けたって言っとけばよ」

「少なくとも、もうちょっと老大《ラオダー》によくしてやってればな」

「自分たちを救うことになっただろうによ」

「でもあいつらにどうしてわかる。老大《ラオダー》のことをふぬけ柿だと思ってたんだ」

「それでしぼりあげて楽しんでたんだ」

「それでもって殺人者をしぼり出しちまって」

「あんなふうにキレるとは、とても思えない奴だったよな」

「人はどれだけのことに耐えられるんだっておどろいてたら、突然こわれちまった」

「ほんとにな」

「でもよ、さっきの話だけど、死んだ妻子のことで狂って何になるんだよ」

「そんなふうに言うだけならやさしいさ」

「そうとも。老大《ラオダー》に何度言ったか。あの事件にいつまでもこだわるなって」

「男は一つの考えにとりつかれると、猟犬みたいにそれしか見えなくなることがある」

「てなわけでばかなことやって、おれたちがいましっぺがえしをくらってんだ」

わたしらは頭を横にふる。老大《ラオダー》のことが気の毒で、それ以上に自分のことが気の毒で。老大《ラオダー》はわたしらの言うことに耳を傾けるべきだった。でも彼は、自分を犬あつかいした役人たちの名前と住所を書きとめていた。殺戮の準備をどのくらいしていたのかはわからない。でも彼は半年の間ぐっとこらえて春節の前日を待ったのだった。というのもその日はみんな、年忘れの宴のために家にいて、大量殺人をおこなうには絶好の機会なのだ。

「でも老大《ラオダー》は計画を最後までやりとげたんだ。せめてその功績はたたえるべきだ」

「復讐となると、あいつは頭が切れたな」

「ところで死んだ十七人は、その夜老大《ラオダー》を見てどんなに肝を冷やしただろう」

「老大《ラオダー》への行ないを反省してから死んだことを祈るよ」

「老大《ラオダー》が息子のことで泣きついたときみたいに、そいつらの家族が老大《ラオダー》に命乞いしたことを祈るよ」

「ふぬけ柿から何が出てくるかわからないってな」

「これを教訓にしてほしいもんだ」

「もう死んでるよ」

「じゃあ、ほかの誰かさんの教訓に」

「声を落とせ！　県の人間に聞かれないように気をつけろ」

「暑いからここには来ないさ」

「いま貯水池は水が足りないからな」

「実はこれまでの災難は何もかも貯水池からはじまったんだ。思えばおれたち、貯水池のためにどれだけ働いたか」

わたしらはうなずいて、ため息をつく。数年前わたしらは、雨を天のごきげんまかせにするのはやめようと、暇な時間のすべてを貯水池づくりにつぎこんだ。するとほどなく貯水池は、県の役人の遊び場になった。夏の午後ジープでやってきて、わたしらの水で泳ぎ、わたしらの魚を釣った。その男は裁判官の一人だった――でも本当はどういう仕事をしていたのかわからない。わたしらは県の裁判所で働いている人間を全員「裁判官」と呼ぶのだ。その裁判官と仲間たちがやってきて、酒に酔って水に入った。そのとき老大《ラオダー》の息子が何か言った。たぶん冗談か、裁判官につけたあだ名にすぎなかったのに、それが裁判官を怒らせた。彼は老大《ラオダー》の息子を持ちあげて、貯水池の深いほうに投げこんだ。大きなしぶきがあがったのを、少年たちがおぼえている。彼らは泣いて助けてくれとたのんだが、裁判官たちは口をそろえてクソガキにはいい教訓だと言っただけだった。少年たちはいちばん足の速い子を走らせて助けを呼んだ。でも老大《ラオダー》の息子が見つかったのは、夜になってからだった。まぶた、唇、手足の指、性器、どこもかしこも魚に食われてひどいありさまになっていた。

「ほらそういえば、老大《ラオダー》は特に貯水池づくりに熱心だったよな」

「腰が曲がるほどがんばってたな」

「気の毒に、汗水たらして何をつくってるかも知らんで」

「誰も知らなかったさ」

「この夏は少なくとも汗だけはかかなくてすむな」

「もちろん、死を待つのに汗はいらん」

「死ぬ？　いや、そこまでひどくないだろう」

「ひどくないだと？　じゃあ訊くが——冬になったら、女房や子供に何を食わせる気だ」

「秋ののこりを何だって食うさ」

「何ものこっちゃいまいよ」

「じゃ、牛と馬を食わせる」

「そのあとは？」

「そのあとは、みんなで県城に行って物乞いやるんだ」

「物乞いは法律違反だぞ」

「かまわんさ」

「どうせ不法なことをやるなら、なにも物乞いになって唾吐かれることないだろ。

おれだったら県城に行って食い物を要求する」

「どうやって」

「こぶしと斧をふりあげてさ」

「大風呂敷ひろげるなよ。こぶしと斧なら一度やったじゃないか」

「でも、あれは死んだ子のためだったろ。今度は自分らの息子のためだ」

「うまくいくと思うか」

「やってみなきゃ」

「無駄さ。それでうまくいくんなら、この前もうまくいってた。老大《ラオダー》は殺人をおかさなくてもすんだし、そうすりゃおれたちも罰を受けずにすんだんだ」

誰も口をきかなくなった。太陽はのろのろと南西の空へたどり着いた。蟬が鳴きやんだが、静けさに浸るいとまもなく、ふたたび鳴きだす。わたしらは煙があるつもりになって、火の消えた煙管をぷかぷかとやる。さもなければ枯れ枝をひろい、土の上にもくもくとした雲を描く。ぼってりと雨をふくんだ雲である。

千年の祈り

ロケットこうがくしゃ。中国で何をしていたか訊かれると、石氏《シー》はそう答える。それで相手がびっくりすると、たいしょくしました、と謙虚につけ加える。ロケット工学者という言葉は、デトロイトで飛行機を乗り継ぐとき、ある女性に教わった。自分の仕事を英語でうまく説明できなかったので、絵を描いて見せた。すると「ロケット工学者ね！」とさけんで彼女は笑いだした。

アメリカの人たちはもともと人なつこいが、この職業を知るとますますそうなるようなので、機会があるたびに教えたくなる。この中西部の町にある娘の家に来て五日たち、それで石氏《シー》にもずいぶん知りあいができた。ベビーカーに赤ん坊を乗せた母親たちが、彼に手をふる。年配の夫婦が毎朝九時に公園にあらわれ、石氏《シー》がいると立ち止まってあいさつをする。いつも声をかけるのはスーツ姿の夫のほうで、スカートをはいた妻は、手を夫の腕に添えてほほえんでいる。ほかに一ブロック先の老人ホームに入居している女性が、石氏《シー》と話しにやってくる。彼より二つ上の七十七歳で、イラン出身だ。二人とも英語がほとんど話せないのに、おたがいの言いたいことが容易にわかる。それでたちまち友達になった。

「アメリカ、よい国」彼女はよく言う。「むすこたち、たくさん金つくる」

たしかにアメリカはいい国だ。石氏《シー》の娘は大学図書館の東アジア部で司書をしているが、年俸は彼の二十年分の給料より高い。

「わたし、むすめいる。むすめも、たくさん金つくります」

「アメリカ、すき。みんなに、よい国」

「はいはい。わたし、ちゅうごくで、ロケットこうがくしゃ。でも、とてもびんぼう。ロケットこうがくしゃ。わかる？」石氏《シー》は手で山の頂をつくる。

「ちゅうごく、すき。ちゅうごく、よい国。とてもふるい」

「アメリカ、わかい国です。わかい人たちのように」

「アメリカ、しあわせな国」

「わかい人たち、老人より、しあわせです」と言ってから石氏《シー》は、結論を急ぎすぎたな、と思う。彼としては、ものごころついてからこれまでの人生で、いまこの瞬間がいちばん幸せである。そして目の前にいる女性も幸せそうだ。理由があろうとなかろうと、彼女はすべてを愛する。

英語で会話が進まないときがある。そういうとき彼女はペルシャ語にきりかえ、そこに少し英語をまぜて話す。石氏《シー》のほうは、彼女に向かって中国語では話しにくい。だから十分でも二十分でも彼女が一人で話を続け、彼はおおいにうなずいたりほほえんだりする。何を言っているのかほとんどわからないが、彼女は自分と話すのがうれしいのだということは感じるし、彼のほうも彼女の話を聞くのが、うれしい。

朝が待ち遠しくなってくる。公園に座り、彼女を待つ。名前を訊いたことはないので「マダム」と呼んでいる。マダムはその年齢や出身からは想像できないような色を着る。赤に、橙に、紫に、黄色。それに金属の髪留めを二つしていて、一つは白い象、もう一つは青と緑の孔雀だ。薄毛のせいでいまにも落ちそうなのを見ていると、彼は幼い頃の娘を思い出す——髪がちゃんと生えてくるまで、ビニールの蝶がおでこにぶらさがっていた。娘がまだ小さくて、人生に希望があった頃がなつかしい。石氏《シー》は一瞬マダムにそう伝えたくなるのだが、口を開かぬうちから自分の英語では通じるまいと考える。それに、過去のことを語る習慣はない。

娘が家にもどる夕方には、石氏《シー》の手で夕食ができている。妻が亡くなったので、彼は数年前に料理教室に通いだした。それ以来、数学や物理学を勉強した大学生のときと同じ熱心さで料理を勉強している。夕食の席で彼は言う。「人は使いように困るほどいろんな才能を持って生まれてくるもんだ。父さんも料理をはじめることになろうとは夢にも思わんかったが、どうだい。これほどうまくやれるとはな」

「そうね。すごいわね」娘が答える。

「それとおなじで」――石氏《シー》はちらっと娘を見やる――「人生は思ったより幸せをくれるものなんだ。自分からそれをさがすようにならんとな」

娘の返事はない。石氏《シー》は料理に誇りを持っているし、娘もほめてくれるのだが、彼女は義理でほんの少し口をつけるだけだ。娘が人生にあまり前向きでないのが、父は心配だ。もちろん無理もないとは思う。七年の結婚生活をへて離婚したばかりなのだ。かつての婿は離婚後、北京に帰ってしまった。夫婦の舟が隠れた岩にぶつかったのはどうしてなのか、石氏《シー》にはわからない。ただし原因が何であれ、娘のせいでないことはたしかである。彼女はよき妻になるために生まれてきたような娘だ。心やさしく声やわらかく、行ない正しく美しい。母親をそのまま若くしたみたいだ。

石氏《シー》は電話で離婚を知らされたとき、娘が深い悲しみにくれているだろうと思い、アメリカへ行きたいと言った。立ち直る支えになるためだ。娘にことわられても、彼は毎日電話をして訴え、そのせいで年金ひと月分がそっくり国際電話の通話料に消えた。そして七十五歳の誕生日にアメリカを見てみたいと言ったとき、やっと娘は受け入れた。それは嘘だったのだが、結果的にその嘘は正しい選択となった。アメリカは一見の価値があるところだし、それ以上に、アメリカは彼を新しい人間にしてくれる。ロケット工学者で、いい話し相手で、愛情ある父親で、幸せな男に。

夕飯がすむと、娘は自分の部屋で本を読むか、車でどこかへ出かけ、夜遅く帰ってくる。きっと一人ぼっちで映画を観るのだろう。石氏《シー》はいっしょに行かせてほしいと言うのだが、ていねいだがきっぱりとした言い方でことわってくる。でも女が一人きりなのは、しかも娘のように思いつめがちな女性があんまり一人でいるのは、どう考えてもいいことではない。娘を孤独から救おうと、石氏《シー》はますます話しかけ、彼女の生活の知らない部分について質問をする。今日の仕事はどうだった？　娘はしんどそうに答える。順調よ。めげずに彼は、職場の同僚について訊く。男より女のほうが多いのか。何歳なのか。結婚している人には子供がいるのか。それからこんなことについて訊く。昼食には何を食べたのか。それは一人で食べたのか。どのコンピューターを使っているのか。どんな本を読んでいるのか。昔の同級生のことも訊く。離婚を恥じて連絡を絶っているにちがいない。せっぱつまった状況だとわかってもらいたい父は、将来どうするつもりか問いかける。たとえば二十代から三十代はじめの結婚適齢期にいる女は、木から摘みとられたライチの実のようなものだ。日ごとにみずみずしさと魅力をうしなって、哀しくもあっというまに値打ちが下がり、安売り価格で片づけられるはめになる。

安売りなどと口に出すほど浅はかではない。それでも石氏《シー》は、人生の豊かさについて言い聞かせないではいられない。そして言えば言うほど自分の根気よさに感じ入る。しかし娘は元気にならない。日に日に食べる量が減り、口数が少なくなっていく。しまいに石氏《シー》は、おまえは本来の生活を楽しもうとしていない、と娘にさとす。「どうしてそういう結論になるの？　ちゃんと楽しんでるわ」

「嘘だ。幸せな人がそんなに無口なわけがない！」

娘が飯碗から顔を上げる。「父さん《バーバ》、自分がすごく無口だったの、おぼえてる？じゃ、幸せじゃなかったの？」

娘がこれほど率直に言いかえしてくるとは思わなかった石氏《シー》は返事につまり、彼女が謝って話題を変えてくれるのを待つ。自分の質問で人を困らせていると気づけば、わきまえた人ならそうするものだ。しかし娘は見逃してくれない。眼鏡の奥でかっと目を開けて、容赦ない視線で見すえている。その目は、まだ子供だった頃の娘を思わせる。四つや五つのとき、娘はあれこれ質問をしては答えを聞きたがり、父をいつも追いかけまわしていた。また、その目は娘の母親のことも思い出させる。結婚してから、妻にこんな問いつめるような目で見つめられたことがある。彼女は答えを待っていたのだが、彼はその答えを出してやれなかった。

石氏《シー》はため息をつく。「もちろん、ずっと幸せだよ」

「ほらね。無口で幸せってこともあるわよね」

「じゃおまえの幸せについて語ったらどうだ。仕事のこと、もっと教えておくれ」

「父さんだって仕事のこと話さなかったじゃない。おぼえてる？　こっちから訊いてもだめだったわ」

「ロケット工学者とはどういうものかわかっとるだろ。極秘の仕事だったんだ」

「ほかにも何だってあまり話さなかったじゃない」

石氏《シー》は口を開くが、言葉が出てこない。間があく。「でもいまは話すようになっただろ。前よりよくなってないか？」

「そうね」

「おまえに必要なのはそれだ。もっと話すんだよ」と石氏《シー》。「さあ、いまからだ」

しかし娘のやる気はなえる。いつもどおり黙ってさっさと食事をすませると、父がまだ食べているのに、アパートメントを出る。


翌朝、石氏《シー》はマダムに打ち明ける。「むすめ、しあわせでないです」

「むすめ、もつこと、しあわせ」とマダム。

「むすめ、りこんしました」

マダムはうなずいて、ペルシャ語で話しだす。離婚という言葉の意味を、マダムが知っているのかはわからない。この世を愛してうたがわない彼女のような女性は、たぶん夫か息子によって、人生の辛気くさい物事からまもられているにちがいない。話したり笑ったりしてその顔が輝くのを見て、石氏《シー》はマダムの生命力がうらやましいとさえ思えてくる。娘は彼女よりはるかに若いのに、こんな生命力はない。その日のマダムのよそおいは、紫の猿のプリントがついた鮮やかなオレンジ色のブラウスだ。どの猿も踊るような格好で、にかっと笑っている。これと同じ柄のスカーフで頭もおおっている。マダムは故郷を追われた身だが、きっと喜んで追われたのだろう。イランという国と近年そこで起きた事件を石氏《シー》は思い出そうとしてみるのだが、そもそもよく知らないので、やはりマダムは幸運な女性だとしか思えない。大なり小なり傷があるとはいえ、彼も幸運な男だ。ちがう世界から来てちがう言葉を話すマダムと自分が、秋の日ざしの中、こんなふうに座って話せるなんて、なんともすばらしいじゃないか。

マダムの話がとぎれると、石氏《シー》は言う。「ちゅうごくで、『修百世可同舟《シウバイシークウトンジヨウ》』といいます」誰かと同じ舟で川をわたるためには、三百年祈らなくてはならない。それを英語で説明しようとして、ふと思う。言語のちがいなどどうでもいい。訳そうが訳すまいが、マダムならわかってくれるだろう。〈たがいが会って話すには――長い年月の深い祈りがあったんです。ここにわたしたちがたどり着くためにです〉彼は中国語で話す。

その通りだと、マダムはほほえむ。

〈どんな関係にも理由がある、それがことわざの意味です。夫と妻、親と子、友達、敵、道で出会う知らない人、どんな関係だってそうです。愛する人と枕をともにするには、そうしたいと祈って三千年かかる。父と娘なら、おそらく千年でしょう。人は偶然に父と娘になるんじゃない。それはたしかなことです。でも娘はこのことがわかっとらんのです。さだめしやっかい者と思ってるんでしょうな。わたしに黙っていてほしいんですよ。ずっとそういうわたしを見てきましたからね。あの頃娘と母親にあまり話をしなかったのは、ロケット工学者だったからなのをわかっていない。何もかも極秘でしてね。一日じゅう仕事をしたら、夕方になると警備兵がノートや紙きれをぜんぶ集めに来る。それからわたしたちが保管用文書入れに署名して、その日の仕事を終えるんです。どんな仕事をしているのか、家族にもしゃべっちゃいけなかったんですよ。わたしたちはしゃべらないよう訓練されていたんです〉

マダムは胸の上で両手を組み、耳を傾けている。妻が亡くなってからというもの、石氏《シー》はこれほど同年代の女性の近くに座ったことはないし、生前の妻にもこんなに話をしたことはない。目頭が重くなる。考えてもみてほしい。娘が子供の頃にしてやれなかった会話の埋めあわせをしようと世界を半周してきたのに、話をしても娘は聞く耳を持ってくれない。むしろ言葉が通じない赤の他人のマダムのほうが、話を聞いて理解してくれるのだ。石氏《シー》は両の親指で目頭をもむ。こんな年にもなって、男が後ろ向きな感情におぼれてはいけない。彼は深呼吸をして、それからちょっと苦笑する。

〈もちろん、よくない関係にも理由があるんです――わたしは娘のために、いいか

げんな祈りを千年やったにちがいない〉
　神妙な顔でマダムはうなずく。わかってくれているとは思うものの、こちらのささいな悩みで彼女をわずらわせたくない。思い出という埃を落とすように両手をすりあわせ、彼はせいいっぱいの英語で「むかしのはなし」と言う。「むかしのはなし、おもしろくないです」
「はなし、すき」マダムがおしゃべりをはじめ、石氏《シー》は耳を傾ける。マダムはずっとにこやかだ。頭の上で笑っている猿が、彼女がふきだすたびに上へ下へとはねる。彼女の話が終わると、石氏《シー》は言う。「わたしたち、ラッキーな人たち。アメリカで、わたしたち、なんでもはなすことできます」
「アメリカ、よい国」マダムはうなずく。「アメリカ、すき」

　その晩、石氏《シー》は娘に話す。「公園でイラン人の女の人に会ったよ。おまえは会ったことあるかい？」

「ないわ」

「そのうち会うといい。えらく楽天家でね。おまえの状況を明るくしてくれるかもしれないよ」

「どんな状況のこと」料理から顔を上げずに娘は訊く。

「おまえに訊きたいね」娘が会話に乗ってこないので、石氏《シー》は続ける。「おまえはいま暗闇を歩いているんだ」

「その人がわたしの人生を明るくしてくれるって、なんでわかるの」

石氏《シー》は口を開くが、答えが見つからない。もしマダムとちがう言語で話していると言ったら、頭のおかしな老人と思われはしないだろうか。ごく自然だと思えたことが、ちがった角度から見るとたんにばかげたことに思える。そして同じ言語を話しながら、もはや心かよわすときをともに過ごせなくなっている娘に失望する。しばらくためらってから、彼は言う。「いいかい。女がそんなずけずけした訊き方をしちゃいかん。好女人《ハオニユーレン》というのはつつましくて、人に話をさせるこつを心得ているもんだ」

「わたしは離婚したわ。だから父さんの基準だと好女人《ハオニユーレン》じゃないのはたしかね」

的はずれな皮肉を言われたと思い、石氏《シー》はとりあわない。「おまえのお母さんは好女人《ハオニユーレン》の見本だった」

「母さん《マーマ》は父さんに話をさせることができていた？」これまで見たことがないほどけわしい目が、父の目をまっすぐ射る。

「お母さんならそんな挑戦的な態度はとらない」

「父さん。わたしが無口すぎるって最初は責めていたわよね。それで話しだすと、今度は話し方がまちがってるって言うの」

「質問をするだけが会話じゃない。会話ってものは、相手について思っていることを話して、それで自分のことをどう思うか言ってくれるように相手をうながすもんだ」

「あら。いつからセラピストになったの」

「おまえのためを思って来たんだぞ。できるだけのことをしようとしてるんじゃないか。おまえがどうして別れることになったのか、知っておかなきゃならん。何がいけなかったのか理解したうえで、次のいい人をさがす手伝いをしないとな。おまえはわが娘だ。幸せでいてほしい。二度も失敗してほしくないんだ」

「父さん。訊いてなかったけど、アメリカにはいつまでいる気?」

「おまえが元気になるまでだ」

娘が立ちあがる。椅子の脚が床をこする音をたてる。

「いまじゃおたがい唯一の家族じゃないか」石氏《シー》は訴えるように言うのだが、二の句を待たずに娘は寝室のドアを閉じる。娘がほとんど手をつけなかった料理を石氏《シー》は見やる。刻んだキノコとエビとショウガを詰めて焼いた豆腐に、タケノコと赤唐辛子とサヤエンドウを合わせたもの。娘は毎晩料理をたたえてはくれるが、その言葉に心がこもっていないのを感じる。料理が父の祈りなのだということを、娘は知らない。そして、祈りにこたえてはくれない。

〈妻なら、もっとじょうずに娘を励ましたでしょうな〉翌朝、石氏《シー》はマダムに話す。もう気楽に中国語で話せる。〈二人は仲がよかったんです。べつにわたしと仲が悪かったわけじゃありませんよ。わたしは二人を心から愛していました。でもそれはロケット工学者だったときなんです。昼間せっせと働いて、夜も仕事のことが頭からはなれない。でもすべては極秘ですから、何を考えているか家族に話せなかった。それでも妻は実に理解のある女でした。仕事で頭がいっぱいなのをわかっていて、わたしの邪魔をしないし娘にもそうさせない。いまになってみると、それが娘にとってよくなかったんですな。わたしは工学者としての自分を職場に置いてくるべきだったんです。でも若かったから、それがわからなかった。いまじゃ娘は何も話してくれません〉

娘と話をする習慣をつくらなかったこと、それはまったくもってあやまちだった。

しかし、と彼は自らを弁護する。――若い頃、わたしは大義のために働くよう選ばれた数少ない人間の一人だった。わたしのような男は、家族より仕事に対する責務をまっとうしなければならなかったのだ。名誉だが悲しい。だがそれでも、悲しいというより名誉なことだ。

その晩、夕食の席で娘が、中国語が通じる旅行代理店を見つけたと言う。東海岸と西海岸どちらのツアーもやっているところだ。「アメリカを見に来たんでしょ。だったら冬になる前に、何度かツアーに参加するのがいちばんいいと思うの」

「高いのかい？」

「わたしがはらうわ。誕生日に欲しかったのはこれでしょ？」

やはり娘だ。父の望みをおぼえていて、それをかなえてくれる。ただし父が見たいアメリカとは、娘が幸せな結婚生活を送っている国のことだというのがわかっていない。彼は野菜と魚を娘の器によそい、やさしい声をかける。「もっとお食べ」

「それじゃ明日電話して、ツアーの予約をするわね」

「いやあ、ここにいるほうがたぶん身のためだろう。もう年だから、旅はちょっとこたえるよ」

「だけど、このへんにはたいして見るものもないし」

「そんなことないぞ。こういうアメリカを見たかったんだ。気にせんでいい。友達もいるし、あまりおまえに迷惑はかけんよ」

娘が返事をしようとしたそのとき、電話が鳴る。彼女は電話をとると、反射的に寝室に向かう。さあドアが閉まる音がするぞ、と父は思う。たとえ電話で物を売りつける第三者であっても、娘は父の前で電話をしない。声を落として長々と話している晩が何度かあったが、そんなとき彼は、ドアに耳を押しつけて聞きたい欲求とたたかわねばならなかった。しかし今夜、娘は考えを変えたらしく、寝室のドアを開けっぱなしにしている。

娘が英語を話すのに耳をそばだてる。これほどきつい声に聞こえるのは初めてだ。早口でしゃべり、何度も笑っている。言葉はわからないが、その話しぶりはもっと理解に苦しむ。やたらとけたたましくふてぶてしく、きんきんひびく声。ひどく耳ざわりで、ふとはずみで娘の裸を見てしまったような気分だ。いつもの娘ではなく、どこかの知らない人みたいだ。

部屋から出てきた娘に、父は視線をそそぐ。娘は受話器をもどすと、何も言わずテーブルにつく。その顔を一瞬見つめ、彼はたずねる。「誰だったんだい」

「友達」

「男の、女の？」

「男」

もっと詳しいところを聞こうとかまえているのに、娘には話す気がないものとみえる。しばらくしてから石氏《シー》は問う。「その人は——特別な友達なのかな？」

「特別？　そうね」

「どう特別なんだい」

「父さん。たぶんこれを聞けば少し安心できるわね——そう。彼はすごく特別な人。友達以上のね。恋人よ。わたしの生活は思ったほどみじめじゃないってわかって、気が晴れた？」

「アメリカ人かい」

「いまはアメリカ人だけど、出身はルーマニアよ」

少なくとも共産圏で育ったんだな。いい面を見ようとして石氏《シー》は考える。「その人のことをよく知っているのかい。それからその人はおまえのことを——たとえば出身とか育った環境とか、そういうことをちゃんとわかっているのか。いいかい。二度と同じあやまちはくりかえせないぞ。よくよく気をつけなきゃいかん」

「もう長いつきあいなのよ」

「長いって、一ヶ月はそう長くないぞ！」

「もっと長いのよ。父さん」

「せいぜい一ヶ月半だろう？　いいか。つらいのはわかるが、あわてちゃいかん。特にこういうときはな。捨てられた女というのは——さびしさからまちがいをおかすもんだ！」

娘が顔を上げる。「父さん、わたしとあの人のこと勘ちがいしてる。わたし、捨てられたんじゃないのよ」

娘の顔を見る。ひらきなおったようなまっすぐな目をしている。とっさに、それ以上の話は聞きたくないという思いさえよぎるが、やはり娘も人間で、話しだしたら止められない。「あのね。わたしたち、その人のことが原因で離婚したの。父さんの言葉を使うなら、捨てたのはわたしよ」

「どうしてなんだ」

「結婚してるといろいろうまくいかなくなることもあるのよ」

「『一夜床をともにした夫婦は百日愛しあう』ものだ。おまえたちは七年も夫婦だったじゃないか！　どうして自分の夫にそんな真似ができたんだ。とにかく、そのつまらん浮気はともかくとして、何が問題だったんだ」娘が不実な女だというのは、父にとってもっともありえないことである。

「いま言ってもしようがないでしょ」

「おまえの父親だぞ。知る権利があるんだ」石氏《シー》はテーブルをたたく。

「わたしが夫とよく話をしなかったのがまずかったのよ。わたしが無口なもんだから、いつも何か隠してるんじゃないかとあの人はうたがってた」

「愛人を隠していたじゃないか」

その発言は無視される。「話をしろってあの人に言われれば言われるほど、黙って一人でいたくなったの。話すのが下手なのね。父さんが言ったみたいに」

「嘘だ。電話でいま、あんなにべらべら話してたじゃないか。しゃべったり、笑ったり。売女《ばいた》みたいに！」

どぎつい言葉にぎょっとして、娘の目が石氏《シー》の顔に釘づけになる。しかししばらくするとおだやかな声で答える。「ちがうのよ。英語で話すと話しやすいの。わたし、中国語だとうまく話せないのよ」

「くだらん言い訳だ！」

「父さん。自分の気持ちを言葉にせずに育ったら、ちがう言語を習って新しい言葉で話すほうが楽なの。そうすれば新しい人間になれるの」

「不倫したのを両親のせいにするのか」

「そんなこと言ってないわよ！」

「でもそういうことじゃないか。親が中国語で育て方をまちがえたから、おたがいの関係について夫とざっくばらんに話せなくなって、それで新しい言葉と愛人を見つけることにしたと」

「父さんも話さなかった。母さんも話さなかった。二人とも夫婦関係に問題があるってわかってたのに。それでわたしも話さなくなったの」

「お父さんとお母さんに問題はなかった。ただ無口だっただけだ」

「嘘よ！」

「いいや、嘘じゃない。仕事にかまけすぎたのがまちがいだったことはわかっている。でも仕事のせいで無口だったことはおまえも理解しなさい」

「父さん」娘の目があわれんでいる。「それだって嘘でしょ。父さんはロケット工学者じゃなかった。母さんは知ってたのよ。わたしも知ってたし、みんな知ってたわ」

父は娘を見つめる。時がたつ。「何を言っとるのか、わからんね」

「あのね。父さんは仕事で何をしてるか言わなかった。それは本当よね。でもよその人たちは——父さんのこと噂してたのよ」

自分をかばう言葉を石氏《シー》はさがす。だが声は出ず、唇がふるえる。

「父さん、ごめんなさい。傷つけるつもりじゃなかったの」

深呼吸をして、彼は威厳をたもとうとする。それは難しいことではない。これまでの人生、災いが降ってきてもずっと平気な顔をしてきたのだから。「傷ついちゃいないよ。そうさ。おまえは本当のことを言っただけだ」石氏《シー》は立ちあがる。そして客用の寝室に引きさがるとき、背中で娘がぽつりと言う。「明日ツアーを予約するわ」


石氏《シー》は公園に座り、別れのあいさつのため、マダムを待つ。アメリカのツアーのあと、サンフランシスコから発つように手配してくれ、と娘にはたのんでおいた。出発までまだ一週間あるが、最後に一度だけマダムと話して、自分のことで嘘をならべていたと白状する勇気しか出せない。彼はロケット工学者ではなかった。でも養成訓練は受けたし、研究所で働いた三十八年間のうち、三年はロケット工学者だった。石氏《シー》は頭の中で練習をする。〈若い男はなかなか仕事のことを黙っていられないもんです。若いロケット工学者。たいした誇りと栄誉です。わたしは誰かと、

その興奮を分かちあいたかっただけです〉
その誰か——四十二年前、二十五歳だった——は、石氏《シー》のためにカード穿孔機の作業をしていた女性だった。その頃カードパンチャーと呼ばれていた職業が、先端を行くコンピューターのせいで姿を消してからずいぶんたつ。しかし人生から消えていったもののうち、いちばんなつかしいのはカードパンチャーだ。いや自分のカードパンチャーである。〈名前は宜藍《イーラン》〉と、石氏《シー》は声に出す。すると誰かがその名にこたえてごきげんなあいさつをする。マダムだ。秋の落ち葉を入れたかごを持って、こちらに歩いてくる。そして一枚とって石氏《シー》にわたし、「きれい」と言う。
石氏《シー》はじっとその葉に見入る。黄や橙のさまざまな色あいや、葉脈のいちばん細い筋まで。これほど世界が緻密に見えたことはない。ものの輪郭がもっとあいまいで、色も冴えない見慣れた世界を思い出そうとするのだが、白内障を治した患者のように、すべてがくっきり鮮やかに見える。何かこわいようだが、生き生きとした世界だ。「はなしたいこと、あります」石氏《シー》がそう言うと、好奇心いっぱいの笑顔がマダムに咲く。ベンチの上でいずまいを正し、石氏《シー》は英語で告げる。「わたしは、ロケットこうがくしゃではなかったです」
マダムが、深くうなずく。石氏《シー》はマダムに目をとめ、それから、そらす。〈ロケット工学者でなくなったのは、ある女性が原因です。でもわたしたちは話をしただけなんです。話して何が悪いと思うでしょうが、既婚男性と未婚女性が話すのは許されないことでした。あの頃は、そんな哀しい時代でした〉そう。あの時代にふさわしい言葉は、哀しい、であって、若い人たちがよく言う、狂った、ではない。〈黙っていることが養成訓練の一部になっていても、人はいつだって話をしたいもんです〉そしてこの、話すという何の変哲もないことに、人がどれだけとりつかれてしまうことか！　二人の会話はまず職場の五分の休憩時間からはじまった。それから食堂に座って昼休みの間じゅう語りあうようになった。自分たちが参加している大いなる歴史に希望がわき胸躍るということや、われらが若い共産主義の母国のために、第一号のロケットを建造することについて話した。

〈話しだしたらどんどん話す。何も隠さなくていいんですから、家に帰って妻に話すのとちがいます。もちろん生活についての話もしました。手綱がない馬に乗るように話はどこへ行くかわからないし、それを考える必要もない。そんなふうに話しました。みんなが言うような不倫の関係はありません。愛は、なかった〉そう言ってから、しばし自分の言葉にとまどう。何の愛のことを言ってるんだ。たしかに愛はあったが、みんながうたがうような愛ではない――いつもある程度の距離を置いていて、手も触れたことはなかった。しかし、何でも話せる愛、心が触れあう愛はあった――それも愛ではないのか。娘も別の男と話したのが原因で、離婚したのではないのか。石氏《シー》はベンチに座りなおす。十月の涼しい風が吹いているのに、汗ばんでくる。不倫をしているととがめられたとき無実だと主張したし、女性が僻地の町に追いやられたとき弁護した。しかし、彼女はいいカードパンチャーだったとはいえ、パンチャーは容易に養成できるのだった。いっぽう彼は、おおやけに不倫を認め自己批判をすれば、その職にとどまってもよいと約束されていた。それを拒んだのは、誤解されているという確信があったからだ。〈三十二歳でロケット工学者ではなくなりました。それから研究に参加したことはありません。でも仕事に関することはすべて極秘です。だから妻はそのことを知りませんでした〉少なくとも昨日の晩までは、そう思っていた。それから彼は養成訓練を受けた者の中で最低の地位を与えられた――職場で毛主席の誕生日や共産党の創立記念日の飾りつけをした。研究グループの間をまわってカートでノートや書類をはこんだ。夕方になると同僚のノートや書類をあつめてチェックし、二名の警備兵がいる前で書類棚に入れて鍵をかけた。仕事中は威厳をたもち、終わると仕事で頭がいっぱいの無口なロケット工学者として、妻のもとへ帰った。何か問いたげな妻の視線から目をそらしていたら、いつか妻の疑念の色も消え去った。そして娘が、妻のように無口で理解あるよい子から好女人《ハオニユーレン》に成長するのを見まもった。ぜんぶで三十二名の警備兵と仕事をした。軍服を着たその若い男たちは、からっぽのホルスターをベルトにつけていたが、ライフルの銃剣は本物だった。

そうするしかなかった。わたしが下した決断――それは妻、そしてもう一人の女性のことを思えばこそだったではないか。不倫を認め、よき妻を傷つけ、自分さえよければいい利己主義のロケット工学者でいることなどできなかった。あるいはもっとありえないことだが、別の女と一生をともにするというあまり名誉でもない欲望のために、仕事と妻と二歳の娘を捨てるわけにはいかなかった。「犠牲にしたものこそ、人生を意義あるものにする」――石《シー》氏は養成訓練でくりかえし聞かされた言葉を口にし、顔を大きく横にふる。異国は異質な考えを起こさせるものだ。わたしのように老いた者が、いつまでも思い出にふけっているのはよくない。一人前の男なら、いまに生きなくては。マダムという大切な友が隣にいる、この瞬間に。きれいに金色に染まった銀杏《いちょう》の葉を、マダムが陽の光にかざして見せる。

訳者あとがき

　本書はイーユン・リーによって英語で書かれ、二〇〇五年にアメリカで出版された*A Thousand Years of Good Prayers* の全訳です。二〇〇七年七月に単行本『千年の祈り』として新潮社から刊行されましたが、このたび河出文庫から再刊行されることになりました。文庫化にあたって訳稿はほんの一部直しましたが、ほぼ旧訳のままです。

　発売から十五年以上の月日がたったいまでも日本の読者からの人気は衰えず、おかげさまでロングセラーとなりました。文庫化が決まったのも、読者の皆様のご支持があればこそです。本当にありがとうございます。

　これまでの著者の活躍ぶりは目を見張るほどすばらしく、最近はPEN／マラマッド賞とPEN／フォークナー賞をたて続けに受賞して注目を集めました。後で改めてプロフィールをご紹介しますが、その前にまず単行本に掲載された訳者あとがきを一部修正して再掲いたします。

＊　＊　＊

本書には、十作の短編が収録されているが、それぞれ個性の際立つ作品ぞろいで、登場人物も老若男女を問わず多彩だ。とりわけ人生のたそがれを書かせると出色であり、リーの想像力が及ぶ範囲には限界がないようにすら思える。「自分でないものを想像し、見知らぬものを親しいものとし、親しいものを神秘化する作家の能力こそ、その力をはかる尺度となる」(『白さと想像力』)と言ったのはトニ・モリスンだが、経験豊かな作家でさえ至ることが難しいその基準を、リーはデビュー作でやすやすと越えてしまった。

ところで、なぜ彼女は中国語で書かずに英語で書くのだろうか。「中国語で書くときは自己検閲して」しまい「書けなかった」、だから英語という「新たに使える言語が見つかり、幸運だと思う」とリーは語っている。「自己検閲」とはどういう意味だろう。『ワシントン・ポスト』(二〇〇五年十二月二十一日付)などに経歴をかなり具体的に語っているので、少し詳しく足取りをたどってみよう。

イーユン・リーは一九七二年、北京で生まれた。父親は核開発の研究者で、母親は教師。作品にも出てくるように、核開発研究所の施設の中で育った。一九七二年といえば文化大革命の最中で、当時の知識人はしばしば迫害を受けていたが、核開発は政府の重要事項であったため父親はそれを免れていた。とはいえ貧しい生活を強いられていたらしいが、その一方で研究者である父親はよく海外出張に出かけ、パリなどの話を娘に聞かせていたという。

また一緒に暮らしていた祖父は、かつて国民党軍の兵士として闘った経験があり、共産党に批判的だった。その事実を家族は世間に隠さなくてはならなかったが、こうした家庭環境によって、政府に対する批判精神がごく早い時期から養われたようだ。そして十歳頃には、教育こそ抑圧から逃げ出せる道だと悟り、いつかアメリカの学校に行こうと考えていた。このころはチェーホフなどロシア文学に親しんでいたようだ。

一九八九年に天安門事件が起こったとき、リーはまだ十七歳で、天安門広場から自転車で十五分ほどのところにある高校に通っていた。事件勃発の夜は親に家から出してもらえなかったが、両親は犠牲者の死体を目撃している。また、広場で人々が殺されるのを見たと話してくれた友人は、一ヶ月後に逮捕された。誰を信じればいいのかわからない状態だったという。

中国文学を読んでいたのはもちろんだが、八〇年代中頃に始まった翻訳ブームのおかげで、サルトル、カミュ、ミラン・クンデラ、ニーチェ、キルケゴールなどに十代で触れることができた。ところが天安門事件から二年後、北京大学に入学したリーはいきなり軍に入隊させられる。新入生の政治的再教育のためでもあり、天安門事件で抗議行動に参加した学生と新入生を接触させないためでもあった。河南省にある軍のキャンプに向かうリーを心配した母親は、くれぐれも批判的な発言をしないよう忠告した。にもかかわらず、軍の仲間が天安門事件について何も知らないのに驚いて、リーはつい真実を教えてしまい、上層部に通報される。だが幸いなことに大事には至らずにすんだ。

そんな状況にあっても、女子学生たちは宿舎でトマス・ハーディー、ヘミングウェイ、D・H・ロレンスなどの本をこっそり回し読みしたらしい。リーも共産主義運動について学ぶ授業で、隠れてヘミングウェイを読んでいたところを見つかって、本を破かれたことがあったという。

大学に戻ってからは、アメリカの大学院に進むことを夢見つつ細胞生物学を学んだ。そして卒業後の九六年、念願かなって渡米し、アイオワ大学の大学院で免疫学の研究を始める。しかしそのかたわら、のちに夫となる恋人を母国に置いてきた寂しさから、アダルトスクールの創作講座で文章を書くようになる。そこで三年ほど趣味のように創作を続けながら、免疫学の修士号を取得。そして結婚し、博士課程ではアレルギーやぜんそくの研究室に通っていた。

ところが自分は本当は作家になりたいのだと突然気づき、同大学でジェームズ・アラン・マクファーソンの創作講座をとりはじめる。マクファーソンは短編の名手として知られるアフリカ系アメリカ人作家で、日本で教鞭をとったこともある人だ。彼は学生たちにこう言った。アメリカでは個人を重視するあまり共同体の声を失ってしまったが、その声は日本などアジアの小説には存在する。その言葉を聞いて、リーは何かをつかんだ。そしてまもなく書き上げたのが、代々宦官《かんがん》を宮廷に送りだしてきた町を扱った「不滅」である。共同体そのものを主語とするこの小説を、マクファーソンは絶賛した。

こうしてリーは全米から作家志望者が集まるアイオワ大学大学院の創作科に入学する。そしてノンフィクション創作とフィクション創作の二つの修士号を取得するのだが、すでに卒業前の二〇〇三年秋には「不滅」が『パリス・レビュー』に、同年冬には「あまりもの」が『ニューヨーカー』に掲載されている。そして翌〇四年、「不滅」がプリンプトン新人賞を受賞、注目を集めることになる（この作品はのちにプッシュカート賞も受賞）。

しかしなんと言っても話題を呼んだのは、〇五年に出版された本書『千年の祈り』が、第一回のフランク・オコナー国際短編賞をさらったことだろう。ウィリアム・トレヴァーやアリス・マンローなど、短編の名手として名高いベテランの作品を含む六十を超える候補作の中から、まったくの新人であり、しかも英語を母語としない彼女の作品が選ばれたのだ（ちなみに第二回の受賞者は村上春樹）。リーはトレヴァーの熱心な愛読者であり、創作のすべては彼の作品から学んだと語っているほどなので、この受賞には少し複雑な思いがあったらしいが、ともあれイーユン・リーの名は、この受賞によって広く知られることとなった。

さらに、『ロサンジェルス・タイムズ』で〇五年の「注目すべき人物」の一人に選ばれ、PEN／ヘミングウェイ賞、ガーディアン新人賞などをつぎつぎに受賞。〇七年には、『グランタ』の「もっとも有望な若手アメリカ作家」にアンソニー・ドーア、ジョナサン・サフラン・フォア、ジュディ・バドニッツ、ニコール・クラウスなどとともに選出されている。また表題作「千年の祈り」は、ウェイン・ワン監督による映画化が決定しているそうだ。

政治的な意見をはっきり言えない環境、古い価値観にしばられた共同体、そうした二重三重の抑圧を受けているうちに、リーは自分の発言を「自己検閲」するようになってしまったようだ。それでも彼女は中国にこだわり、中国人の物語を書き続けている。英語という新しい言語を手に入れて幸運だと彼女が語るとき、故郷のことを自由に書けるのがうれしいという思いもこめられているように思われる。

本書には、共産主義や古い慣習などによって個人が抑圧されるさまが描かれているが、それだけにとどまらず、もっと広い意味での「人生の謎」がつねに通奏低音のように流れている。人の運命は個人にはいかんともしがたい、大きな見えない手にゆだねられている、そんな東洋的とも思える普遍の理《ことわり》を感じさせられる。

「あまりもの」は林《リン》ばあさんの報われぬ愛の遍歴だ。社会からつまはじきにされた人間の愛はときに過度なものだが、彼女も例外ではない。愛情を注いだ小学生の男の子に押しかえされて涙ぐんだり、靴下の入った弁当箱を抱きしめて道に座りこむ姿は、これまで光をあてられてこなかった瞬間ではないだろうか。

本来ならば林《リン》ばあさんの小学生への「恋」は、異常とみなされてもおかしくない。

「市場の約束」もそうだ。リーは最後のシーンで男性が女性の肉をひらくという従来の構図をひっくり返してみせたが、三三《サンサン》のこの行動は周囲の人々からは眉をひそめられるだろう。「柿たち」の主人公にいたっては十七人の大量殺人を犯す。まさに常軌を逸している。ところが読者は、いつのまにか彼らの内面に寄り添って、理解してしまうのである。むしろ彼らを取り巻く残酷な日常のほうがずっと異常なのではないか、と考えさせられるのだ。

先にもふれた「不滅」には、人の一生はおろか町も時代も超えて、中国人がたどった壮大な悲劇が凝縮されている。あまりのスケールの大きさに、短編だということを忘れてしまうほどだ。この作品では共同体そのものを語り手にするという手法がとられているが、ここには個人を抑圧するものへの批判だけでなく、人々はずっとみずから主体性を放棄し続けてきたのではないかという、皮肉ともとれる問題提起がこめられているように思われる。いずれにせよ個人の名前が一つも出てこない。したがって宦官の呼び名がいっそう際立つわけだが、わたしはこの Great Papa を迷いながらも「ご先祖さま」と訳した。中国語では「祖宗」で、父祖、先祖といったような意味をもち、著者は「尊敬するおじいさま」というようなつもりだと言っていた。

表題作「千年の祈り」も非常に印象深い作品である。離婚した娘を案じて、中国から父がやってくるのだが、娘は父を疎んじ、過去を振り返って父を責める。父は過去には口をつぐんだまま、公園で知りあったイラン人の婦人と心を通わせるようになる。リーはここで「修百世可同舟《シウバイシークウトンジヨウ》」という出会いのかけがえのなさを伝える中国のことわざを用いるのみで、ほかに愛の言葉は一切つかわず、親子の絆や成熟した「恋」を描ききっている。

このように本書には中国の言葉が巧みに盛りこまれている。たとえば「ネブラスカの姫君」で登場人物である陽《ヤン》の容貌がしばしば月の色で表現されているのにお気づきだと思うが、それを書く際、陽（簡体字は阳）とは逆の陰（阴）の字に含まれる月が頭にあったと著者は言っていた。つまり東洋の伝統がアメリカ文学の世界により合わさっていく過程を目の当たりにしているわけで、こうして異質な文化が混ざり合うことでアメリカ文学の強さが生まれているのだと、いまさらながら思わされる。

ほかにも「あまりもの」で女子生徒が校庭に花を埋めるシーンには、中国の古典『紅楼夢』の「黛玉葬花」の場面が取り入れられているのだが、このように中国の文化的背景を想起させる記述は、読む人が読めば数多く発見できるにちがいないのであり、訳者にはおよそ何も見えていないに等しいだろうと思う。

また、作中にたびたび登場する中国のことわざや言い回しを訳す際に、著者の優れた翻訳の才を垣間見ることができた。たとえば「黄昏」の「夜明け前の露のごとき夫婦関係」は、中国語だと「露水姻縁」である。これを著者は a dew marriage before the sunrise とていねいに英訳している。ほかにもいくつか例を挙げると——

「紅顔薄命」→The most beautiful woman always has the saddest fate.（いちばん美しい女がいつもいちばん悲しい運命をたどる）

「人為財死　鳥為食亡」→A bird is willing to die for a morsel of food. A man is willing to die for a penny of wealth.（鳥は一口の餌のために死に、人は一銭の富のために死ぬ）

「一日夫妻百日恩」→One night of being husband and wife in bed makes them in love for a hundred days.（一夜床をともにした夫婦は百日愛しあう）

著者と訳者によって二度の翻訳をへるため、もとの中国語から距離が離れてしまうものの、やはり著者の英訳をそのまま生かすことにした。

本文中、ところどころ著者が中国語を英語に直訳している箇所があったが（「工作単位」working unit など）、それについては中国語を用いることにした。また四合院（quadrangle）や特型演員（impersonator）など、中国特有のものや日本語に置きかえることができない言葉についても中国語を用いた。

またあちこちでよく登場する「好女人《ハオニューレン》」（a good woman）について補足しておきたい。これは常に慎ましく夫に従い子をよく教え、上手に家を切り盛りするような女性を指す。一方「好男人《ハオナンレン》」（a good man）は、隣人にも妻にもやさしく責任感のある、中国で伝統的によしとされている男性のことである。「千年の祈り」のラストシーンで「一人前の男」となっている部分は、本来この好男人《ハオナンレン》である。

＊　＊　＊

以上、単行本の訳者あとがきでした。文中の「自己検閲」については、『理由のない場所』の訳者あとがきも参照していただけると幸いです。

当時の著者はまだデビューしたての新人作家でしたが、いまではアメリカ文学を代表する大御所の一人になったと言っても過言ではありません。そこで、二〇二三年七月現在のプロフィールを時系列でご紹介しましょう。先ほどの内容と一部重複しますが、その点はご容赦ください。

【著者プロフィール】

一九七二年、北京で誕生。北京大学で生物学を学んだ後、一九九六年にアメリカに留学し、アイオワ大学の免疫学の修士課程に進んだ。やがて英語で詩や小説を書くようになり、博士課程の途中で進路を変更し、同大学の創作科に編入した。二〇〇一年、長男を出産。

二〇〇五年に短編集『千年の祈り』を刊行し、数々の文学賞に輝いた。表題作を含む二編の短編はウェイン・ワン監督によって映画化され、リーが脚本を担当した『千年の祈り』は、二〇〇七年にサン・セバスティアン国際映画祭で最優秀作品賞を受賞した。

二〇〇五年秋よりミルズ・カレッジ文学部創作科助教授として創作を教えていたが、二〇〇八年秋よりカリフォルニア大学デイヴィス校文理学部助教授になる。二〇〇九年、初めての長編である『さすらう者たち』を発表し、二〇一〇年のカリフォルニア文学賞を受賞。同年六月には『ニューヨーカー』誌上で、注目の若手作家二十人の一人に選ばれ、また秋には「天才賞」と呼ばれるマッカーサー・フェローシップの対象者にも選ばれた。

二〇一一年、二冊目の短編集『黄金の少年、エメラルドの少女』を刊行。この頃から「中国のチェーホフ」と呼ばれるようになる。

同年、子供向けの絵本『*The Story of Gilgamesh*』（未邦訳）のイタリア語翻訳版が出版された（後に原書の英語版を発売）。

長年の苦労の末、ついに二〇一二年にアメリカ国籍を取得。一方で同年、鬱病で自殺未遂をし、入院。

二〇一四年、二冊目の長編『独りでいるより優しくて』を刊行し、ベンジャミン・H・ダンクス賞を受賞。二〇一五年、「かくまわれた女」という短編で英国のサンデー・タイムズEFG短編賞を受賞。

二〇一七年、初めてのエッセイ集『*Dear Friend, from My Life I Write to You in Your Life*』（未邦訳）が刊行された。

長年にわたりカリフォルニア州で家族とともに暮らしていたが、二〇一七年に東海岸へ拠点を移し、プリンストン大学の創作科で教えるようになった。

同年秋、十六歳の長男が自死。

二〇一九年、自死した息子と残された母親の会話を主体にした小説『理由のない場所』を発表。これによりPEN／ジーン・スタイン賞を受賞した。

二〇二〇年三月、コロナウイルス感染防止のために大学が閉鎖されたとき、彼女は出版社のツイッターを通じて、バーチャル読書会を始めた。トルストイの『戦争と平和』英語版を毎日少しずつ読み、感想や読みどころをツイッターで語り合うというもの。これを八十五日間続けて皆で大作を読み通そうというのだ。このバーチャル読書会は翌年、一冊の本になった（『*Tolstoy Together*』未邦訳）。

二〇二〇年七月、『もう行かなくては』を刊行。長編で初めて欧米人を主人公にした。

二〇二二年、アメリカ芸術科学アカデミーのメンバーに選出された。同年五月、これまでの短編の作品群に対してPEN／マラマッド賞が贈られた。同年九月、『*The Book of Goose*』（未邦訳）を発表し、翌年のPEN／フォークナー賞を受賞。

二〇二三年九月には、三冊目の短編集『*Wednesday's Child*』（未邦訳）を刊行予定。

現在、プリンストン大学で創作を教えながら、家族とともにニュージャージー州プリンストンで暮らす。

登場人物の名前の漢字はすべて著者の指定によるものです。ほかにも中国語や中国文化について、著者がメールや手紙を通じて快く教えてくださったことが懐かしく思い出されます。貴重な時間を割いてくれた著者にとても感謝しています。

現在私は、ヨーロッパを舞台に少女たちの友情を描いたリーの長編『*The Book of Goose*』（邦題未定）の翻訳を進めているところです。ＰＥＮ／フォークナー賞を受賞した傑作です。さらにその後には久しぶりの短編集も控えています。いずれもすばらしい作品。ぜひご期待ください。

この文庫化にあたって大幅な改稿はおこなっていませんが、細部の修正は施しました。この文庫化によって、この輝くような短編集がより多くの皆さんの手に届きますように。そして、末永く愛読していただけますように。

最後になりましたが、文庫化にあたって河出書房新社の竹下純子さんに大変お世話になりました。この場をお借りしてあつく御礼申し上げます。

二〇二三年七月三日

篠森ゆりこ

*本書は二〇〇七年七月に株式会社新潮社から刊行された単行本を加筆修正の上、文庫化したものです。

千年《せんねん》の祈《いの》り

二〇二三年一〇月一〇日 初版印刷
二〇二三年一〇月二〇日 初版発行

著 者 イーユン・リー
訳 者 篠森《しのもり》ゆりこ
発行者 小野寺優
発行所 株式会社河出書房新社
〒一五一-〇〇五一
東京都渋谷区千駄ヶ谷二-三二-二
電話〇三-三四〇四-八六一一（編集）
〇三-三四〇四-一二〇一（営業）
https://www.kawade.co.jp/

ロゴ・表紙デザイン 粟津潔
本文フォーマット 佐々木暁
本文組版 株式会社キャップス
印刷・製本 TOPPAN株式会社

Printed in Japan ISBN978-4-309-46791-7

さすらう者たち

イーユン・リー　篠森ゆりこ〔訳〕　46432-9

文化大革命後の中国。一人の若い女性が政治犯として処刑された。物語はこの事件に否応なく巻き込まれた市井の人々の迷いや苦しみを丹念に紡ぎ、庶民の心を歪めてしまった中国の歴史の闇を描き出す。

黄金の少年、エメラルドの少女

イーユン・リー　篠森ゆりこ〔訳〕　46418-3

現代中国を舞台に、代理母問題を扱った衝撃の話題作「獄」、心を閉ざした四〇代の独身女性の追憶「優しさ」、愛と孤独を深く静かに描く表題作など、珠玉の九篇。O・ヘンリー賞受賞作二篇収録。

突囲表演

残雪　近藤直子〔訳〕　46721-4

若き絶世の美女であり皺だらけの老婆、煎り豆屋であり国家諜報員——X女史が五香街（ウーシャンチェ）をとりまく熱愛と殺意の包囲を突破する！世界文学の異端にして中国を代表する作家が紡ぐ想像力の極北。

歩道橋の魔術師

呉明益　天野健太郎〔訳〕　46742-9

1979年、台北。中華商場の魔術師に魅せられた子どもたち。現実と幻想、過去と未来が溶けあう、どこか懐かしい極上の物語。現代台湾を代表する作家の連作短篇。単行本未収録短篇を併録。

あなたのことが知りたくて

チョ・ナムジュ／松田青子／デュナ／西加奈子／ハン・ガン／深緑野分／イ・ラン／小山田浩子 他　46756-6

ベストセラー『82年生まれ、キム・ジヨン』のチョ・ナムジュによる、夫と別れたママ友同士の愛と連帯を描いた「離婚の妖精」をはじめ、人気作家12名の短編小説が勢ぞろい！

すべての、白いものたちの

ハン・ガン　斎藤真理子〔訳〕　46773-3

アジア初のブッカー国際賞作家による奇蹟の傑作が文庫化。おくるみ、産着、雪、骨、灰、白く笑う、米と飯……。朝鮮半島とワルシャワの街をつなぐ65の物語が捧げる、はかなくも偉大な命への祈り。

中国怪談集

中野美代子／武田雅哉〔編〕　46492-3

人肉食、ゾンビ、神童が書いた宇宙図鑑、中華マジックリアリズムの代表作、中国共産党の機関誌記事、そして『阿Q正伝』。怪談の概念を超越した、他に類を見ない圧倒的な奇書が遂に復刊！

ロシア怪談集

沼野充義〔編〕　46701-6

急死した若い娘の祈禱を命じられた神学生。夜の教会に閉じ込められた彼の前で、死人が棺から立ち上がり……ゴーゴリ「ヴィイ」ほか、ドストエフスキー、チェーホフ、ナボコフら文豪たちが描く極限の恐怖。

アメリカ怪談集

荒俣宏〔編〕　46702-3

ホーソーン、ラヴクラフト、ルイス、ポオ、ブラッドベリ、など、開拓と都市の暗黒からうまれた妖しい魅力にあふれたアメリカ文学のエッセンスを荒俣宏がセレクトした究極の怪異譚集、待望の復刊。

ドイツ怪談集

種村季弘〔編〕　46713-9

窓辺に美女が立つ廃屋の秘密、死んだはずの男が歩き回る村、知らない男が写りこんだ家族写真、死の気配に覆われた宿屋……黒死病の記憶のいまだ失せぬドイツで紡がれた、暗黒と幻想の傑作怪談集。新装版。

フランス怪談集

日影丈吉〔編〕　46715-3

奇妙な風習のある村、不気味なヴィーナス像、死霊に憑かれた僧侶、ミイラを作る女たち……。フランスを代表する短編の名手たちの、怪奇とサスペンスに満ちた怪談を集めた、傑作豪華アンソロジー。

東欧怪談集

沼野充義〔編〕　46724-5

西方的形式と東方的混沌の間に生まれた、未体験の怪奇幻想の世界へようこそ。チェコ、ハンガリー、マケドニア、ルーマニア……の各国の怪作を、原語から直訳。極上の文庫オリジナル・アンソロジー！

ラテンアメリカ怪談集

ホルヘ・ルイス・ボルヘス他　鼓直〔編〕　46452-7

巨匠ボルヘスをはじめ、コルタサル、パスなど、錚々たる作家たちが贈る恐ろしい15の短篇小説集。ラテンアメリカ特有の「幻想小説」を底流に、怪奇、魔術、宗教など強烈な個性が色濃く滲む作品集。

幻獣辞典

ホルヘ・ルイス・ボルヘス　柳瀬尚紀〔訳〕　46408-4

セイレーン、八岐大蛇、一角獣、古今東西の竜といった想像上の生き物や、カフカ、C・S・ルイス、スウェーデンボリーらの著作に登場する不思議な存在をめぐる博覧強記のエッセイ一二〇篇。

ボルヘス怪奇譚集

ホルヘ・ルイス・ボルヘス　アドルフォ・ビオイ=カサーレス　柳瀬尚紀〔訳〕　46469-5

「物語の精髄は本書の小品のうちにある」(ボルヘス)。古代ローマ、インド、中国の故事、千夜一夜物語、カフカ、ポオなど古今東西の書物から選びぬかれた九十二の短くて途方もない話。

夢の本

ホルヘ・ルイス・ボルヘス　堀内研二〔訳〕　46485-5

神の訪れ、王の夢、死の宣告……。『ギルガメシュ叙事詩』『聖書』『千夜一夜物語』『紅楼夢』から、ニーチェ、カフカなど。無限、鏡、虎、迷宮といったモチーフも楽しい百十三篇の夢のアンソロジー。

ガルシア=マルケス中短篇傑作選

G・ガルシア=マルケス　野谷文昭〔編訳〕　46754-2

「大佐に手紙は来ない」「純真なエレンディラと邪悪な祖母の信じがたくも痛ましい物語」など、世界文学最高峰が創りだした永遠の物語。著者の多面的な魅力を凝縮した新訳アンソロジー。

楽園への道

マリオ・バルガス=リョサ　田村さと子〔訳〕　46441-1

ゴーギャンとその祖母で革命家のフローラ・トリスタン。飽くことなく自由への道を求め続けた二人の反逆者の激動の生涯を、異なる時空を見事につなぎながら壮大な物語として描いたノーベル賞作家の代表作。

河出文庫

精霊たちの家　上

イサベル・アジェンデ　木村榮一〔訳〕　46447-3

予知能力を持つクラーラは、毒殺された姉ローサの死体解剖を目にしてから誰とも口をきかなくなる——精霊たちが飛び交う神話的世界を描きマルケス『百年の孤独』と並び称されるラテンアメリカ文学の傑作。

精霊たちの家　下

イサベル・アジェンデ　木村榮一〔訳〕　46448-0

精霊たちが見守る館で始まった女たちの神話的物語は、チリの血塗られた歴史へと至る。軍事クーデターで暗殺されたアジェンデ大統領の姪が、軍政下の迫害のもと描き上げた衝撃の傑作が、ついに文庫化。

舞踏会へ向かう三人の農夫　上

リチャード・パワーズ　柴田元幸〔訳〕　46475-6

それは一枚の写真から時空を超えて、はじまった——物語の愉しみ、思索の緻密さの絡み合い。二十世紀全体を、アメリカ、戦争と死、陰謀と謎を描いた驚異のデビュー作。

舞踏会へ向かう三人の農夫　下

リチャード・パワーズ　柴田元幸〔訳〕　46476-3

文系的知識と理系的知識の融合、知と情の両立。「パワーズはたったひとりで、そして彼にしかできないやり方で、文学と、そして世界と戦った。」解説＝小川哲

詩人と女たち

チャールズ・ブコウスキー　中川五郎〔訳〕　46160-1

現代アメリカ文学のアウトサイダー、ブコウスキー。五十歳になる詩人チナスキーことアル中のギャンブラーに自らを重ね、女たちとの破天荒な生活を、卑語俗語まみれの過激な文体で描く自伝的長篇小説。

死をポケットに入れて

チャールズ・ブコウスキー　中川五郎〔訳〕　ロバート・クラム〔画〕　46218-9

老いて一層パンクにハードに突っ走るＢＵＫの痛快日記。五十年愛用のタイプライターを七十歳にしてMacに替え、文学を、人生を、老いと死を語る。カウンター・カルチャーのヒーロー、Ｒ・クラムのイラスト満載。

勝手に生きろ!

チャールズ・ブコウスキー　都甲幸治〔訳〕　46292-9

ブコウスキー二十代を綴った傑作。職を転々としながら全米を放浪するが、過酷な労働と嘘まみれの社会に嫌気がさし、首になったり辞めたりの繰り返し。辛い日常の唯一の救いは「書くこと」だった。映画化原作。

裸のランチ

ウィリアム・バロウズ　鮎川信夫〔訳〕　46231-8

クローネンバーグが映画化したW・バロウズの代表作にして、ケルアックやギンズバーグなどビートニク文学の中でも最高峰作品。麻薬中毒の幻覚や混乱した超現実的イメージが全く前衛的な世界へ誘う。

ジャンキー

ウィリアム・バロウズ　鮎川信夫〔訳〕　46240-0

『裸のランチ』によって驚異的な反響を巻き起こしたバロウズの最初の小説。ジャンキーとは回復不能になった麻薬常用者のことで、著者の自伝的色彩が濃い。肉体と精神の間で生の極限を描いた非合法の世界。

麻薬書簡　再現版

ウィリアム・バロウズ／アレン・ギンズバーグ　山形浩生〔訳〕　46298-1

一九六〇年代ビートニクの代表格バロウズとギンズバーグの往復書簡集で、「ヤーヘ」と呼ばれる麻薬を探しに南米を放浪する二人の謎めいた書簡を纏めた金字塔的作品。オリジナル原稿の校訂、最新の増補改訂版！

オン・ザ・ロード

ジャック・ケルアック　青山南〔訳〕　46334-6

安住に否を突きつけ、自由を夢見て、終わらない旅に向かう若者たち。ビート・ジェネレーションの誕生を告げ、その後のあらゆる文化に決定的な影響を与えつづけた不滅の青春の書が半世紀ぶりの新訳で甦る。

西瓜糖の日々

リチャード・ブローティガン　藤本和子〔訳〕　46230-1

コミューン的な場所アイデス〈iDeath〉と〈忘れられた世界〉、そして私たちと同じ言葉を話すことができる虎たち。澄明で静かな西瓜糖世界の人々の平和・愛・暴力・流血を描き、現代社会をあざやかに映した代表作。

お前らの墓につばを吐いてやる

ボリス・ヴィアン　鈴木創士〔訳〕　46471-8

伝説の作家がアメリカ人を偽装して執筆して戦後間もないフランスで大ベストセラーとなったハードボイルド小説にして代表作。人種差別への怒りにかりたてられる青年の明日なき暴走をクールに描く暗黒小説。

太陽がいっぱい

パトリシア・ハイスミス　佐宗鈴夫〔訳〕　46427-5

息子ディッキーを米国に呼び戻してほしいという富豪の頼みを受け、トム・リプリーはイタリアに旅立つ。ディッキーに羨望と友情を抱くトムの心に、やがて殺意が生まれる……ハイスミスの代表作。

贋作

パトリシア・ハイスミス　上田公子〔訳〕　46428-2

トム・リプリーは天才画家の贋物事業に手を染めていたが、その秘密が発覚しかける。トムは画家に変装して事態を乗り越えようとするが……名作『太陽がいっぱい』に続くリプリー・シリーズ第二弾。

アメリカの友人

パトリシア・ハイスミス　佐宗鈴夫〔訳〕　46433-6

簡単な殺しを引き受けてくれる人物を紹介してほしい。こう頼まれたトム・リプリーは、ある男の存在を思いつく。この男に死期が近いと信じこませたら……いまリプリーのゲームが始まる。名作の改訳新版。

リプリーをまねた少年

パトリシア・ハイスミス　柿沼瑛子〔訳〕　46442-8

犯罪者にして自由人、トム・リプリーのもとにやってきた家出少年フランク。トムを慕う少年は、父親を殺した過去を告白する……二人の奇妙な絆を美しく描き切る、リプリー・シリーズ第四作。

死者と踊るリプリー

パトリシア・ハイスミス　佐宗鈴夫〔訳〕　46473-2

天才的犯罪者トム・リプリーが若き日に殺した男ディッキーの名を名乗る者から電話が来た。これはあの妙なアメリカ人夫妻の仕業か？　いま過去が暴かれようとしていた……リプリーの物語、最終編。

パワー

ナオミ・オルダーマン　安原和見〔訳〕　46782-5

ある日を境に世界中の女に強力な電流を放つ力が宿り、女が男を支配する社会が生まれた——。エマ・ワトソン、オバマ前大統領、ビル・ゲイツ推薦！

血みどろ臓物ハイスクール

キャシー・アッカー　渡辺佐智江〔訳〕　46484-8

少女ジェイニーの性をめぐる彷徨譚。詩、日記、戯曲、イラストなど多様な文体を駆使して紡ぎだされる重層的物語は、やがて神話的世界へ広がっていく。最終３章の配列を正した決定版！

ダーク・ヴァネッサ　上

ケイト・エリザベス・ラッセル　中谷友紀子〔訳〕　46751-1

17年前、ヴァネッサは教師と「秘密の恋」をした。しかし#MeTooムーブメントのさなか、歪められた記憶の闇から残酷な真相が浮かび上がる——。世界32か国で翻訳された震撼の心理サスペンス。

ダーク・ヴァネッサ　下

ケイト・エリザベス・ラッセル　中谷友紀子〔訳〕　46752-8

「あれがもし恋愛でなかったならば、私の人生はなんだったというの？」——かつて「恋」をした教師が性的虐待で訴えられ、ヴァネッサは記憶を辿りはじめる。暗い暴力と痛ましい回復をめぐる、衝撃作。

島とクジラと女をめぐる断片

アントニオ・タブッキ　須賀敦子〔訳〕　46467-1

居酒屋の歌い手がある美しい女性の記憶を語る「ピム港の女」のほか、クジラと捕鯨手の関係や歴史的考察、ユーモラスなスケッチなど、夢とうつつの間を漂う〈島々〉の物語。

大洪水

J・M・G・ル・クレジオ　望月芳郎〔訳〕　46315-5

生の中に遍在する死を逃れて錯乱と狂気のうちに太陽で眼を焼くに至る青年ベッソン（プロヴァンス語で双子の意）の十三日間の物語。二〇〇八年ノーベル文学賞を受賞した作家の長篇第一作、待望の文庫化。